아모크, 첫 키스, 재회

아모크, 첫 키스, 재회

초판 1쇄 발행 2026년 1월 30일

—

지은이 슈테판 츠바이크
옮긴이 윤순식·원당희
펴낸이 이병은
책임편집 조성규 　　**책임디자인** 박혜옥
기획 김명희·박준성 　　**마케팅** 최성수·배근호

—

펴낸곳 세창미디어
　　신고번호 제2013-000003호 　　주소 03736 서울특별시 서대문구 경기대로 58 경기빌딩 602호
　　전화 02-723-8660 　팩스 02-720-4579
　　이메일 edit@sechangpub.co.kr 　홈페이지 http://www.sechangpub.co.kr
　　블로그 blog.naver.com/scpc1992 　페이스북 fb.me/Sechangofficial 　인스타그램 @sechang_official

—

ISBN 978-89-5586-855-5 03850

아모크, 첫 키스, 재회

슈테판 츠바이크 지음
윤순식·원당희 옮김

세창미디어 MEDIA

차례

아모크

Der Amokläufer

1912년 3월, 나폴리항에 정박 중인 대형 대양횡단 여객선 '오세아니아Oceania'호에서 화물을 하역하던 중 기이한 사고가 발생했다. 신문들은 이 사건에 대해 대대적인 장문의 기사를 실었으나, 대부분이 지나치게 환상적으로 꾸며진 내용이었다. 나는 오세아니아호의 승객이었음에도, 다른 사람들과 마찬가지로 이 사건을 직접 목격할 수 없었다. 왜냐하면 이 사건은 한밤중에 석탄을 선적하고 화물을 내리는 동안 일어났고, 우리는 그 소음에서 벗어나기 위해 모두 육지로 나가 카페나 극장에서 시간을 보내고 있었기 때문이었다. 그럼에도도 불구하고 나의 개인적인 생각이지만, 내가 그때 공개적으로 밝히지 않았던 몇 가지 추측들이 이 사건의 실마리를 제공할 수 있을 거라고 믿는다. 그리고 시간이 흐른 지금, 그 기이한 사건 직전에 나누었던 대화의 신뢰를 바탕으로 이를 이야기하는 게 적절하다고 생각한다.

내가 콜카타의 해운회사 매표 대리점에서 유럽으로 돌아가는 오세아니아호의 좌석을 예약하려고 했을 때, 직원은 유감스럽다는 듯 어깨를 으쓱했다. 그 직원은 나에게 객실을 확보할 수 있을지 아직 확실하지 않다고 말했다. 장마철이 임박한 이 시기에는 호주에서부터 그 배는 이미 매진된 상태라서, 싱가포르에서 오는 전보를 기다려야 한다는 것이었다. 다음 날, 그는 다행스럽게도 한 자리가 남아 있다고 알려 주었다. 다만, 그 객실은 다소 불편한 선실로 갑판 아래, 선박의 중앙부에 위치해 있다는 것이었다. 나는 정말 하루라도 빨리 고향으로 돌아가고 싶었기 때문에 조금의 망설임도 없이 그 자리를 예약했다.

직원의 말은 사실이었다. 배는 만원이었고, 내 선실은 형편없었다. 그곳은 중기기관실 근처의 작은 직사각형 모양의 비좁은 공간으로, 원형 유리창으로 들어오는 희미한 빛만이 비칠 뿐이었다. 사방이 막힌 공간에서 정체되고 응고된 듯한 공기는 기름과 곰팡이 냄새로 가득 차 있었다. 머리 위에서 끊임없이 윙윙거리는 전기 환풍기의 소음은 미친 듯 날아다니는 강철 박쥐처럼 귀를 괴롭혔다. 아래에서는, 마치 계속해서 같은 계단을 헐떡이며 오르는 석탄 운반인의 숨소리처럼, 덜커덕거리고 삐걱거리는 거친 기계음이 들려왔고, 위에서는 상부의 산책 갑판을 끊임없이 오가는 질질 끄는 발걸음 소리가 들렸다. 나는 간신히 트렁크를 회색 격자(트러스)로 만들어진 무덤같이 눅눅한 공간에 밀어넣었고, 곧바로 갑판으로 도망치듯 달려 나갔다. 그리고 육지에서 불어오는 부드럽고 달콤한 바람을 마치 깊은 바닥에서 떠오르는 용연향龍涎香*이라 생각하고 깊이 들이마셨다.

그러나 산책 갑판도 비좁고 어수선했다. 그곳은 시도 때도 없이 뛰어다니고 또 무리지어 다니는 사람들로 가득 차 있었으며, 갇힌 채 아무 활동 없이 시간을 보내는 사람들의 신경질적인 움직임이 가득했다. 여성들의 조잘거리는 대화, 갑판의 좁은 통로를 따라 쉴 새 없이 오가는 움직임, 그리고 불안에 휩싸인 군중이 의자 사이를 지나쳐 끊임없이 서로 마주치는 모습은 왠지 나를 괴롭게 했다. 나는 새로운 세계를 보았고, 바로 내 눈앞에서 빠르게 교차하며 쏟아져 나오는 수많은 이미지들을 받아들였다. 이제 그것들을 차분히 생각하고, 분석하며, 정리하여 내 시선 속에 엄청나게 붐비는 광경을 재현하듯 내 안에

---

*　향유고래의 소화기관에서 생성되는 윤기 없는 무채색 덩어리다. 단단하고 왁스질이며 가연성이 있다. 갓 만들어진 용연향은 똥냄새와 비슷한 악취가 나지만 바닷속을 떠다니면서 은은한 흙냄새 같은 향기를 갖게 된다.

서 다시 형상화하고 싶었다. 그러나 사람들이 엄청나게 붐비는 갑판에서는 단 일 분도 평화와 고요함을 느낄 수가 없었다. 책을 펼쳐도, 지나가는 사람들의 그림자가 활자 위로 스쳐 지나가며 그 의미를 흩트러 놓았다. 이 배의 통로에서의 쉴 틈 없는 움직임 속에서 나 혼자만의 시간을 갖는다는 것은 불가능했다.

나는 사흘 동안 그것을 시도했으며, 체념한 채로 사람들을 바라보았고, 바다를 응시했다. 그러나 바다는 늘 한결같이 푸르고 텅 비어 있었다. 다만 해질녘이 되면, 갑자기 온갖 색채로 물들었다. 그리고 사흘 밤낮이 지나니 승객들 얼굴은 모두 외울 정도가 되었다. 각각의 얼굴이 지겨울 정도로 낯익었고, 여자들의 날카로운 웃음소리는 매력적으로 들렸으며, 서로 티격태격거리는 이웃한 두 명의 네덜란드 장교의 시끄러운 말다툼에도 더 이상 화가 나지 않았다. 그래서 유일한 선택은 도망치는 것이었다. 하지만 선실은 덥고 눅눅했으며, 살롱에서는 영국 소녀들이 끊어진 왈츠를 연주하며 계속해서 서툰 피아노 실력을 뽐내고 있었다. 나는 마침내 결심을 하고 생활 패턴을 바꾸었다. 대낮 오후부터 선실로 내려가 몇 잔의 맥주를 마셔 스스로를 취하게 만든 후, 만찬과 무도회가 벌어지는 동안 잠을 자면서 보내기로 한 것이다.

내가 눈을 떴을 때, 작은 관棺과도 같은 선실은 컴컴하고 공기는 무겁게 가라앉아 있었다. 환풍기를 꺼둔 탓에 눅눅하고 기름기 섞인 공기가 내 관자놀이를 감쌌다. 내 감각은 뭔가 마취된 듯 흐릿했고, 시간과 공간을 인식하는 데 몇 분이 걸렸다. 어쨌든 자정이 이미 지났음에 틀림없다. 더 이상 음악 소리도, 쉴 새 없이 질질 끌리는 발소리도 들리지 않았다. 오직 이 거대한 '리바이어던'*의 숨 쉬는 심장부, 기관실에서 들려오는 거친 기계음만이 배의 몸체를 부르르 떨리게 하며, 보이지 않는 어둠 속으로 배를 밀어 보내고 있었다.

　　나는 더듬거리며 갑판으로 올라갔다. 갑판은 텅 비어 있었다. 그리고 내가 연기를 뿜어내는 굴뚝의 탑과 유령처럼 희미하게 빛나는 돛대를 올려다보았을 때, 갑자기 마법 같은 밝은 빛이 한꺼번에 내 눈 속으로 스며들었다. 하늘이 빛나고 있었다. 하늘을 하얗게 휘젓고 있는 별들에 비하면 어두웠지만, 그럼에도 하늘은 선명하게 빛났다. 마치 검은 벨벳 커튼이 어마어마한 빛을 감추고 있는 것처럼, 마치 뿜어져 나오는 반짝이는 별들은 그 커튼 사이의 틈새나 창문처럼, 형언할 수 없는 빛을 새어 나오게 하고 있었다. 나는 그날 밤처럼, 그렇게 푸르고 강렬하게 빛나는 하늘을 본 적이 없었다. 하늘은 강철처럼 단단하게 빛났고, 동시에 별빛이 넘쳐흘렀다. 달빛은 물

* 　　Leviathan: 거대한 존재나 힘을 상징.

기를 머금은 듯 무겁게 흘러내렸고, 별들은 뭔가 은밀한 내부에서 타오르는 듯 보였다. 배의 외곽선은 흰색 래커로 덧칠한 듯 달빛 속에서 눈부시게 반짝였다. 밧줄, 돛대, 배의 모든 세세한 부분과 모든 윤곽이 넘쳐흐르는 이 빛 속에서 녹아 사라지는 듯했다. 마치 공중에 떠 있는 듯, 돛대에 매달린 여러 항해등燈과 망루의 둥근 창은, 하늘의 반짝이는 별들 사이에서 노란빛을 내는 지상의 별들처럼 보였다.

그리고 내 머리 바로 위에는 남십자성이 떠 있었다. 보이지 않는 허공에 다이아몬드처럼 반짝이는, 못으로 박힌 듯한 마법 같은 별자리 말이다. 그 별들은 하늘에 떠 있는 듯 보였지만, 실제로는 배만 움직일 뿐이었다. 배는 거대한 수영선수처럼 깊은 숨을 내쉬듯 천천히 흔들리며, 어두운 파도를 가르며 앞으로 나아갔다.

나는 그 광경을 올려다보며 서 있었다. 마치 따뜻한 물이 위에서 쏟아지는 욕실에 있는 듯한 기분이었는데, 그것은 빛이어서 하얗고 미지근했다. 그 빛이 내 손과 어깨, 머리를 부드럽게 감싸며, 뭔가 내면으로 스며드는 것 같았다. 그러자 내 안의 모든 무거운 것들이 한순간에 환히 밝아졌다. 나는 해방된 듯 숨을 들이마셨고, 순수하게, 갑자기 행복감에 젖어들었으며, 그리고 입술 위로 맑은 음료가 흐르는 것처럼 느낀 것이 있는데, 그것은 공기였다. 부드럽고 발효된, 약간 취하게 만드는 공기. 그 공기 속에는 멀리 있는 섬의 과일과 꽃향기가 배어 있었다.

그제서야, 배에 오른 이후 처음으로, 나는 신성한 꿈꾸기의 충동에 사로잡혔다. 동시에 보다 감각적인, 여성적인 충동도 느꼈다. 이 부드러움에 온몸을 맡기고 싶다는 충동이었다. 나는 누워서 하늘의 흰 히에로글리프(상형문자)를 바라보고 싶었다. 그러나 갑판에는 빈 의자 하나 없었다. 갑판의 의자들은 모두 치워져 있었고, 텅 빈 산책 갑판에는 꿈을 꾸며 쉴 수 있는 장소가 어디에도 없었다.

그래서 나는 갑판을 더듬으며 앞으로 나아가 점차 배의 앞부분으로 향했다. 물체에서 나오는 눈부신 빛이 점점 더 강렬해지며 내 눈을 찌르는 것 같았고, 그 빛으로 인해 내 시야는 완전히 가려졌다. 이 새하얗고 눈부시게 타오르는 별빛은 이제 거의 고통스러울 지경이었지만, 나는 본능적으로 어둠 속으로 숨어들고 싶어졌다. 어디엔가 매트를 깔고 누워, 이 빛을 직접 받지 않고, 단지 물체들에 반사된 모습으로만 보고 싶었다. 마치 어두운 방 안에서 창밖 풍경을 바라보듯이 말이다. 나는 밧줄을 넘고, 철제 장치를 지나, 마침내 선체의 앞부분까지 다다랐다. 아래를 내려다보니, 배의 앞부분이 검은 물속을 뚫고 들어가고, 녹아내리는 듯한 달빛이 날카로운 선단 양쪽으로 거품을 일으키며 튀어 오르는 모습이 보였다. 배는 끊임없이 올라갔다 내려가며 검은 파도를 쟁기처럼 가르면서 나아갔다. 그 순간 나는 바다의 압도적인 힘이 만들어 내는 모든 고통을 느꼈고, 동시에 이 반짝이는 놀이 속에서 지상의 육체적 힘이 뿜어내는 쾌락을 온몸으로 느꼈다. 나는 그 광경을 보면서 시간의 흐름을 잊었다.

　　한 시간이나 그렇게 서 있었던 것일까, 아니면 단 몇 분에 불과했던 것일까? 거대한 요람처럼 배는 나를 태우고 위아래로 흔들리며, 시간의 경계를 넘어 나를 실어 나르고 있었다. 나는 단 한 가지, 내 온몸에 피로가 찾아오는 것만을 느꼈다. 그것은 마치 쾌락과도 같은 피곤함이었다. 나는 잠을 자고 싶었고, 꿈을 꾸고 싶었지만, 그러면서도 이 마법에서 벗어나고 싶지 않았다. 그렇다고 다시 그 관棺 같은 선실로 내려가고 싶지도 않았다. 나는 무심결에 발끝으로 한 뭉치의 밧줄을 더듬었다. 그리고 그 위에 앉아 눈을 감았다. 그러나 완전히 어둠 속에 있지는 않았다. 왜냐하면 내 머리 위로 은빛 광채가 물밀듯 흘러 들어 왔기 때문이다. 아래에서는 물결이 속삭이듯 흐르는 소리를 느꼈고, 머리 위로는 이 세상의 하얀 흐름이 들리지 않는 소리를 내며 흘러가는 것을 느꼈다. 그리고 점점 그 하얀 빛의 흐름이 내 혈관을 타고 흘러들어 오는 듯했다. 나는 더 이상 나 자신을 느낄 수 없었다. 나 자신을 잃어버렸다. 더 이상 내 심장이 뛰는지 거대한 배의 심장이 뛰는 것인지 분간할 수 없게 되었다. 나는 이 한밤중에 세계를 가득 채운 쉼 없는 물결 속으로 흘러가고,

퍼져 나갔다. 그때 바로 옆에서 들려온 가벼운 마른기침 소리에 나는 깜짝 놀랐다. 나는 거의 취한 듯한 황홀한 몽상에서 깨어났다. 비록 눈은 떴지만, 오랫동안 감겨 있던 눈이 강렬한 빛에 익숙하지 않아서 나는 눈앞을 더듬어야 했다. 그 순간, 바로 가까운 곳 갑판의 어둠 속에서 무언가가 반짝였다. 안경 렌즈였다. 그리고 곧, 굵고 둥근 불빛이 타올랐다. 그것은 파이프 담뱃불이었다. 나는 방금 전까지 이곳에 앉아 있던 동안, 바로 곁에 누군가가 함께 있었음을 전혀 눈치채지 못했다. 그는 멍하니 물보라를 일으키는 뱃머리를 바라보거나 남십자성을 올려다보면서 줄곧 조용히, 움직이지 않은 채 앉아 있었던 것이 분명했다. 나는 무심결에, 아직 몽롱한 상태에서 독일어로 말했다.

"죄송합니다."

그러자 어둠 속에서 대답이 들려왔다. 역시 독일어였다.

"아, 괜찮습니다…"

캄캄한 어둠 속에서 보이지 않는 존재가 내 바로 옆에 앉아 있다는 것. 나는 그것이 얼마나 이상하고 섬뜩했는지 말로 표현할 수 없다. 나는 무의식적으로 그 사람이 나를 쳐다보고 있는 것 같은 느낌을 받았고, 나도 그를 쳐다보고 있었다. 하지만 우리 머리 위로는 너무도 강렬한 빛이 쏟아지고, 하얗게 반짝이며 넘실거려서, 우리는 서

로의 윤곽만을 그림자 속에서 겨우 알아볼 수 있을 뿐이
었다. 나는 그가 내쉬는 숨소리와 파이프 담배를 빨아들
이는 '쉬익' 하는 소리만을 들을 수 있었다.

침묵은 참을 수 없었다. 나는 가능한 한 빨리 도망치
고 싶었지만, 그것은 너무 갑작스럽고 무례한 것처럼 보
였다. 당황한 나는 담배를 꺼내 들었다. 성냥을 켰다. 그
순간, 한 줄기 불꽃이 번쩍이며 짧은 순간 우리가 앉아 있
던 좁은 공간을 밝혔다. 그 찰나의 빛 속에서 나는 안경
렌즈 너머로 낯선 남자의 얼굴을 보았다. 그는 한 번도
배 위에서, 식사 자리나 갑판을 거닐 때에도 본 적이 없는
사람이었다. 눈앞에서 갑작스레 번쩍인 불꽃에 놀란 것
인지, 아니면 그것이 단순한 환영이었는지 모른다. 하지
만 그의 얼굴은 기괴하게 일그러져 있었고, 어둠 속에서
음침한 도깨비와도 같은 모습을 하고 있었다. 그러나 내
가 그의 얼굴을 자세히 들여다볼 틈도 없이, 잠깐 밝아진
모든 것을 어둠이 다시 집어삼켰다. 이제 내 눈앞에는 어
둠 속에 눌려진 어떤 형체의 윤곽만이 남았다. 그리고 가
끔은 공허 속에서 붉은 담뱃불만이 둥근 원을 그리며 밝
게 타올랐다. 아무도 말을 하지 않았고, 우리 사이의 이
침묵은 열대의 공기만큼이나 후텁지근하고 답답했다. 마
침내 나는 더 이상 견딜 수 없었다. 자리에서 일어서며
정중하게 말했다.

“좋은 밤 보내세요.”

그러자 어둠 속에서 쉰 듯 거칠고 녹슨 목소리로 “네, 좋은 밤 보내세요”라는 대답이 들려왔다.

나는 갑판의 장비들 사이를 약간 힘겹게 지나 비틀거리며 앞으로 나아갔다. 그러나 바로 그때 뒤에서 서둘러 따라오는 발소리가 들려왔다. 어딘지 불안하고 조심스러운 걸음걸이였다. 아까 그 사람이었다. 나는 무심코 멈춰 섰다. 그 남자는 완전히 내 앞까지 다가오지는 않았다. 그러나 어둠 속에서도 나는 그의 걸음걸이에서 불안과 어색한 긴장감 같은 것을 느꼈다.

그때 그가 급히 말을 걸었다.

“죄송합니다… 부탁드릴 것이 하나 있습니다… 저는… 저는…”

그는 당황한 듯 말을 더듬으며 한동안 제대로 말을 잇지 못했다.

“저는… 저는… 개인적인… 정말 개인적인 이유로… 이곳에 조용히 있으려고 합니다… 슬픈 일이 있어서요… 저는 배 안에서 사람들을 피하고 있습니다… 하지만 당신은 아닙니다… 정말로… 부탁드립니다. 제발… 당신이 저를 여기서 보았다는 것을 배 안의 누구에게도 말하지 말아 주세요. 그냥… 소위 말해 개인적인 이유로 제가 지금 사람들 사이에 나가는 것을 주저하고 있습니다… 네… 음… 당신이 누군가에게 여기서 밤에… 제가 홀로 있는 것을 보았다고 언급하신다면 저에게는 매우 곤란한 일이 될 것입니다…”

그는 말을 멈췄다. 나는 그가 혼란스러워하는 것을 재빨리 없애 주기 위해 그에게 걱정하지 말라고 서둘러 약속했다. 우리는 서로 악수를 나누었다. 그렇게 나는 그와 작별을 고하고 다시 나의 선실로 향했다. 그러고 선실로 돌아와 잠에 빠져들었는데, 그것은 이상하게 뒤엉킨 듯 불안한 꿈으로 가득한 수면이었다.

나는 약속을 지켰다. 배에서의 그 기묘한 만남에 대해 어느 누구에게도 말하지 않았다. 비록 그 유혹은 결코 작지 않았지만 말이다. 왜냐하면 바다 여행에서라면 사소한 일조차도 큰 사건이 되기 때문이다. 수평선 위에 떠오른 돛대 하나, 물 위로 뛰어오르는 돌고래 한 마리, 새롭게 발견된 연애 감정, 지나가는 농담 한마디까지도 화젯거리가 된다. 그렇기에 나는 그 특별한 남자승객에 대해 더 알고 싶다는 호기심을 억누르기가 힘들었다. 나는 승객 명단을 뒤져 그 사람의 이름이 있는지 찾아보았고, 그와 관계가 있을 만한 사람들을 살펴보았다. 나는 하루 종일 신경질적으로 초조하게 보냈고, 결국 밤이 오기만을 기다렸다. 그를 다시 만날 수 있을지 모른다는 기대감 때문이었다. 나는 신비로운 심리적 수수께끼에 상당한 매력을 느낀다. 그것은 나를 불안하게 만들면서도 동시에 강렬하게 끌어당긴다. 나는 연관관계를 추적하는 것에 혈안이 된다. 그리고 기이한 인간들은 단순히 그 존재만으로도 내 안에 강렬한 탐구욕을 불러일으킨다. 그것은 남자가 여자를 소유하고 싶어 하는 열망과 크게 다를 바 없을 정도로 강렬하다. 그러나 낮은 길고 지루했다. 시간은 모래처럼 손가락 사이로 흩어졌고, 하루는 공허하게 흘러갔다. 나는 일찍 잠자리에 들었다. 나는 알고 있었다. 내가 자정에 깨어나리라는 것을. 그 호기심이 나를 깨우리라는 것을.

그리고 정말로, 나는 어젯밤과 같은 시간에 깨어났다. 시계의 라듐 형광 다이얼의 두 바늘이 하나의 빛나는 선으로 겹쳐 있었다. 밤 열두 시였다. 나는 서둘러 후텁지근한 선실에서 나와, 어제보다 훨씬 더 더위가 느껴지는 밤공기 속으로 뛰쳐나왔다.

별들은 어제처럼 빛나고 있었고, 떨리는 배 위로 은은한 빛을 드리우고 있었으며, 남십자성은 머리 위로 높이 타오르고 있었다. 모든 것이 어제와 똑같았다. 열대 지방의 낮과 밤은 우리 영역의 위도보다 더 쌍둥이처럼 닮아 있다. 그러나 내 안에서는 달랐다. 어제 느꼈던 부드럽고 흐르는 듯 몽롱한 평온함은 사라졌다. 무언가가 나를 끌어당기고 혼란스럽게 했는데, 나는 내가 어디로 끌려가는지 알고 있었다. 나선형으로 엮어 놓은 밧줄이

있는 뱃머리 쪽에, 어젯밤 그가 앉아 있던 자리에 비밀스
런 존재인 그가 다시 앉아 있을지 모른다. 그때 위에서
배의 종소리가 울려 퍼졌다. 나는 그 소리에 휩쓸리듯 앞
으로 나아갔다. 한 걸음 한 걸음 마지못해 그러나 끌려가
듯이, 발걸음을 멈추고 싶었지만 무언가가 나를 계속 앞
으로 끌어당겼다. 나는 아직 뱃머리에 도착하지 않았는
데, 그곳에서 갑자기 붉은 눈眼처럼 무언가가 반짝였다.
그의 파이프였다. 그는 여전히 거기에 앉아 있었다.

　나는 무의식적으로 뒤로 물러나 멈춰 섰다. 다음 순
간, 나는 그 자리를 떠날 생각이었다. 그때 어둠 속에서
무언가 움직였고, 무언가가 자리에서 일어나 두 걸음을
내디뎠다. 그리고 갑자기 내 바로 앞에서 그의 목소리가
들려왔다. 예의 바르면서도 감정을 눌러 담은 듯한 말투
였다. 그가 말했다.

　"죄송합니다. 당신은 분명 다시 당신의 자리로 돌아
가고 싶은 것이겠지요. 그런데 당신이 나를 보았을 때 물
러서려 했던 것 같은 느낌이 드는군요. 제발 신경 쓰지
마시고 그냥 앉으십시오. 저는 곧 다시 떠나겠습니다."

　이 말을 듣고 나는 서둘러 그에게 이렇게 말했다. 그
가 그냥 그 자리에 남아 있으면 좋겠다고, 나는 단지 그를
방해하지 않기 위해서 물러났다고. 그러자 그가 약간 쓴
웃음을 지으며 말했다.

　"당신은 저를 방해하지 않아요, 오히려 저는 이렇

게 누군가와 함께 있는 것이 반갑습니다. 지난 열흘 동안 한마디도 하지 않았어요… 사실 몇 년 동안 하지 않았지요… 그래서 이렇게 힘든 것 같습니다. 아마도 모든 것을 내 안에 억누르느라 숨이 막히는 것 같아서요… 더 이상 선실에 있을 수가 없습니다. 그곳은… 그곳은 관棺과 같습니다. 나는… 나는… 더 이상 못 있겠어요. 그리고 나는 사람들과 어울릴 수도 없습니다. 그들은 하루 종일 웃기만 합니다. 이제 나는 그것을 참을 수가 없습니다… 그들의 웃음소리가 선실 안까지 들려옵니다. 나는 귀를 막고 버티지요… 물론, 그들은 모릅니다. 그들은… 그들은 그것을 모르고, 그러면 결국 낯선 사람인 그들에게 아무 상관없는 일이지요…”

그는 다시 말을 멈췄다. 그러고는 갑자기 다급한 목소리로 말했다.

“하지만 저는 당신을 귀찮게 하고 싶지 않습니다… 제가 너무 말을 많이 했군요. 부디 용서하십시오.”

그는 인사를 하고 자리를 떠나려고 했다. 하지만 나는 그에게 남아 있으라고 간곡하게 말했다.

“아닙니다. 전혀 귀찮지 않아요. 오히려 저도 여기서 이렇게 조용히 이야기를 나눌 사람이 있어서 기쁩니다… 담배 한 개비 하시겠습니까?”

그는 담배 한 개비를 집어 들었다. 나는 성냥을 켜 불을 붙였다. 다시금 그의 얼굴이 검은 선체의 어둠 속에서 불꽃을 깜빡이며 떨어져 나왔다. 이제 그는 완전히 나를 향하고 있었다. 안경 너머의 눈빛이 내 얼굴을 탐색하며, 탐욕스럽고 광기 어린 표정으로 나를 바라보았다. 나는 오싹한 기분이 들었다. 나는 이 사람이 지금 무언가를 말하고 싶어 한다는 것을 느꼈다. 아니, 말하지 않으면 안 된다는 것을 느꼈다. 그리고 나는 그가 스스로 말할 수 있도록 도와주려면 침묵해야 한다는 것을 알았다.

우리는 다시 자리에 앉았다. 그는 거기에 있던 또 하나의 갑판 의자를 나에게 권했다. 우리의 담배 불빛이 어둠 속에서 반짝였다. 그의 담배 불빛은 어둠 속에서 불안하게 흔들리고 있어서, 나는 그의 손이 떨리고 있다는 것을 알 수 있었다. 하지만 나는 아무 말도 하지 않았고, 그도 아무 말도 하지 않았다. 그러다가 갑자기 그의 낮은 목소리가 어둠 속에서 속삭였다.

"많이 피곤하십니까?"

나는 즉시 대답했다.

"아니요, 전혀 아닙니다."

어둠 속에서의 그의 목소리는 다시금 머뭇거렸다.

"제가 뭔가 하나 물어봐도 될까요? 아니, 사실은…… 그냥 당신께 이야기를 하고 싶습니다. 제 행동이 얼마나 터무니없는 것인지 잘 알고 있습니다. 처음 만나는 사람에게 이렇게 제 이야기를 꺼내는 것이 말이죠. 하지만……

저는… 끔찍한 정신 상태에 놓여 있습니다… 누군가에게 꼭 이야기하지 않으면 안 될 지경에 이르렀습니다. 그렇지 않으면 저는 망가져 버릴 것입니다… 당신이 이해해 주실 거라고 생각합니다, 만약 제가… 네, 제가 만약 당신에게 이야기하는 이유를 말씀드리면… 물론, 당신이 저를 도와줄 수 없다는 것도 알고 있습니다. 그러나 저는 이 침묵 속에서 병들어 가고 있습니다. 그리고… 병든 자는 언제나 다른 사람들에게 우스꽝스러운 존재일 뿐이지요…"

나는 그를 중단시키고, 그렇게 괴로워하지 말라고 부탁했다. 그리고 그냥 나에게 이야기해 달라고 했다… 물론 내가 그에게 아무것도 약속할 수는 없지만, 누군가를 도와야 할 의무가 있다는 것은 분명하다고 생각했다. 그래도 누군가 어려움에 처해 있다면, 우리는 당연히 돕고자 하는 의무를 가지는 것이 아닐까?

그러자 그는 내 말을 반복했다.

"의무… 기꺼이 남에게 도움을 주려는 의무… 의무… 시도하고 노력해야 한다는 의무… 당신도 그렇게 생각하시는군요, 의무… 기꺼이 남에게 도움을 주려는 의무…"

그는 같은 문장을 세 번 반복했다. 나는 너무도 기계적이고, 집착적인 그의 반복에 소름을 느꼈다. 이 사람은 제정신이 아닌 걸까? 아니면 술에 취한 것일까?

하지만 마치 내가 그 추측을 큰 소리로 입 밖에 내기라도 한 것처럼, 그는 갑자기 전혀 다른 목소리로 말했다.

"아마 당신은 저를 미쳤다고 생각할지도 모르겠군요. 아니면 술에 취했다고 생각할 수도 있겠지요. 하지만 그렇지 않습니다. 아직은 아닙니다. 단지… 당신이 방금 한 그 말이 이상하리만큼 저를 건드렸습니다. 너무나 이상하리만큼. 바로 그것이 지금 저를 괴롭히고 있는 문제이기 때문입니다. '의무'… 정말 우리는 의무를 다해야 하는 걸까요?"

그는 다시 말을 더듬기 시작했다. 그러다 잠시 멈추고 다른 새로운 이야기로 넘어갔다.

"저는 의사 거든요. 그런데 때때로 이런 경우를 마주하게 됩니다. 불행한… 아니, 한계의 순간 말이죠. 우리는 그런 경우, 의무가 있는지 없는지 알 수 없습니다. 즉, 다른 사람에 대한 의무뿐만 아니라, 자신에 대한 의무, 국가에 대한 의무, 그리고 과학에 대한 의무도 있습니다… 물론, 우리는 도와야 합니다. 그게 바로 우리가 존재하는 이유이니까요. 하지만 이러한 원칙들은 항상 이론적일 뿐입니다. 그렇다면… 얼마나, 어디까지 도와야 할까요? 당신은 지금 저에게 낯선 사람이고, 저도 당신에게 낯선 사람입니다. 그리고 제가 당신에게 부탁했습니다. 당신이 저를 보았다는 사실에 대해 침묵해 달라고. 당신은 그것을 받아들였습니다. 당신은 의무를 다한 것입니다. 그런데 나는 또 부탁을 드렸습니다. 내가 나의 침묵 속에서 미쳐 가고 있기 때문에, 당신과 이야기하고 싶다고 말했습니다. 당신은 저에게 귀 기울일 준비가 되어 있더군요. 당신은 제 부탁을 들어주었습니다… 좋습니다… 그것도 하나의 도움이지만 쉬운 일이지요. 하지만 만약 내가 당신에게 저를 붙잡고 바다로 던져 달라고 부탁한다면, 그때는 친절함과 도움의 손길이 분명 사라질 것입니다. 그렇습니다. 어딘가에서 반드시 끝이 있어야 합니다… 자신의 삶과 책임이 시작되는 지점에서 말이죠. 어딘가에서 이 의무는 끝나야 합니다. 의무라는 것은 어디선가 끝이 나야 합니다. 그렇다면… 의사에게는 혹시 이 의무가 끝나지 말아야 할까요? 단순히 그가 라틴어로 쓰인 졸업장을 가졌다는 이유만으로, 구세주가 되거나 만인을 위한 조력자가 되어야 합니까? 만약 누군가가 나타나 그에게 그런 고귀하고 도움이 되고 선하기를 바란다면, 정말로 자신의 삶을 내던지고 모든 이들을 위해 자신의 피를 쏟아야 합니까? 그렇다면… 네, 어딘가에서 의무는 끝납니다. 더 이상 손 쓸 수 없는 지점, 바로 그곳에서 말이지요.”

그는 다시 말문을 닫았고, 정신을 가다듬었다.

“죄송합니다… 제가 너무 흥분해서 말하고 있군요… 하지만, 저는 취하지 않았습니다. 아직은…

사실 요즘 저에게는 이런 일이 자주 일어납니다. 그

래요. 인정합니다. 이 지옥 같은 외로움 속에서… 저는 자주 취하곤 합니다. 그런데, 생각해 보십시오. 저는 지난 칠 년 동안, 거의 원주민들과 동물들 사이에서만 살았습니다. 그렇게 살다 보면, 차분하고 조용히 말하는 법을 잊어버리게 됩니다. 그러다가 한번 입을 열면, 마치 둑이 무너진 듯 쏟아져 나오지요… 아, 잠깐만요… 네, 알아요. 제가 당신에게 질문하고 싶었던 것은… 이런 사례를 제시하고 싶었어요. 도와야 할 의무가 있는지 말입니다… 우리는 정말 천사처럼, 순수한 마음으로 끝까지 도와야 하는 걸까요? 말이 나왔으니 하는 말이지만, 제가 걱정하는 것은, 이야기가 길어질 것 같다는 점입니다. 정말 괜찮으십니까? 피곤하지 않으신가요?"

"아니요, 전혀 피곤하지 않습니다."

"고맙습니다… 정말 고맙습니다… 한잔하지 않으실래요?"

그는 뒤쪽의 어딘가 어둠 속에서 손을 더듬었다. 무언가가 서로 부딪히며 소리가 났다. 두 개, 세 개, 적어도 여러 개의 병이 그의 옆에 놓여 있었다. 그는 내게 위스키 한 잔을 건넸다. 나는 그것을 한 모금 가볍게 마셨다. 그는 자신의 잔을 한 번에 들이켰다. 우리 사이에는 잠깐 동안 다시 침묵이 흘렀다. 바로 그때, 배의 종이 울렸다. 밤 열두 시 삼십 분이었다.

“좋습니다. 제가 당신에게 한 가지 사례를 이야기하고 싶습니다. 이렇게 생각해 보십시오. 어느 한 의사가… 작은 도시에서… 아니, 사실은 한 시골 마을에서… 한 의사가 있었는데… 그 의사가…”

그는 다시 말을 멈췄다. 그러다 갑자기 의자를 끌어당겨 내게 가까이 다가왔다.

“아니, 이렇게는 안 됩니다. 저는 모든 것을 당신에게 처음부터 직접 말씀드려야 합니다. 그렇지 않으면 이해하지 못하실 겁니다… 이것은 예시나 이론으로 전개될 수 있는 것이 아닙니다… 저는 당신에게 제 사례를 말씀드려야 합니다. 나는 어떠한 부끄러움도, 숨길 것도 없습니다… 제 앞에서 환자들은 알몸으로 옷을 벗고 자신들의 상처, 소변, 배설물을 보여 줍니다… 환자들이 도움을 받고 싶다면, 돌려 말하지 말고 숨기는 것이 없어야 합니다… 그래서 저는 전설적인 의사에 대한 이야기를 하지 않겠습니다… 제 이야기를 숨김없이 말하겠습니다. 저는… 이 더러운 외로움과 이 저주받은 땅에서 부끄러워하는 법을 잊었습니다. 이곳은 영혼을 갉아먹고 허리에서 골수를 빨아내는 곳입니다.”

나는 무의식적으로 몸을 약간 움직였음에 틀림없다. 왜냐하면 그가 말을 중단하더니 이제는 아주 장황하게 말했기 때문이다.

“아, 당신은 반발하시는군요… 나는 이해합니다. 당

신은 인도에 매료되어 있군요. 인도의 사원과 야자수, 두 달간의 여행에 모든 것이 황홀하게 보이겠지요. 그렇습니다. 열대 지방은 매혹적입니다. 기차 안에서, 자동차 안에서, 혹은 인력거를 타고 스쳐 지나갈 때는 마법처럼 느껴집니다. 제가 처음 이곳에 왔던 칠 년 전에도 그랬습니다. 그때 저는 얼마나 많은 꿈을 꾸었는지 모릅니다. 이곳의 언어를 배우고 싶었고, 성경을 원문으로 읽고 싶었고, 질병을 연구하고 과학적인 업적을 남기고 싶었고, 원주민들의 심리를 이해하고 싶었습니다. ―유럽적 전문 용어로 말하자면― 인류애와 문명을 전파하는 사명을 꿈 꾸었던 것이지요. 여기에 오는 사람들은 모두 같은 꿈을 꿉니다. 하지만 저기 보이지 않는 유리 온실에서는 힘이 빠지고, 열병에 걸리게 됩니다 ―아무리 많은 키니네를 삼켜도 소용이 없습니다― 본질적으로 얘기하자면, 결국 몸이 나른해지고, 게을러지며, 나약해집니다. 해파리처 럼 말이지요. 대도시를 떠나 이런 저주받은 늪지대에 오 면, 유럽인으로서의 진정한 본질이 뭔가 단절된 느낌이 듭니다. 즉, 누구나 자신의 한계를 느껴 변하게 됩니다. 어떤 사람은 술에 빠지고, 어떤 사람은 아편을 피우고, 또 어떤 사람은 폭력을 휘두르며 야수가 됩니다 ― 누구 나 어느 정도의 미친 짓을 할 만큼 제정신을 가지고는 살 아남을 수 없게 되는 것이죠. 유럽이 그리워지고, 언젠가 다시 유럽으로 돌아가 하루 동안 거리를 걷는 꿈을 꾸기도 하고, 밝은 돌로 지어진 방에서, 백인들 사이에서 앉아 있는 모습을 꿈꾸기도 합니다. 여러 해가 지나도 그 꿈은 계속되지만, 휴가를 가질 때가 되면 이미 너무 게을러져서 떠나기조차 힘들어집니다. 저편에서는 잊히고, 낯선 존재가 되어, 모든 사람들이 밟고 지나가는 이 바닷속의 조개껍질에 불과하다는 것을 알게 됩니다. 그래서 이곳에 남아 있게 되고, 이 뜨겁고 습한 숲속에서 허우적거리며 썩어 가고, 끝내 여기서 늙어 갑니다. 내가 이 더러운 곳에 팔려 온 날은 정말 저주받은 날이었습니다…

사실 덧붙여 말하자면… 저는 완전히 자발적으로 온 것도 아니었습니다. 저는 독일에서 의학을 공부했습니다. 저는 정식으로 의사가 되었고, 심지어 라이프치히 병원에서 꽤 유능한 의사로 일하고 있었습니다. 어디에선가 잃어버린 옛 의학 저널 *Die Medizinischen Blätter* 잡지의 한 호에서는 당시 제가 처음으로 시행한 새로운 주사에 대해 대서특필했던 기사가 있습니다. 그러던 중 한 여자가 나타났습니다. 병원에서 만난 여자였지요. 그녀는 자신의 애인을 광기에 빠뜨렸고, 그 애인은 결국 그녀에게 총을 쏘았지요. 그리고 곧이어 저도 그 애인과 마찬가지로 광기에 사로잡혔습니다. 그녀는 오만하고 차가운 태도를 유지하면서도 저를 미치게 만들었습니다. 저는 항상 강하면서 도발적이고 건방진 여성들에게 매혹되어 왔지만, 그녀는 저를 완전히 무너뜨렸습니다. 뼈가 부러질

정도로 저를 짓눌렀습니다. 저는 그녀가 원하는 모든 것을 다해 주었지요. —이제 와서 제가 왜 숨기겠습니까? 팔 년 전의 일인데요— 저는 그녀를 위해 병원의 자금에 손을 댔습니다. 그리고 그 일이 발각되었을 때, 지옥 같은 대혼란이 벌어졌지요. 삼촌이 그 일을 덮어 주었지만, 제 경력은 끝장났습니다. 그때 마침 네덜란드 정부에서, 식민지에서 일할 의사를 모집한다는 소식을 들었습니다. 손에 돈을 쥐여 주며 의사를 데려가려 한다는 걸 알았을 때, 저는 곧바로 직감했지요. 그것이 얼마나 위험한 일인지. 저는 알았습니다. 그곳의 열대병원에서는 유럽에서보다 세 배나 빠른 속도로 묘비가 세워진다는 사실을. 하지만 저는 아직 젊었기에, 죽음이란 언제나 다른 사람들에게만 찾아온다고 믿었지요. 어쨌든 저는 선택의 여지가 별로 없었습니다. 로테르담으로 갔고, 계약서에 서명했습니다. 십 년 동안 식민지에서 일할 것을 약속했지요. 대신, 꽤 괜찮은 금액을 손에 쥐게 되었습니다. 그중 절반은 집에 있는 삼촌에게 송금해 주었고, 나머지 절반은 저에 대해 모든 걸 캐낸 사람, 바로 항구에서 만난 여자에게 빼앗겼습니다. 왜냐하면 그녀가 그 저주받은 고양이 같은 여자와 너무도 닮았기 때문입니다. 나는 결국 돈도 없이, 시계도 없이, 환상도 없이, 유럽을 떠나는 배를 탔습니다. 그리고 항구를 벗어날 때, 저는 그다지 슬프지 않았습니다. 그리고 나서 저는 당신이나 모든 사람들처럼 갑판에 앉아 남십자성과 야자수를 바라보았는데, 그 때 제 가슴은 벅차올랐습니다. 그리고 저는 꿈꿨습니다. 아, 광활한 숲과 고독, 고요한 정적을 말입니다. 그리고 저는 정말 충분할 정도로 고독을 맛보았습니다. 저는 바 타비아Batavia나 수라바야Surabaya 같은 도시로 배치되지 않았습니다. 그곳에서는 그래도 사람들을 만날 수 있고, 클럽과 골프장, 책과 신문도 있었을 테지요. 하지만 저는 이름도 별로 중요하지 않는 지역, 즉 도시에서 이틀 여행 거리에 있는 작은 지역으로 보내졌습니다. 거기에는 지 루하고 일에 지친 공무원 몇 명과 몇몇 혼혈인들이 저의 유일한 동료였고, 그 외 주변 넓은 곳엔 오직 숲과 플랜테 이션, 덩굴과 늪지뿐이었지요.

처음에는 견딜 만했습니다. 저는 온갖 종류의 연구 에 몰두했습니다. 한 번은 부총독이 순찰 중에 자동차가 전복되어 다리가 부러졌는데, 저는 조수도 없이 직접 수 술을 했습니다. 그 사건은 꽤 화제가 되었지요. 저는 원 주민들의 토착 독극물과 무기들을 수집했고, 저를 깨어 있게 하기 위해 수백 가지 작은 일들에 시간을 보냈습니 다. 그러나 이 모든 것은 유럽의 힘이 제 안에서 아직 작 용하고 있을 때만 가능했습니다. 그 후 저는 점점 말라 갔습니다. 몇몇 유럽인들은 저를 지루하게 만들었고, 저 는 그들과의 교류를 끊었습니다. 그냥 혼자 술을 마시고 꿈속으로 빠져들었지요. 이제 단 두 해 남았으니 그것만 버티면, 저는 자유로워지고 연금을 받고, 유럽으로 돌아가 다시 새 삶을 시작할 수 있었습니다. 사실 저는 그저 기다리기만 했습니다. 조용히 누워서 기다리는 것 외에는 아무것도 하지 않았습니다. 그렇지만 저는 아직도 그곳에 앉아 있었을는지 모릅니다. 만약 그녀가 없었다면, 그런 일이 일어나지 않았다면 말이지요.”

어둠 속에서 그의 목소리가 갑자기 멈췄다. 그의 파이프에서 연기도 더 이상 피어오르지 않았다. 주변은 너무도 고요해서, 나는 다시금 배의 밑바닥에서 물이 거품을 내며 부딪히는 소리와 멀리서 들려오는 기관실의 둔탁한 심장 박동을 들을 수 있었다. 나는 담배를 피우고 싶었다. 그러나 성냥불이 붙을 때의 번쩍임과 그의 얼굴에 반사되는 빛이 무서워 그것을 꺼내 들 용기가 나지 않았다. 그는 계속 말이 없었다. 나는 그가 말을 마친 것인지, 아니면 졸고 있는 것인지, 아니면 잠들어 있는지 알 수 없을 정도로 그의 침묵은 마치 죽은 듯 조용했다.

그때, 배의 종소리가 다시 울렸다. 정확하고, 힘찬 소리였다. 새벽 한 시였다. 그는 깜짝 놀라며 일어났다. 나는 다시 유리잔이 부딪히는 소리를 들었다. 분명히 그의 손이 위스키를 찾으려는 듯 아래를 디듬거리고 있었다. 그리고 조용히 꿀꺽거리는 소리. 그리고 나서, 그의 목소리가 다시 울려 퍼졌다. 그러나 이번에는 더욱 긴장되고, 더욱 격렬한 톤이었다.

 "네, 그러니까… 잠시만요… 네, 그러니까, 그게 이렇습니다. 저는 저 위에서 저주받은 그물에 앉아 있습니다. 몇 달째 움직이지 않고 거미처럼 그물에 말입니다. 비가 그친 직후였고, 몇 주 동안 지붕 위에 빗물이 떨어졌습니다. 아무도 오지 않았고, 유럽인도 없었습니다. 매일, 매일 저는 집에서 노란 피부의 여자들과 함께 앉아 좋은 위스키를 마셨습니다. 그때 저는 완전히 '망가진' 상태였고, 유럽에 대한 병적인 향수병에 걸려 있었습니다. 만약 내가 소설책에서 밝은 거리나 하얀 피부의 여인들에 대한 묘사를 읽기라도 하면, 손가락이 떨릴 정도였지요. 그 상태를 완전히 설명할 수는 없지만, 일종의 열대병 같은 것이었습니다. 격렬하고, 열이 나면서도 무력한 향수병에 가끔 사로잡히곤 했습니다. 그렇게 저는 세계지도를 펼쳐 놓고 끝없이 여행을 꿈꾸고 있었습니다. 그때 갑자기, 문을 격렬하게 두드리는 소리가 들렸습니다. 밖에 나가 보니, 하인인 소년 한 명과 부인 한 명이 밖에 서 있었는데, 둘 다 눈을 크게 뜨고 놀란 표정을 하고 있었습니다. 그들은 흥분되어 과한 몸짓을 하며 말했습니다. '한 여성이 여기 왔어요, 백인 여성 말이에요.'
 저는 감짝 놀라 자리에서 벌떡 일어났습니다. 저는

마차나 자동차가 다가오는 소리를 듣지 못했었습니다. '백인 여성이 어떻게 이 깊은 정글까지?'

저는 계단을 내려가려다가, 순간적으로 멈춰 섰습니다. 거울을 들여다보았지요. 급히 옷매무새를 정리했습니다. 저는 긴장하고 불안해하며, 뭔가 불쾌한 예감에 마음이 편치 않았어요. 누구도 저를 찾아올 사람이 없었기 때문입니다. 그러나 결국, 저는 아래로 내려갔습니다.

그녀는 현관에서 기다리고 있었습니다. 그리고 저를 보자마자, 성큼 다가왔습니다. 두꺼운 자동차용 베일이 그녀의 얼굴을 가리고 있었습니다. 저는 인사를 하려 했습니다. 그러나 그녀는 재빠르게 저보다 먼저 말을 걸었습니다. '안녕하세요, 박사님.' 그녀는 유창한, 하지만 어딘가 어색한 영어로 말을 했습니다. 마치 미리 연습한 문장을 읊는 것처럼 말이지요. '죄송합니다. 이렇게 갑작스럽게 찾아와서요. 저희는 방금 이곳을 지나가던 중이었습니다. 차는 저쪽에 세워 두었구요.' 그 순간, 제 머릿속에는 '왜 차를 집 앞까지 대지 않은 거지?'라는 생각이 스쳐 지나갔습니다. '그때 당신이 여기 사는 것을 기억해 냈어요. 당신에 대해 정말 많은 이야기를 들었어요. 부총독님께 진짜 마법을 부리셨다죠, 수술 말이에요. 그분의 다리가 다시 완벽하게 좋아졌고, 예전처럼 골프를 칠 수 있게 되었어요! 아, 그곳에서는 모두들 아직도 그 이야기를 하고 있어요. 정말 대단한 일을 하셨더군요. 우리는 모두 우리의 투덜거리는 외과의사와 또 다른 두 분을 이 곳으로 보내 드릴 준비가 되어 있어요, 만약 당신이 우리에게 오신다면요. 도대체 왜 당신은 아래쪽 도시로 내려오지 않으시죠? 당신은 마치 요가 수행자처럼 은둔하고 계시잖아요…'

그리고 그녀는 계속해서 말을 쏟아 내었습니다. 점점 더 서두르듯이 말하고, 제가 말을 할 틈도 주지 않았습니다. 이 수다스러운 이야기 속에는 뭔가 초조하고 불안한 기운이 느껴지고, 저도 점점 불안해졌습니다. 왜 그녀는 말을 이렇게 쏟아 내는 걸까? 왜 그녀는 자기소개조차 하지 않는 거지? 왜 그녀는 베일을 벗지 않는 거지? 열이 있는 걸까? 아픈 걸까? 미친 걸까? 저는 그녀 앞에서 이렇게 조용히 서 있는 것이 우스꽝스럽다는 생각에 점점 더 초조해졌습니다. 그녀가 쏟아 내는 말을 일방적으로 듣고 있을 뿐이었으니까요. 마침내 그녀가 말을 잠시 멈추었습니다. 저는 그 순간을 놓치지 않고 그녀를 위층으로 초대했습니다. 그녀는 하인 소년에게 뒤로 물러서라는 제스처를 하고, 저보다 앞장서서 계단을 올라갔습니다.

'아주 근사한 곳이네요.' 그녀는 제 방을 둘러보며 말했습니다. '아, 이 아름다운 책들! 이 모든 책을 다 읽고 싶어요!' 그녀는 책장 앞에 다가서서 책 제목들을 하나하나 훑어보았습니다. 그때, 처음으로 그녀는 잠시 침묵했습니다.

‘차 한잔 드릴까요?’ 하고 저는 물었습니다.

그러나 그녀는 고개도 돌리지 않고 책 제목만 바라보며 대답했습니다. ‘아뇨, 괜찮아요, 박사님… 우리는 곧 떠나야 해요… 시간이 별로 없어요… 그냥 잠깐 들렀을 뿐이에요… 아, 여기 플로베르도 있네요. 제가 정말 좋아하는 작가예요… 정말 멋져요. 저는 『감정교육Education sentimentale』을 정말 좋아해요. 아주 멋진 작품이죠. 박사님도 프랑스어를 읽으시는군요. 박사님은 정말 모든 것을 할 수 있네요! 역시 독일인들은 학교에서 모든 걸 배우니까요… 정말 대단해요. 이렇게 많은 언어를 구사할 수 있다니! … 부총독님이 당신을 극찬하시더군요, 부총독님이 다시 수술을 받는다면, 그걸 맡길 수 있는 사람은 당신뿐이라고 하세요… 저기 있는 우리의 훌륭한 외과 의사는 지금 브리지 게임에나 적합하죠… 그런데 아시다시피… (그녀는 여전히 돌아보지 않았습니다.) 오늘 제가 한번 생각해 봤어요, 당신과 상담을 해야겠다고… 그리고 우리가 막 지나가는 길이라서 그렇게 생각했죠… 음, 지금 바쁘신 것 같네요… 다음에 한번 오는 게 낫겠어요.’

‘드디어 본론으로 들어가겠구나!’ 하고 저는 바로 생각했습니다. 하지만 저는 아무것도 드러내지 않고, 그녀에게 지금 그리고 언제든지 그녀를 도울 수 있는 것은 나에게 큰 영광이라고 확신을 주었습니다. ‘심각한 건 아니에요.’ 그녀가 반쯤 돌아서면서 동시에 책장에서 꺼낸 책을 넘기며 말했습니다. '별거 아니에요… 그냥 사소한 여자들 일… 어지럼증, 기절 같은 거죠. 오늘 아침, 우리가 차를 타고 가다가 커브를 돌 때 제가 갑자기 쓰러졌어요. 완전히 정신을 잃었어요… 정말 죽을 뻔했죠. 하인 소년이 차 안에서 나를 일으켜 세우고 물을 가져다주었지요. 아, 아마도 운전사가 너무 빠르게 운전했을 거예요. 그렇지 않아요, 박사님?'

'그것만으로는 판단할 수 없습니다. 이런 실신이 자주 있었습니까?'

'아니… 아니요. 그러니까… 네, 요즘 들어 자주 그래요. 특히… 최근에 와서… 네, 맞아요. 이런 실신과 메스꺼움이 있었어요.' 그녀는 여전히 책장 앞에 서서 책을 넣고 다른 책을 꺼내어 넘겼습니다. 이상했어요. 왜 그녀는 그렇게 신경질적으로 책을 넘기는 걸까요? 왜 아직도 베일을 벗지 않는 걸까요? 저는 일부러 아무 말도 하지 않았습니다. 그녀를 기다리게 하고 싶었습니다. 그러다 마침내 그녀는 다시 자신의 무관심하고 수다스러운 방식으로 말을 시작했습니다.

'그렇죠, 박사님? 별거 아니죠? 열대병 같은 것도 아니고… 위험한 건 아니겠죠?'

'우선 열이 있는지 확인해 봐야겠군요. 맥박을 재도 괜찮을까요?'

저는 그녀에게 다가갔습니다. 그러자 그녀는 몸을

살짝 옆으로 비켰습니다.

‘아니요, 아니에요. 저는 열이 없어요. 확실히, 정말로 없습니다… 매일 체온을 쟀어요. 이 실신이 시작된 이후로 매일요. 단 한 번도 열이 난 적이 없었어요. 항상 정확하게 36.4도였어요. 완벽한 정상 체온이에요. 위장도 건강하고요.’

저는 잠시 망설였습니다. 제 마음 한구석에는 계속해서 의심이 피어올랐습니다. 이 여자가 뭔가를 저에게 원하고 있다는 느낌이 들었습니다. 누군가가 플로베르에 대해 이야기하기 위해 이런 오지까지 찾아오는 일은 없으니까요. 저는 그녀를 일부러 1-2분 동안 기다리게 했습니다. ‘실례가 안 된다면’ 하고 저는 곧바로 말했습니다. ‘솔직하게 몇 가지 질문을 드려도 될까요?’

‘당연하죠, 박사님. 당신은 의사니까요’라고 그녀가 대답했지만, 곧 다시 나에게서 등을 돌리고 책들과 놀기 시작했습니다.

‘아이를 낳은 적이 있습니까?’

‘네, 아들이 하나 있습니다.’

‘그때도… 그때도 이와 비슷한 증상이 있었습니까?’

‘네.’

그제서야 그녀의 목소리는 갑자기 달라졌습니다. 아주 명확하고 확고하며, 더 이상 쓸데없는 말이 없고, 긴장하지도 않았습니다.

‘그럼 지금도 비슷한 상태에 계신 것일까요? 이 질문을 드려도 괜찮으신가요?’

‘네.’

그것은 마치 칼날처럼 날카롭고, 거침없이 내뱉는 대답이었습니다. 그녀의 얼굴은 여전히 저를 향하지 않았고, 그녀의 표정에는 어떤 흔들림도 없었습니다.

‘그렇다면, 여사님, 건강을 위해서라도 전반적으로 간단한 검진을 받으시는 게 좋겠습니다… 혹시… 옆방으로 가서 검진을 받아 보시겠습니까?’

그 순간, 그녀가 갑자기 몸을 돌렸습니다. 저는 베일 너머로, 차갑고 단호한 눈빛을 느낄 수 있었습니다.

‘아니요… 그럴 필요 없습니다… 저는 이미 제 상태를 완벽히 알고 있습니다.’”

그의 목소리는 잠시 망설였고, 채워진 유리잔은 어둠 속에서 다시 반짝였다. 갑판 위 어둠 속에서 그 남자는 계속 말했다.

“그러니까 들어 보세요… 하지만 먼저 이걸 잠시 생각해 보세요. 몇 년 동안 고독에 갇혀 있던 한 남자에게 갑자기 한 여자가 찾아옵니다. 그녀는 몇 년 동안 제 방을 밟은 첫 번째 백인 여성이었지요… 그런데, 그 순간 저는 갑자기 방 안에 무언가 사악한 것이 들어왔다는 것을 느낍니다. 위험입니다. 어떻게 된 일인지 저는 섬뜩한 기분을 느꼈습니다. 다시 말해, 그 여자의 강철 같은 결단력에 두려움을 느꼈던 것입니다. 그녀는 처음에 경박하게, 쉴 새 없이 말을 늘어놓으며 다가왔습니다. 그러고 나서는 갑자기 자신의 요구를, 칼을 휘두르듯 내뱉었습니다. 그녀가 저에게 원하는 것이 무엇인지 저는 이미 알고 있었습니다. 그것도 즉시 알았습니다. 여성들이 저에게 이런 것을 요구하는 것이 처음은 아니었지만, 그들은 다른 방식으로 다가왔습니다. 그들은 부끄러워하며 혹은 간청하며 다가왔습니다. 또는 눈물과 간청을 담아 다가왔습니다. 그러나 이 여자는… 네, 강철 같은, 남성적인 결단력이 있었습니다… 첫 순간부터 저는 이 여성이 저보다 강하다는 것을 느꼈습니다… 그녀가 원하는 대로 저를 그녀의 의지에 굴복시킬 수 있다는 것을… 하지만… 하지만… 제 안에도 악한 것이 있었습니다… 저는 남자로서 본능적으로 저항하고 있었습니다. 어떤 격렬한 반감이나 분노가 제 안에서 끓어오르고 있었습니다. 왜냐하면… 저는 이미 말했듯이… 첫 순간부터, 네. 그녀를 보기 전에도, 저는 그녀를 적으로 느꼈습니다. 먼저 저는 침묵했습니다. 고집스럽고 격렬하게 침묵을 지켰습니다. 저는 그녀가 베일 너머에서 저를 바라보고 있다는 것을 알고 있었습니다. 똑바로 저를 바라보며 요구하는 듯한 시선, 저에게 말을 하도록 강요하려는 듯한 눈빛이었지만… 저는 피하듯 버텼습니다… 무의식적으로 그녀의 수다스럽고 무관심한 태도를 따라 하듯이 행동했습니다. 저는 그녀의 말을 이해하지 못하는 척했습니다. 왜냐하면 —당신이 이 감정을 이해할 수 있을지 모르겠지만— 저는 그녀에게 분명하게 말하도록 강요하고 싶었고, 제가 제안하는 것이 아니라… 그녀가 저에게 '요구'하도록 만들고 싶었습니다… 그녀가 처음부터 너무나 거만하게 다가왔기 때문에… 그리고 저는 제가 여성에게서 가장 약해지는 것이 바로 이런 오만하고 차가운 태도임을 알고 있었기 때문입니다.

그래서 저는 이 모든 것이 전혀 걱정할 일이 아니라고 말했습니다. 그런 실신 내지 무력감은 일상적인 일의 일부이며, 오히려 좋은 발전을 보장하는 것이라고 말했습니다. 저는 임상의학 저널에 나왔던 사례를 인용하며… 계속해서 이야기를 이어 나갔습니다. 이 모든 것이 사소한 일인 것처럼 편안하고 가볍게 여기며… 저는 그녀가 저를 중단시킬 것을 기다렸습니다. 왜냐하면 저는 그녀가 그것을 참지 못하리라는 것을 알고 있었기 때문입니다.

그러자 그녀는 갑자기 끼어들었습니다. 손짓으로 마치 제가 달래고 진정시키는 말을 모두 무시하듯 말이죠.

'그게 아닙니다, 박사님. 제가 아들을 낳았을 때는 몸이 좀 더 나은 상태였는데… 하지만 지금은 그렇지 않아요… 심장에 문제가 있어요…'

‘아, 심장 문제요.’ 제가 다시 말하며, 겉으로는 걱정하는 척했습니다. ‘그럼 바로 확인해 보겠습니다.’

그리고 저는 자리에서 일어나 청진기를 가지러 가려 했습니다.

하지만 그녀는 다시 끼어들었습니다. 그 목소리는 이제 매우 날카롭고 단호했습니다. 마치 지휘소에서 명령하는 소리처럼요.

‘저는 심장에 문제가 있습니다, 박사님. 제가 말씀드리는 것을 믿어 주시길 부탁드립니다. 저는 검진에 많은 시간을 낭비하고 싶지 않습니다. 당신은 저에게 좀 더 신뢰를 보여 주실 수 있을 것 같습니다. 적어도 저는 당신에게 충분한 신뢰를 보여 주었습니다.’

그 순간 저는 깨달았습니다. 이제는 싸움이었고, 공개적인 도전이었습니다. 그리고 저는 그 도전을 받아들였습니다.

‘신뢰에는 솔직함이 따라야 합니다. 숨김없는 솔직함이요. 명확하게 말씀해 주십시오. 저는 의사입니다. 그리고 무엇보다도, 그 베일을 벗고 앉아 주세요. 책과 같은 우회적인 방법은 마세요. 의사를 찾아올 때, 베일을 쓰고 오는 사람은 없습니다.’

그녀는 저를 바라보았습니다. 똑바로 서서 자랑스럽게. 그러다 잠시 망설이더니 자리에 앉아 베일을 들어 올렸습니다. 저는 그녀의 얼굴을 보았습니다. 그리고…

저는 그것이 바로 제가 두려워했던 얼굴임을 깨달았습니다. 불투명한 그녀의 얼굴에는 어떤 감정도 떠오르지 않았습니다. 그것은 철저히 통제된, 단련된 얼굴이었습니다. 나이를 가늠할 수 없는 아름다움을 지닌 얼굴, 시간에 얽매이지 않는 아름다움이었습니다. 회색의 영국식 눈을 가진 얼굴. 겉으로는 모든 것이 평온해 보였지만 그 눈 뒤편에서는 모든 열정적인 꿈을 꿀 수 있을 것 같았습니다. 그리고 그녀의 날렵하고 단호한 입술. 그 입술에서는 그녀가 원하지 않는 한, 어떤 비밀도 드러나지 않을 것 같았습니다. 잠시 우리는 서로를 바라보았습니다. 그녀의 명령하는 듯한 말투와 질문을 던지는 듯한 눈빛이 너무나 차갑고 강철 같은 잔인함으로 느껴졌기 때문에 저는 더 이상 견딜 수 없었습니다. 저는 무의식적으로 옆을 향해 시선을 돌렸습니다.

그녀는 손가락 마디로 책상 위를 가볍게 두드렸습니다. 그녀 역시 신경이 쓰이는지, 일종의 신경질적 습관처럼 보였습니다. 그러다 갑자기 그녀가 재빠르게 말했습니다. '박사님, 당신은 내가 원하는 것이 무엇인지 알고 있습니까? 아니면 아직도 모르겠습니까?'

'짐작하고 있습니다. 그러나 명확히 말하는 것이 좋겠습니다. 당신은 자신의 상태에 종지부를 찍고 싶어 합니다… 당신은 제가 당신의 실신과 메스꺼움에서 벗어나게 해 주기를 원합니다. 즉 원인을 제거하고 싶다는 말씀

이시죠. 맞습니까?’

‘네.’

그것은 마치 단두대의 칼날처럼 뚝 떨어지는 날카로운 대답이었습니다.

‘당신도 아시겠지만… 그런 시도는 위험합니다. 그리고… 우리 둘 모두에게 위험할 수 있습니다.’

‘네.’

저는 차분하게 되물었습니다.

‘법적으로 저에게 금지되어 있다는 거라고요.’

‘때로는 법적으로 금지된 것이 아니라, 오히려 요구되는 경우도 있습니다.’

‘하지만 그런 경우에는 반드시 의학적 소견이 필요합니다.’

‘그러면 그 소견을 찾으시면 되겠군요. 당신은 의사니까요.’

그녀의 회색빛 눈동자가 차갑고 강렬하게 저를 응시했습니다. 그것은 협상이 아니라 명령이었습니다. 저 같은 약자는 그녀의 의지가 악마적으로 지배하는 것에 경외심을 느끼며 전율했습니다. 하지만 저는 여전히 무너지지 않았으며, 이미 짓밟힌 상태라는 것을 드러내고 싶지 않았습니다. 제 머릿속에는 이런 생각이 스쳤습니다. ‘너무 서두르지 말자! 상황을 만들어 그녀를 기다리게 하자! 그녀가 나에게 부탁하게 만들자!’라는 어떤 욕망이 내 안에서 반짝였던 것입니다.

'이것은 의사의 의지만으로 결정할 수 있는 일이 아닙니다. 하지만 저는 병원에서 동료 의사와 함께할 준비가 되어 있습니다…'

'저는 다른 의사를 원하지 않습니다… 저는 당신에게 왔습니다.'

'왜 하필 저에게 오셨는지 물어봐도 될까요?'

그녀는 저를 차갑게 바라보며 대답했습니다.

'주저하지 않고 당신에게 말하겠습니다. 물론 말하지 않아도 짐작하시겠지요. 당신은 다른 사람들과 떨어져 외딴곳에서 살고 있고, 당신은 나를 모르기 때문에… 그리고 무엇보다도 당신은 뛰어난 의사이기 때문이고, 그리고 당신은…' 그녀는 처음으로 주저했습니다. '아마도 이 지역에 오래 머물지 않을 것이기 때문입니다, 특히 당신이… 충분한 금액을 받을 수 있다면 말이지요.'

그 순간, 서늘한 전율이 제 등을 타고 흘렀습니다. 이 철저한 상인… 이 상인의 사업상 계산의 명확함이 저를 마비시켰습니다. 지금까지 그녀는 부탁을 하기 위해 입을 열지 않았지만, 모든 것을 이미 계산해 두었고, 저를 먼저 포위한 다음 추적해 왔습니다. 저는 그녀의 의지 속에 있는 악마적인 본성이 저에게 침투하는 것을 느꼈지만, 온 힘을 다해 저항했습니다. 저는 분노와 동시에 저 자신이 다시 한번 강제로 객관적이 되려고 노력했습니다. 거의 아이러니컬할 정도였습니다.

　‘그렇다면 그 큰 금액을… 저에게 제공해 주실 건가요?’

　‘당신이 저를 도와주고, 즉시 이곳을 떠난다면 드리지요.’

　‘제가 그렇게 되면 제 연금을 잃게 된다는 것을 아십니까?’

　‘제가 보상해 드리겠습니다.’

　‘당신은 매우 명확하군요… 하지만 저는 더 명확하게 말하고 싶습니다. 당신이 예상한 보수는 얼마입니까?’

　‘12,000굴덴, 암스테르담에서 수표로 지급됩니다.’

　저는… 떨었습니다… 분노로 떨었고… 네, 경외감으로도 떨었습니다. 그녀는 모든 것을 계산하고 있었습니다. 금액뿐만이 아니라 지급 방식까지, 저를 떠나게 만들기 위해 모든 것을 계획해 두었습니다. 그녀는 저를 알지도 못하면서 저를 평가하고 구매하기까지 했습니다. 그녀는 자신의 의지를 예감하며 저를 지배했습니다. 저는 순간적으로 그녀의 얼굴을 가격하고 싶은 충동을 느꼈습니다… 하지만 저는 일어나며 떨리는 몸을 애써 억눌렀습니다. 그녀도 따라 일어섰습니다. 저는 그녀의 눈을 똑바로 바라보았습니다. 그 순간, 저는 갑자기 일종의 폭력적인 감정이 솟구쳤습니다. 부탁은 하지 않으려는 그녀의 닫힌 입술, 고개를 숙이지 않는 그녀의 거만하고 고상한 이마를 보았던 것입니다. 그녀는 뭔가를 느꼈던 것 같았습니다. 왜냐하면 그녀는 마치 성가신 사람을 쫓아내듯 눈썹을 치켜올렸기 때문입니다. 우리 사이의 증오는 갑자기 드러났습니다. 저는 그녀가 저를 필요로 했기 때문에 저를 미워한다는 것을 알았고, 제가 그녀를 미워한 이유는 그녀가 저에게 부탁이나 애원을 하지 않기 때문이었습니다. 그 짧은 순간의 침묵 속에서 우리는 처음으로 솔직하게 이야기를 나눌 정도로 서로를 이해했습니다. 그러다 갑자기 마치 뱀이 몸을 감싸듯, 한 가지 생각이 제 머릿속을 파고들었습니다. 저는 그녀에게… 저는 그녀에게 말했습니다… 하지만 잠깐 기다려 주십시오. 그 순간의 제 말을 오해할지도 모릅니다… 제가 한 말… 그 미친 생각이 어떻게 제게 떠올랐는지 먼저 설명해야 합니다…"

어둠 속에서 위스키 잔이 다시 한번 부딪히며 작은 소리를 냈다. 그의 목소리는 점점 더 격앙되었다.

"저는 사과하려거나, 변명하려는 것이 아닙니다. 저는 제 자신을 정당화하고 싶지는 않습니다… 그렇지 않으면 당신은 이해하지 못할 것입니다… 제가 좋은 사람이라고 할 수 있을지 모르겠지만… 하지만… 저는 늘 사람을 돕고자 하는 마음이 있었습니다… 그곳, 저 더러운 삶 속에서 제가 유일하게 기쁨을 느낄 수 있었던 순간은, 제 머릿속에 집어넣은 과학의 이 얼마 안 되는 지식으로 누군가의 생명을 구할 수 있었던 때였습니다… 그것은 마치 신이 주는 기쁨 같았습니다… 정말로, 제가 가장 행복했고 아름다웠던 순간은, 어떤 노란 원주민 청년이 공포에 질려 푸르스름한 얼굴로 찾아왔을 때였습니다. 그는 뱀에 물려 발이 퉁퉁 부어오른 상태로 울부짖으며 제게 애원했습니다. 자기 다리를 자르지 말아 달라고 했지요. 저는 최선을 다해 그를 살려 냈습니다. 그때 저는 삶의 의미를 느꼈습니다. 또 어떤 여성이 열병에 걸렸을 때도, 저는 몇 시간이고 달려가 그녀가 원하는 대로 도와주었습니다. 심지어 유럽의 병원에서도 그랬던 적이 있습니다. 하지만 그곳에서는 적어도 그 사람이 저를 필요로 한다는 것을 느낄 수 있었고, 제가 누군가를 죽음에서 구하거나 절망에서 구하고 있다는 것을 알 수 있었습니다. 그리고 그것이 바로 도움을 주기 위해 필요한 감정이었습니다. 다른 사람이 저를 필요로 한다는 그 느낌 말입니다.

하지만 이 여성은 —제가 어떻게 설명할 수 있을지 모르겠지만— 저를 불편하게 했고, 그녀가 마치 산책하듯 들어왔을 때부터 제가 저항하도록 자극했습니다. 그녀는 모든 것을 자극했지요. 어떻게 말해야 할까요. 저의 억눌린 모든 것, 숨겨진 모든 것, 제 안의 모든 악한 것을 자극해서 싸우게 만들었습니다. 그녀가 요조숙녀처럼 행동하며, 삶과 죽음이 걸린 문제를 냉정하게 하찮은 게

약처럼 처리하는 모습은 저를 미치게 만들었습니다… 그리고… 결국 임신이란 골프를 치다가 생기는 일이 아니지 않습니까… 그 순간, 저는 깨달았습니다… 즉, 저는 갑자기 —그리고 그것이 바로 이런 생각이었습니다— 이 차갑고 거만하고 냉정한 여자가, 제가 방어적으로… 거의 그녀를 밀어낼 듯이… 그녀를 바라볼 때면 그러한 강철 같은 눈을 치켜뜨는 그 여자가 두세 달 전에 한 남자와 뜨겁게 침대에서 뒤엉켜 있었던 것을 저는 끔찍할 정도로 명확하게 떠올렸다는 것입니다. 마치 짐승처럼 벌거벗고, 아마도 쾌락에 신음하며, 그들의 두 몸이 마치 두 입술처럼 서로를 꽉 깨무는 모습을… 바로 저를 덮친 불타는 생각처럼 저는 상상해 버린 것입니다. 그녀가 그렇게 오만하고, 차가운 태도로, 마치 영국 장교처럼 저를 바라보았을 때… 그 순간, 제 안의 모든 것이 긴장되었습니다… 저는 그녀를 굴욕감에 빠뜨리겠다는 생각에 사로잡혔습니다… 그 순간부터 저는 그녀의 몸을 드레스 너머로 벌거벗은 모습으로 보았습니다… 그 순간부터 저는 오직 그녀를 소유한다는 생각, 그녀의 단단하고 오만한 입술에서 신음소리를 끌어낸다는 생각, 제가 모르는 다른 사람이 그랬던 것처럼 이 차갑고 오만한 여자를 욕망의 먹잇감으로 느끼겠다는 생각만을 하면서 살았습니다. 그것… 그것을 제가 당신에게 설명하고 싶었습니다… 제가 얼마나 타락했든지 간에, 의사로서 그런 상황을 악용할 생각을 해 본 적이 없었습니다… 하지만 이번에는 음란함도, 정욕도, 성적인 것도 아니었습니다, 정말로… 저는 그것을 인정할 것입니다… 오직 오만함을 지배하려는 욕망뿐이었습니다… 남자로서의 지배… 제가 이미 말씀드린 것 같은데, 저는 오만하고 차가워 보이는 여성들에게 항상 취약했습니다… 하지만 이제, 이제 또 다른 것이 있습니다. 제가 이곳에서 칠 년을 살면서 백인 여성을 한 번도 가져 보지 못했고, 저항이라는 것을 알지 못했다는 것입니다… 이곳의 소녀들, 그 지저귀는 작은 섬세한 생물들은 백인 남성, 즉 '주인'이 자신들을 데려가면 경외감에 떨곤 합니다… 그들은 겸손하게 굴고, 항상 저에게 열려 있으며, 그 조용하고 꿀꺽거리는 웃음으로 저를 섬기기 위해 항상 준비되어 있습니다… 하지만 바로 이 복종적이고 노예 같은 태도가 저에게 즐거움을 빼앗습니다… 이제 이해하십니까, 이해하십니까, 오만과 증오로 가득 찬 여성이 갑자기 나타났을 때, 손가락 끝까지 닫혀 있고 동시에 신비로움으로 반짝이고 과거의 열정으로 가득 찬 그런 여성이, 이렇게 외롭고 굶주린, 가두어진 짐승 같은 인간의 소굴에 대담하게 들어왔을 때, 그것이 저에게 얼마나 충격적으로 작용했는지… 그것… 그것을 말씀드리고 싶었습니다. 그래서 그다음에 무슨 일이 일어났는지 당신이 이해할 수 있도록… 그래서… 어떤 사악한 욕망으로 가득 차고, 그녀에 대한 생각으로 중독되어, 벗겨지고 관능적이고 복종하는 그녀의 모습을 건너보며, 저는 몸을 웅크리고 무관심한 척했습니다. 저는 냉정한 척하며 말했습니다. '12,000굴덴? … 아니요, 그 금액으로는 하지 않겠습니다.'

그녀는 저를 바라보았고, 약간 창백해졌습니다. 그녀는 아마도 이러한 저항이 돈에 대한 욕심에서 비롯된 것이 아니라는 것을 느꼈을 것입니다. 하지만 그녀는 이렇게 말했습니다.

'그렇다면 당신은 무엇을 원하시나요?' 저는 그 차가운 어조에 더 이상 반응하지 않고 단도직입적으로 말했습니다. '솔직하게 이야기합시다. 저는 장사꾼이 아닙니다… 저는 '부패한 금화'를 받고 독을 파는 『로미오와 줄리엣』에 나오는 그 불쌍한 약제사도 아닙니다… 저는 아마도 장사꾼과는 정반대의 인간입니다… 이런 방식으로는 당신이 원하는 것을 얻을 수 없을 겁니다.'

'그럼 당신은 이 일을 하지 않겠다는 건가요?'

'돈을 받고는 하지 않겠습니다.'

잠시 동안 우리 사이는 아주 조용해졌습니다. 너무 조용해서 저는 그녀의 숨소리를 처음으로 들었습니다.

'그렇다면 당신은 무엇을 원하나요?

이제 저는 더 이상 참을 수가 없었습니다.

'무엇보다 먼저, 당신이 저를 장사꾼으로 대하지 말고, 인간으로 대해 주기를 바랍니다. 당신이 도움을 원한다면, 당신의 부끄러운 돈부터 들이밀 것이 아니라… 저에게, 인간으로서 도움을 요청해 주기를 바랍니다… 저는 단순히 의사가 아닙니다. 저는 단순히 진료 시간만 있는 것이 아닙니다… 저에게는 다른 시간도 있습니다… 아마도 당신은 그런 시간에 오신 것일지도 모릅니다…’

그녀는 짧게 침묵했다. 그리고 그녀의 입술이 가볍게 일그러지며, 떨리는 목소리로 빠르게 물었다.

‘그렇다면… 만약 제가 당신에게 부탁을 한다면… 당신은 해 주겠다는 건가요?’

‘당신은 또다시 거래를 하려고 하는군요. **당신은 제가 먼저 약속해야지만 부탁할 겁니까?** 아닙니다. 먼저 당신이 나에게 부탁해야 합니다. 그 후에야 저는 당신에게 대답할 것입니다.’

그녀는 마치 고집 센 말처럼 고개를 쳐들고, 화가 난 듯한 표정으로 저를 쳐다보았습니다.

‘아니요! 나는 당신에게 절대 부탁하지 않을 겁니다. 차라리 죽겠습니다!’

그 순간, 저는 분노에 휩싸였습니다. 이성 따위는 사라진, 격렬한 감정 상태에서 이렇게 말했습니다.

‘좋습니다. 당신이 부탁하지 않는다면, 제가 요구하겠습니다. 제가 원하는 것이 무엇인지 당신도 잘 알고 있을 겁니다. 그것을 받아들인다면… 저는 당신을 도울 것입니다.’

　잠시 그녀는 저를 똑바로 바라보았습니다. 그때 ─ 아, 얼마나 끔찍했는지 말할 수가 없을 정도입니다─ 그녀의 표정이 바뀌더니, 갑자기… 그녀는 저를 향해 **비웃었습니다**… 말로 표현할 수 없는 경멸로 제 얼굴을 바라보며… 저를 산산조각 내는 듯한 경멸로… 동시에 저를 황홀하게 만들었습니다. 그 경멸의 웃음은 마치 폭발과 같았습니다. 너무나 갑작스럽고, 숫구치듯이, 엄청난 힘에 의해 터져 나왔습니다… 그렇습니다, 저는 바닥에 무릎을 꿇고 그녀의 발에 입 맞추고 싶을 정도였습니다. 그것은 단 1초 동안 지속된 일이었고… 그것은 번개처럼 빠르고, 제 온몸에 불꽃이 치솟는 것 같았습니다… 그 순간, 그녀는 이미 돌아서서 급히 문 쪽으로 걸어가고 있었습니다. 저는 본능적으로 그녀를 따라가려 했습니다. 그녀에게 사과하고 싶었고… 그녀에게 매달리고 싶었습니다. 저는 완전히 무너져 있었기 때문이었습니다… 그러나 그 순간, 그녀는 다시 돌아서서 말했습니다… 아니, **명령했습니다.**

　‘나를 따라오거나 뒤쫓지 마세요. 당신이 그런 짓을 한다면… 후회하게 될 겁니다.’

　그리고 그녀의 뒤에서 문이 쾅 닫혔습니다.”

　다시 한번 주저함. 다시 한번 침묵… 다시 한번 달빛이 흐르는 듯한 조용한 소리만이 들렸다. 그리고 마침내 다시 그 목소리가 들리는 듯했다.

"문이 쾅 하고 닫혔습니다… 하지만 저는 그 자리에 넝하니 서 있었습니다… 저는 그녀의 명령으로 마치 최면에라도 걸린 듯했습니다… 저는 그녀가 계단을 내려가는 소리, 현관문을 닫는 소리를 들었습니다… 저는 그녀가 떠나는 모든 순간을 귀로 듣고 있었고, 제 모든 욕망은 그녀를 뒤쫓고 있었습니다… 그녀를… 저는 무엇을 해야 할지 몰랐습니다… 그녀를 다시 불러야 할지, 때려야 할지, 목을 졸라야 할지… 하지만 그녀를 쫓고 싶었습니다… 쫓고 싶었어요… 그런데도 저는 움직일 수 없었습니다. 제 팔다리는 마치 전기에 감전된 것처럼 마비된 상태였습니다… 저는 그 오만한 눈빛의 광채가 제 골수까지 파고든 것 같았습니다… 저는 알고 있었습니다. 이것은 설명할 수 없고, 이야기할 수도 없는 일이라는 것을… 어쩌면 우스꽝스럽게 들릴지도 모르지만, 저는 그 자리에 계속 서 있었습니다… 저는 몇 분의 시간이 필요했습니다. 어쩌면 오 분, 어쩌면 십 분, 제가 한 발을 땅에서 떼어 낼 수 있기까지는…

하지만 제가 발을 움직이자마자, 제 마음속에서는 이미 광기가 폭발했으며, 그래서 빠르게 움직였습니다… 순식간에 저는 계단을 뛰어 내려갔습니다… 그녀는 분명히 도로를 따라 걸어가 자동차로 돌아가고 있었을 것이었습니다… 저는 창고로 뛰어들어 자전거를 가져오려 했지만, 열쇠를 잊어버렸다는 것을 깨달았습니다. 저는 칸막이 방문을 힘껏 열어젖혔으며, 그러자 대나무 문짝이 부서지고 쩍쩍 갈라지는 소리가 났습니다… 그리고 저는 자전거에 올라타 그녀를 잡으러 페달을 미친 듯이 밟았습니다… 저는 그녀를 붙잡아야 했습니다. 그녀가 자동차에 도착하기 전에… 반드시 붙잡아야 했습니다… 저는 그녀와 이야기해야 했습니다… 도로의 먼지가 제 주위를 휘감았습니다… 이제야 저는 제가 얼마나 오랫동안 위에서 멍하니 서 있었는지 깨달았습니다… 저기, 역 바로 앞 숲의 구부러진 길에서 저는 그녀를 보았습니다. 그녀는 빠른 걸음으로 똑바른 자세로 걸어가고 있었고, 하인 소년이 동행하고 있었습니다… 하지만 그녀도 저를 보았던 것 같았습니다. 그녀는 이제 소년과 몇 마디 말을 나누더니, 소년을 뒤에 남겨 두고 혼자 계속 걸어갔습니다… 무엇을 하려는 걸까요? 왜 혼자 있고 싶어 할까요?… 그녀는 소년에게 들리지 않게 저와 대화하고 싶어 하는 걸까요?… 저는 더 깊이 생각할 틈도 없이 자전거 페달을 더욱 세게 밟았습니다… 그러다 갑자기 도로 옆에서 무언가가 제 앞으로 튀어나왔습니다. 그녀의 하인 소년이었습니다… 저는 급히 핸들을 틀어 피하려 했지만, 균형을 잃고 자전거와 함께 길바닥에 넘어졌습니다.

　　저는 욕설을 내뱉으며 몸을 일으켰습니다… 본능적으로 주먹을 쥐고 그 바보에게 한 대 날리려 했지만, 그는 옆으로 피했습니다… 저는 자전거를 다시 타려고 일으켜 세웠습니다. 하지만 그 악당이 앞에 뛰어들어 자전거를 붙잡고는 더듬거리는 영어로 말했습니다. ‘여기 계셔야 합니다, 선생님.’

당신은 열대 지방에서 살아 보지 않았지요?… 그런 황색 악당 같은 원주민이 감히 백인 ‘주인’의 자전거를 잡고 그 ‘주인’에게 남아 있으라고 명령하는 것이 얼마나 뻔뻔스럽고 모욕적인 일인지 당신은 모를 겁니다. 저는 대답 대신 그의 얼굴에 주먹을 날렸습니다… 그는 비틀거렸지만 자전거를 꽉 붙잡고 있었습니다… 그의 눈, 좁고 비겁한 눈은 노예적인 공포에 질려 크게 떠져 있었습니다… 하지만 그는 자전거 핸들을 악마처럼 꽉 붙잡고 있었습니다… ‘여기 계셔야 해요’라고 그는 다시 중얼거렸습니다. 다행히도 저는 총을 가지고 있지 않았습니다. 그렇지 않았다면 그를 쏴 버렸을 것입니다. ‘꺼져, 악당 같으니라고!’이라고 저는 말했습니다. 그는 움츠린 채 저를 바라보았지만, 여전히 자전거 핸들을 놓지 않았습니다. 저는 그의 머리를 한 번 더 가격했지만, 그는 여전히 놓지 않았습니다. 그 순간, 저는 분노가 치밀어 올랐습니다… 저는 그녀가 이미 떠났거나, 어쩌면 이미 도망쳤을지도 모른다고 생각했습니다… 그래서 저는 그의 턱 아래에 진짜 권투선수처럼 강력한 어퍼컷을 날려 그가 비틀거리게 만들었습니다. 그제서야 저는 자전거를 되찾을 수 있었습니다. 저는 자전거에 올라탔지만, 바퀴가 움직이지 않았습니다… 그 하인과 자전거 핸들을 강제로 잡아당기다가 자전거의 바퀴살이 휘어 버린 것이었습니다… 저는 떨리는 손으로 그것을 곧게 펴려고 했지만… 되지 않았습니다… 그래서 저는 자전거를 하인 옆쪽 길가로 던져 버렸습니다. 그는 피를 흘리며 일어나 옆으로 비켜섰습니다… 그리고 그때, 그래요. 당신은 유럽인이 이렇게 모든 사람들 앞에서 얼마나 우스꽝스런 행동을 했는지 상상할 수 없었을 겁니다… 저는 더 이상 제가 무엇을 하고 있는지 몰랐습니다… '그녀를 쫓아가 따라잡아야 한다'는 단 하나의 생각밖에 없었습니다. 그래서 저는 미친 듯이 시골길을 따라 오두막들을 지나 **달렸습니다**. 도로 옆에 있는 원주민들이 놀라서 우르르 몰려와, 백인 남자인 의사 선생님이 달리는 모습을 쳐다보고 있었습니다.

저는 온몸이 땀에 젖은 채 마침내 역 앞에 도착했습니다. 도착하자마자 제 첫 번째 질문은 이랬습니다. '차는 어디에 있나요?'… 방금 떠났습니다… 사람들은 놀란 표정으로 저를 쳐다보았습니다. 저는 마치 미친 사람처럼 보였을 것입니다. 땀에 젖고 더러운 모습으로 그곳에 도착하여 멈추기도 전에 질문을 외쳐 대는 꼴이라니… 저는 도로 아래에서 자동차의 배기가 흰 연기처럼 피어오르는 것을 보았습니다… 그녀는 성공했습니다… 그녀는 계획대로 완벽하게 도망쳤습니다. 그녀의 냉철한 계산은 이번에도 틀리지 않고 성공했던 것입니다.

하지만 도망치는 것은 그녀에게 아무런 도움이 되지 않았습니다… 이곳 열대 지방에서는 유럽인들 사이에 비밀이란 없었습니다… 모두가 서로를 알고, 모든 것이 주목할 만한 사건이 되었습니다… 그녀의 운전사가 정부政府의 방갈로에서 한 시간이나 있었던 것은 결코 우연이 아니었습니다… 몇 분 만에 저는 모든 것을 알게 되었습니다… 그녀가 누구인지… 그녀가 저 아래, 즉 열대의 한 대도시에서 살고 있다는 것, 여기서 기차로 여덟 시간 거리에 있다는 것… 그녀가 ― 자, 말하자면, 큰 사업가의 아내라는 것, 엄청나게 부유하고 고상하며, 영국 여성이라는 것… 그녀의 남편이 지금 미국에 다섯 달 동안 있었고, 며칠 후에 그녀를 유럽으로 데려가기 위해 도착할 예정이라는 것, 그 모든 것을 저는 알고 있었습니다…

하지만 그녀는 ―그리고 그 생각은 독처럼 제 혈관 속으로 타들어 왔습니다― 기껏해야 두세 달 정도 뜻밖의 다른 상황, 즉 임신한 지 두세 달밖에 되지 않았을 것입니다…”

“지금까지는 당신에게 모든 것을 이해시키는 것이 가능했습니다… 아마도 그 이유는 제가 이 순간까지 제 자신을 이해하고 있었기 때문일 것입니다… 의사로서 항상 제 상태를 스스로 진단해 왔으니까요. 하지만 그 순간부터 모든 것이 열병처럼 시작되었습니다… 저는 저 자신에 대한 통제력을 잃었습니다… 제가 하는 모든 일이 얼마나 무의미한지 정확히 알고 있었지만, 더 이상 스스로를 다스릴 힘이 없었습니다… 저는 더 이상 저 자신을 이해할 수 없었어요… 저는 단지 제 목표에 사로잡혀 앞으로 달려갔을 뿐입니다… 그건 그렇고, 잠깐만요… 어쩌면 당신에게 이것을 이해시킬 수 있을지도 모르겠습니다… 혹시 '아모크Amok'가 무엇인지 아십니까?"

"아모크? … 어렴풋이 기억납니다… 말레이 사람들에게 나타나는 일종의 취기 같은 것 아닌가요?"

"그것은 단순한 취기가 아닙니다… 그것은 광기 내지 정신착란입니다. 일종의 인간 광견병과도 같은 것… 다른 어떤 알코올 중독과도 비교할 수 없는, 살인을 부르는 무의미한 편집偏執 망상중입니다… 저는 체류하는 동안 몇 가지 사례를 연구했습니다. 다른 사람의 문제를 다룰 때 우리는 항상 냉철하고 객관적이죠… 하지만 그 기원에 대해 끔찍한 비밀을 밝혀낼 수는 없었습니다… 어떤 면에서는 그것이 기후와 관련이 있는 것 같습니다. 이 눅눅하고 짓누르는 공기가 신경을 감전시키다가, 어느 순간 폭발하게 하는 것이죠…

아모크… 네, 아모크라는 것은 이런 겁니다. 어떤 평범하고 착한 말레이 사람이 술을 마십니다… 그는 멍하니, 무관심하게, 나른하게 앉아 있습니다… 마치 제가 제 방에서 그렇게 앉아 있었던 것처럼… 그러다 갑자기 그는 벌떡 일어나 단검을 움켜쥐고 거리로 뛰쳐 나갑니다… 그는 앞만 보고 달립니다. 오로지 직진만 할 뿐입니다… 어디로 가는지도 모릅니다… 자기가 가는 길을 막는 것이 사람이든 동물이든, 크리스Kris(말레이인의 단검)를 휘둘러 쓰러뜨립니다. 그리고 피로 인한 광란은 그를 더욱 뜨겁게 만듭니다… 그의 입에서는 거품이 일고, 그는 광기에 휩싸여 미친 듯이 울부짖습니다… 하지만 그는 멈추지 않고 달립니다. 달리고 또 달립니다. 더 이상 오른쪽도 왼쪽도 보지 않고, 그의 날카로운 비명과 피로 물든 크리스를 들고 이 끔찍한 직선 속으로 돌진합니다… 마을 사람들은 아모크 상태의 남자를 막을 수 없다는 것을 알고 있습니다. 그래서 그가 오면 모두 소리를 지르며 경고합니다. '아모크! 아모크!' 그러면 모두 도망칩니다… 하지만 그는 듣지 못합니다, 보지도 못합니다, 단지 앞을 향해 달릴 뿐… 그의 길을 가로막는 모든 것을 찌르고 베어 쓰러뜨리며… 결국 그는 미친 개처럼 총에 맞아 죽거나, 아니면 스스로 거품을 물고 쓰러지고 맙니다…

저는 한 번 그것을 본 적이 있습니다, 제 방갈로 창문을 통해… 끔찍한 장면이었어요… 하지만 제가 그것을 직접 보았기에, 저는 그때의 제 자신을 이해할 수 있었습니다… 왜냐하면 저도 똑같았으니까요… 바로 그렇게,

저 끔찍한 시선으로 오로지 앞만 바라보며, 좌우를 돌아
보지도 않고, 광기에 사로잡혀 돌진했습니다… 저는 오
직 그녀를 향해 돌진했습니다… 저는 어떻게 그렇게 했
는지 기억도 나지 않습니다. 너무나도 빠른 속도로, 미친
듯한 질주 속에서 모든 것이 지나갔습니다…

그녀의 이름, 그녀의 집, 그녀의 사정 등 그녀의 모
든 것을 알게 된 지 단 십 분, 아니 오 분, 아니 이 분 만
에, 저는 급하게 빌린 자전거를 타고 집으로 돌아왔고, 허
겁지겁 옷을 챙겨 가방에 넣고, 돈을 챙긴 후 차를 몰고
기차역으로 달려갔습니다… 저는 구역관리 행정관에게
보고도 하지 않고, 대리인을 지정하지도 않았으며, 집을
그대로 열어 둔 채 떠났습니다… 제 주위에는 하인들이
서 있었고, 여자들은 놀라며 질문했지만, 저는 아무 대답
도 하지 않고 돌아보지도 않았습니다. 저는 단지 기차역
으로 달려가, 다음 열차를 타고 도시로 향했습니다… 그
녀가 제 방에 들어선 지 한 시간도 채 지나가기 전에, 저
는 제 존재를 뒤로한 채, 미친 듯이 공허를 향해 '아모크
상태처럼' 돌진하고 있었습니다…

저는 앞만 보고 달려갔습니다. 마치 머리를 벽에 부
딪치듯이… 저녁 여섯 시에 도착했고… 여섯 시 십 분에
는 이미 그녀의 집에 가서 방문을 요청했습니다… 당신
도 이해하실 겁니다… 이것은 제가 할 수 있는 가장 무의
미하고, 어리석은 행동이었습니다… 하지만 '아모크'에

사로잡힌 자는 텅 빈 눈으로 달립니다. 그는 자신이 어디로 향하는지도 알지 못합니다… 몇 분 후 하인이 돌아와 정중하고 차가운 태도로 말했습니다. '부인께서는 몸이 좋지 않아 손님을 맞이할 수 없다고 하십니다.'

저는 휘청거리며 문밖으로 나섰습니다… 한 시간 동안이나 그녀의 집 주변을 배회했습니다. 어쩌면, 혹시라도 그녀가 저를 찾아 나올지도 모른다는 터무니없는 희망에 사로잡혀…

그러다 마침내, 해변 호텔에 방을 하나 잡고 위스키 두 병을 주문했습니다. 그리고 거기에 더해 두 배의 용량으로 복용한 베로날Veronal(수면제, 진정제)… 그것들이 저를 도왔습니다…

마침내 저는 잠이 들었던 것이죠. 그리고 그 무겁고 답답하며 혼탁한 수면만이, 이 생과 사를 향한 광란의 질주 속에서의 유일한 휴식이었습니다."

배의 종소리가 울렸다. 단단하고 묵직한 두 번의 종소리가 거의 정지된 듯한 무더운 공기 속에서 부드럽게 울려 퍼지며 잔물결처럼 흔들렸다가 이내 사라졌다. 선체 아래쪽에서는 끊임없이 속삭이는 듯한 잔잔한 물결 소리가 들려왔고, 그 물결 소리는 열정적인 독백 사이에 끼어들어 조용히 사라졌다. 어둠 속, 내 맞은편에 앉은 사람이 흠칫 놀라 몸을 움찔했던 것 같다. 그의 말이 순간 멈췄다. 그리고 다시 병을 집으려고 손을 뻗는 소리, 가볍게 액체가 출렁이는 소리가 들렸다. 그러고 나서 그는 마치 안정을 되찾기라도 한 듯 더욱 단호한 목소리로 말을 잇기 시작했다.

"그 순간부터 이어진 시간들을 제대로 이야기할 수 있을지 모르겠습니다. 지금 돌이켜 보면, 그때 아마도 저는 열이 있었던 것 같습니다. 어쨌든 제 상태는 극도로 예민해져 있었고, 거의 광기에 가까웠어요. 마치 제가 앞서 말했던 '아모크' 상태처럼요. 하지만 잊지 마십시오, 제가 도착한 것은 화요일 밤이었고, 토요일에는 —그사이에 이것을 알아냈습니다— 그녀의 남편이 요코하마에서 오는 P.&O. 정기선으로 도착할 예정이었습니다. 그러니까, 결단을 내리고 그녀를 도울 수 있는 시간이 단 사흘뿐으로 너무도 촉박했습니다. 당신은 이것을 이해할 수 있나요? 저는 그녀를 즉시 도와야 한다는 것을 알면서도, 그녀에게 한마디도 전할 수 없었습니다. 그리고 바로 그 점이 저를 더욱 미치게 했습니다. 저의 바보 같은, 광적인 행동을 변명하고 싶었어요. 저는 매 순간이 얼마나 소중한지 알고 있었습니다. 그녀에게는 생사가 걸린 문제였습니다. 그런데도 저는 그녀에게 속삭이는 것조차, 단 하나의 몸짓조차 전할 방법이 없었습니다. 왜냐하면 그녀를 뒤쫓아 가는 저의 서투르고 거친 행동 때문에, 오히려 그녀를 겁먹게 만들어 버렸으니까요.

그것은… 그래요, 잠깐만요… 그것은 마치 누군가가 다른 사람에게 달려가 살인자가 다가오고 있다고 경고하려 하지만, 정작 그 사람은 그를 살인자로 오인하고 더욱 미친 듯이 도망치는 상황과 같았습니다. 그녀는 제가 단지 그녀를 쫓아다니며 괴롭히는 '아모크' 상태의 광인이라고만 생각했습니다. 하지만… 그것이야말로 가장 끔찍한 모순이었습니다… 저는 더 이상 그런 것조차 생각하지 않았습니다. 저는 이미 완전히 파괴된 사람이었고, 단지 그녀를 돕고 싶었을 뿐이었습니다. 그녀를 위해서라면 무엇이든 할 수 있었습니다… 심지어 살인이나 범죄라도 서슴지 않았을 것입니다. 하지만 그녀는 그것을 이해하지 못했습니다.

다음 날 아침, 눈을 뜨자마자 저는 그녀의 집을 다시 찾았습니다. 문 앞에는 예전에 제가 얼굴을 가격했던 바로 그 하인이 서 있었습니다. 그리고 제가 멀리서 다가오는 것을 보자, 그는 ―분명 저를 기다리고 있었을 것입니다― 황급히 집 안으로 뛰어 들어갔습니다. 어쩌면 그는 단순히 저에 대해 몰래 알리기 위해 들어간 것일지도 모릅니다… 어쩌면… 아, 이 불확실함이 지금도 저를 얼마나 괴롭히는지 모릅니다… 어쩌면 그녀가 이미 저를 맞이할 준비가 되어 있었을지도 모릅니다… 하지만 그 순간, 그를 본 순간 수치스러운 기억이 되살아났습니다… 이번에는 제가 감히 다시 그녀를 찾아갈 용기를 내지 못했습니다. 무릎이 떨렸습니다. 문턱 바로 앞에서 저는 멈춰 섰고, 다시 돌아섰습니다… 그리고 걸었습니다. 계속 걸었습니다. 아마도 그녀 역시 같은 고통 속에서 저를 기다리고 있었을지 모르는데, 저는 그렇게 그녀를 남겨 둔 채 떠나 버렸습니다.

저는 이제 이 낯선 도시에서 더 이상 무엇을 해야 할지 몰랐습니다. 이곳은 마치 불길이 제 발뒤꿈치를 태우듯이 뜨겁게 이글거렸습니다. 그러다 갑자기 한 가지 생각이 떠올랐습니다. 저는 곧바로 마차를 불러 부총독을 찾아갔습니다. 과거에 제가 근무하던 지역에서 도움을 주었던 적이 있었는데, 그에게 면담을 요청해야겠다고 생각했습니다… 그런데 제 겉모습이 이미 어딘가 불안해 보였던 모양이었습니다. 그는 저를 마주 보며 다소 놀란 듯한 시선을 보냈고, 그의 예의 바른 태도 속에는 불안감이 서려 있었습니다. 어쩌면 그는 이미 제 안에서 '아모크'에 사로잡힌 광기를 알아차렸을지도 몰랐습니다… 저는 단호하게 이렇게 말했습니다.

'저는 즉시 이 도시로 전출되기를 요청합니다. 지금의 근무지에서는 더 이상 제 직책을 수행할 수 없습니다. 그래서 당장 이곳으로 옮겨 와야만 합니다.'

그는 한동안 저를 바라보았는데… 어떻게 저를 바라보았는지, 저는 말로 설명할 수가 없습니다. 그것은 마치 의사가 환자를 바라보는 눈빛과도 같았습니다. 그리고 그는 이렇게 말했습니다.

'신경쇠약이군요, 박사님. 충분히 이해합니다. 뭐 어떻게든 조정하도록 해 보겠습니다. 하지만 잠깐… 그래도 최소 4주 정도는 기다려야 합니다. 우선 후임으로 올 대체인원을 찾아야 하니까요.'

'저는 기다릴 수 없습니다. 단 하루도!' 저는 단호하게 대답했습니다. 다시금 그 기묘한 시선이 제게로 향했습니다. '그렇게는 안 됩니다, 박사님.' 그가 엄숙한 목소리로 말했습니다. '우리는 그 지역을 의사 없이 둘 수 없습니다. 하지만 제가 오늘 바로 모든 절차를 시작하겠다고 약속드립니다.' 저는 이를 악물고 서 있었습니다. 처음으로 저는 제가 팔려 버린 존재라는 것, 제가 한낱 노예에 불과하다는 것을 뼛속 깊이 깨달았습니다. 반항심이 치밀어 오르며 모든 것이 분노로 뒤엉켜 가던 순간이었습니다. 그때 그는 능숙하게 예상치 못한 말로 선수를 쳤습니다.

'박사님, 당신은 사람들과 어울리는 법을 잊어버렸습니다. 그리고 그것은 결국 병이 됩니다. 우리는 모두 의아하게 생각했습니다. 왜 박사님이 한 번도 이곳에 오지 않았는지, 왜 휴가조차 내지 않았는지 말입니다. 박사님께는 더 많은 교류가 필요합니다. 더 많은 자극도 필요하고요. 그러니 적어도 오늘 저녁이라도 오십시오. 오늘 정부 주최로 연회가 열립니다. 거기에서 전체 식민지 사람들을 다 만나게 될 겁니다. 사실 예전부터 당신을 만나고 싶어 했던 사람들이 꽤 있었습니다. 일부는 자주 당신을 궁금해했으며, 박사님께서 이곳으로 오기를 바랐습니다.'

마지막 그 한마디가 저를 뒤흔들었습니다. 나에 대해 물었다고? 그게 정말 그녀였을까? 저는 순간 완전히 다른 사람이 되어, 즉시 그에게 정중하게 초대에 대한 감사를 표했고, 반드시 시간에 맞춰 도착하겠다고 약속했습니다. 그리고 저는 정말 시간을 어기지 않았습니다. 오히려 너무 일찍 도착했습니다. 조바심에 쫓긴 제가 정부 청사의 커다란 홀에 가장 먼저 도착한 사람이었다는 것을 당신에게 말해야 할까요? 저는 노란 옷을 입은 하인들에게 둘러싸여 말없이 서 있었습니다. 그들은 맨발로 조용히 오가며 분주히 움직였고, 제 혼란스러운 의식 속에서 그들이 저를 뒤에서 몰래 비웃고 있는 듯한 기분이 들었습니다. 오직 준비 작업만이 조용히 진행되는 그 공간에서 저만 유일하게 유럽인이었습니다. 저는 양복 조끼 주머니 속 시계의 째깍거리는 소리가 들릴 정도로 혼자 있었습니다. 십오 분이 지나고 나서야 몇몇 정부 관리들이 가족과 함께 도착했고, 마침내 총독도 모습을 드러냈습니다. 그는 저를 긴 대화로 끌어들였고, 저는 열심히, 제 생각에는, 꽤 능숙하게 대답하고 있었습니다. 그러다가 갑자기 알 수 없는 불안과 긴장감에 사로잡혀, 저는 그만 모든 여유를 잃고 더듬거리기 시작했습니다. 비록 저는 홀의 문을 등지고 서 있었지만, 그녀가 들어왔다는 것, 그녀가 분명 이곳에 있다는 것을 단번에 본능적으로 깨달았습니다. 어떻게 해서 이 갑작스러운 확신이 저를 혼란스럽게 했는지 말할 수는 없었지만, 총독과 대화를 이어 가는 동안 그의 말을 들으면서도, 제 등 뒤 어딘가에서는 그녀의 존재가 느껴졌습니다.

다행히도 총독은 곧 대화를 마무리했습니다. 그렇지 않았다면 저는 갑자기 저 자신도 모르게 거칠게 돌아서 버렸을 것 같습니다. 그만큼 제 신경은 알 수 없는 힘에 끌리고 있었고, 저의 욕망은 격렬하게 자극받고 있었습니다. 그리고 정말로, 제가 몸을 돌리자마자 그녀가 정확히 바로 그곳, 제가 무의식적으로 예감했던 그 자리에서 있는 것을 보았습니다. 그녀는 노란색 무도회 드레스를 입고 있었는데, 그 드레스는 부드러운 상앗빛의 가녀린 그녀 어깨를 은은하게 빛나게 했습니다. 그녀는 사람들 틈에서 이야기를 나누고 있었습니다. 미소를 짓고 있었지만, 제게는 그 얼굴에 어딘가 긴장된 기색이 서려 있는 듯했습니다. 저는 그녀에게 다가갔습니다. 그러나 그녀는 저를 보지 못하는 듯했거나, 보려고 하지 않는 듯했습니다. 저는 그녀의 미소를 바라보았습니다. 그 미소는 우아하고 정중했지만, 그녀의 가느다란 입술 위에서 미세하게 떨리고 있었습니다. 그리고 이 미소는 저를 다시한번 취하게 만들었습니다. 왜냐하면… 왜냐하면 그것이 거짓이라는 것을, 그것은 기교이고 연극이며, 완벽한 위장의 기술이라는 것을 알고 있었기 때문이었습니다. '오늘은 수요일이다.' 그 생각이 제 머릿속을 스쳐 지나갔습니다. '토요일이면 남편이 배를 타고 올 것이다… 그런데도 그녀가 이렇게 웃고 있을 수 있을까? 이렇게… 이렇게 확신에 차고, 이렇게 아무렇지 않게 미소 짓고, 손에 든 부채를 아무렇게나 흔들 수 있을까? 마치 그것을 불안에 떨며 꽉 움켜쥘 필요가 없다는 듯이.' 하지만… 하지만 저는, 이방인에 불과한 저는 이틀 전부터 이 순간을 앞두고 몸을 떨고 있었습니다… 이방인인 저는, 그녀의 불안, 그녀의 공포를, 모든 감정이 과하게 느껴지는 상태에서 함께 느끼고 있었던 것입니다. 그런데도 그녀는 무도회에 왔습니다. 그리고 웃고, 웃고, 또 웃었습니다…

홀 뒤쪽에서 음악이 흐르자 사람들이 춤을 추기 시작했습니다. 나이 든 한 장교가 그녀에게 춤을 청했고, 그녀는 가볍게 사과하며 담소를 나누던 무리를 떠나 그의 팔을 잡고 다른 홀로 걸어갔습니다. 제 앞을 지나면서 그녀는 저를 쳐다보았습니다. 순간적으로 그녀의 얼굴이 강하게 경직되었으나, 단 한순간뿐이었습니다. 곧 그녀는 저에게 예의 바르게 아는 체하며 (제가 아직 인사를 해야 할지 말아야 할지 결정하기도 전에) 마치 우연히 마주친 지인에게 하듯 고개를 끄덕였습니다. '좋은 저녁입니다, 박사님.' 그리고 그녀는 이미 지나가 버렸습니다.

아무도 그녀의 회색빛 도는 초록색 눈 속에 무엇이 숨겨져 있는지 짐작할 수 없었고, 심지어 저도 알지 못했습니다. 왜 그녀는 저에게 인사를 했을까… 왜 갑자기 저를 알아본 것일까? 그것은 거부였을까, 접근이었을까, 아니면 단순히 놀람에서 비롯된 당혹감이었을까? 저는 감히 설명할 수 없을 정도로 격앙된 채 그 자리에 남아 있었습니다. 제 안의 모든 감정이 뒤섞여 소용돌이쳤고, 마치 폭발할 듯 응축되었습니다. 저는 그녀를 바라보았습니다. 장교의 팔을 잡고 느긋하게 왈츠를 추는 그녀였습니다. 그녀의 이마에는 태연한 무심함의 차가운 빛이 감돌고 있었지만, 저는 알고 있었습니다. 그녀도 저처럼 오직 그것만을… 그것만을 생각하고 있다는 것을… 우리 둘만이 공유하는 끔찍한 비밀이 있다는 것을… 그런데도 그녀는 왈츠를 추고 있었습니다. 그 몇 초 동안, 저의 두려움과 욕망, 경외심은 그 어느 때보다도 더 강렬한 열정으로 불타올랐습니다. 저는 누군가가 저를 지켜보고 있었는지 알 수 없었습니다. 하지만 분명한 것은, 그녀가 자신을 숨기려 했던 것보다 제가 저의 행동으로 더 많은 것을 드러냈다는 사실이었습니다. 저는 다른 방향으로 시선을 돌릴 수도 없었습니다. 저는 그녀를 바라봐야만 했습니다. 아니, 저는 반드시 그녀를 봐야만 했습니다. 저는 멀리서 그녀의 닫힌 얼굴을 탐색하기도 하고, 끌어당기듯 응시하기도 했습니다. 혹시라도 그 가면이 단 1초라도 벗겨지지는 않을까 바라면서 말입니다. 그녀는 저의 그 강렬한 시선을 불쾌하게 느꼈음이 틀림없습니다. 그녀가 무도舞蹈 파트너의 팔을 잡고 뒤로 물러설 때, 그녀는 단 1초간 번쩍이는 번개처럼 날카로운 시선으로 제 쪽을 흘끗 바라보았습니다. 그것은 마치 날카로운 명령 같았고, 저를 밀어내려고 뭔가 지시하는 신호 같았습니다. 그리고 다시 한번, 이미 제가 알고 있는 그 작은 주름이 그녀의 이마를 일그러뜨렸습니다. 오만한 분노가 서린, 그 매서운 주름 말입니다.

하지만… 하지만… 이미 말씀드리지 않았습니까? 저는 제정신이 아니었어요. 아무것도 보이지 않았습니다. 오른쪽도, 왼쪽도. 저는 그녀의 뜻을 단번에 알아차렸습니다. 그 눈빛이 의미하는 것은, '눈에 띄지 마. 감정을 억제하도록 해!'였습니다. 저는 이해했습니다. 그녀가 원하는 것은 무엇보다도 행동의 신중함이었습니다. 이렇게 많은 시선이 오가는 개방된 무도회장에서 저는 절대 튀어서는 안 되었습니다. 그리고 저는 이해했습니다. 지금 제가 아무 일 없었다는 듯 조용히 물러난다면, 내일 그녀가 저를 받아들일 거라는 것을 말입니다. 그녀는 단지 지금, 바로 지금, 저의 지나친 친밀함이 사람들의 시선을 끄는 것을 피하려 했던 것이었습니다. 그녀는… 그리고 아주 당연하게도… 제 서툴고 격앙된 행동이 불필요한 소란을 일으킬까 봐 두려워했던 것이었습니다. 저는 그 모든 것을 알고 있었습니다. 저는 그녀의 명령하는 듯한 회색 눈빛을 이해했습니다.

그런데도… 그런데도… 너무나도 강렬한 무언가가 제 안에서 꿈틀거려서 저는 반드시 그녀와 이야기해야만 했습니다. 그래서 저는 휘청거리면서 그녀가 담소를 나누고 있는 무리로 다가갔습니다. 그 자리에서 저는 비록 몇몇 사람만 알고 있었음에도 불구하고, 그저 그녀가 말하는 소리를 듣고 싶다는 간절한 욕망 하나로 그 느슨한 대화의 둘레에 가까이 섰습니다. 하지만 동시에, 그녀가 차가운 눈길로 저를 스쳐 지나갈 때마다 마치 매질당한 개처럼 저는 본능적으로 움츠러들었습니다. 마치 제가 기대고 있던 커튼의 일부이거나, 그녀의 가벼운 손짓에 흔들리는 공기에 불과한 것처럼 말입니다. 그럼에도 저는 그 자리에 서 있었습니다. 그녀가 제게 한마디라도 해 주기를 갈망하며, 또 우리 사이에 암묵적인 동의의 신호라도 보내 주기를 갈망하며 저는 서 있었습니다. 그리고 또 서 있었습니다. 그저 멍하니 응시한 채, 그녀의 가벼운 대화가 진행되는 한가운데서, 그 자리에 마치 차가운 돌덩이처럼 서 있었습니다. 분명히, 틀림없이 저는 이미 눈에 띄고 말았을 것입니다. 그럴 수밖에 없었습니다. 아무도 제게 말을 걸지 않았고, 그리고 그녀는 저의 어색하고도 우스꽝스런 존재감을 견디며 분명 속으로 고통받고 있었을 것입니다.

　　얼마나 오래 그렇게 서 있었는지, 저는 알지 못했습니다… 아마도 영원처럼 느껴지는 시간이었을 것입니다. 저는 이 의지의 마법에서 벗어날 수 없었습니다. 오히려, 제 안에 끓어오르는 완강한 분노가 저를 마비시켰습니다. 하지만 그녀는 더 이상 견디지 못했습니다. 갑자기, 그녀는 특유의 우아하고 가벼운 몸짓으로 주변의 신사들을 향해 돌아서며 말했습니다. '오늘은 조금 피곤하군요. 오늘만큼은 일찍 잠자리에 들고 싶어요. 그럼… 좋은 밤 보내세요.' 그리고 나서 그녀는 그저 형식적인, 고개 끄덕이는 제스처 하나로 저를 스쳐 지나갔습니다. 저는 그 순간, 그녀의 이마 위로 깊이 새겨진 주름, 그리고 곧이어 사라지는 하얗고 차가운, 드러난 등을 바라보았습니다. 단 한순간. 그 순간이 지나고서야 저는 그녀가 떠나고 있음을 비로소 깨달았습니다. 그리고 그날 밤, 이 구원의 마지막 밤에 그녀를 더 이상 볼 수도, 말할 수도 없음을 깨달았던 것입니다. 저는 여전히 멍하니 굳어 선 채, 그 사실을 이해하려 애썼습니다. 그러다가… 그러다가…

　　하지만 기다려 보세요… 기다려 보세요… 그렇지 않으면 제 행동의 무의미함과 어리석음을 이해하실 수 없을 겁니다. 먼저 그 넓고 커다란 공간을 설명드려야 합니다… 그것은 바로 정부 청사의 대형 홀, 밝은 불빛으로 가득 차 있었고 거의 텅 빈, 그 광활한 공간이었습니다… 춤을 추러 나간 커플들, 게임을 즐기러 나간 신사들… 모서리에서 몇몇 그룹만이 이야기를 나누고 있었습니다… 그래서 그 홀은 거의 비어 있었고, 모든 움직임이 너무나 두드러지게 그 강렬한 빛 아래 드러났습니다… 그리고 그 홀을 천천히, 가벼운 발걸음으로 걸어가는 그녀가 있었습니다, 그녀의 높은 어깨가 미세하게 흔들리며, 가끔씩 그 우아한 자세로 인사를 주고받으며 지나갔습니다… 그녀의 그 화려하고 얼어붙은 고귀한 침착함, 그 모습이 저를 마법처럼 매혹시켰습니다… 저는… 저는 그 자리에 남겨졌습니다. 말씀드린 것처럼, 제가 마치 마비된 듯해서, 그녀가 떠난다는 사실을 깨닫기 전까지, 그냥 서 있을 수밖에 없었습니다… 그리고 그때, 그 사실을 깨달았을 때, 그녀는 이미 홀의 저편에, 문 바로 앞에 서 있었습니다… 그때… 오, 지금 생각하면 부끄럽고 어처구니없는 일이지만… 그때, 저를 갑자기 잡아당기듯 무언가가 끌어당겨서, 저는 달렸습니다 — 들으셨지요? 저는 달렸습니다. 조용히 걷지 않고, 발걸음 소리가 요란하게 울려 퍼지도록 그녀를 쫓아 홀을 가로질러 뛰었습니다…

저는 제 발자국 소리를 들었고, 모든 이들의 시선이 저를 향해 쏠린 것을 보았습니다… 부끄러워서, 그 자리에서 사라지고 싶었습니다… 달리는 동안에도, 이미 제 미친 짓이 무엇인지 알고 있었지만… 그럼에도 불구하고, 저는 멈출 수 없었습니다… 문 앞에서 겨우 그녀를 따라잡았고… 그녀는 저를 돌아보았습니다… 그녀의 눈은 마치 회색 강철처럼 저를 꿰뚫어 보았고, 그녀의 콧구멍은 분노로 미세하게 떨리고 있었습니다… 저는 말을 더 듬기 시작했습니다… 그때, 그때… 갑자기 그녀는 밝게 웃었습니다… 그 밝고 걱정 없는, 진심 어린 웃음이었습니다, 그리고 그녀는 크게 말했습니다… 모두가 들을 수 있을 만큼 크게… '아, 의사 선생님, 이제야 제 아이를 위한 처방전을 생각해 내셨군요… 과학의 대가들은 늘 이런 식이죠!…' 근처에 서 있던 몇몇 사람들은 온화하게 웃으며 그녀와 함께 웃었습니다… 저는 그때 깨달았습니다, 그녀가 어떻게 이 어색한 상황을 훌륭하게 해결했는지… 그리고 그 위엄에 눌려 비틀거리며, 지갑을 열어 메모장에서 빈 종이 한 장을 찢어 냈는데, 그녀는 아무렇지 않게 그 종이를 받았습니다… 그녀는 차갑지만 감사해하는 미소를 지으며… 그 자리를 떠났습니다… 저는 처음에는 잠시 가벼운 안도감을 느꼈습니다… 그녀의 대가다운 솜씨로 제 미친 행동을 바로잡고, 그 상황을 승리로 이끌어 간 것 같았습니다… 하지만 동시에, 그 즉시 모든 것이 끝났음을 깨달았습니다… 이 여자는 이제 저의 어리석고 불같은 행동을 미워하리라는 것을… 그것이 죽음보다 더 깊은 증오일 것임을… 그리고 이제 저는 백번이고 천 번이고 그녀의 문 앞에 갈 수 있지만, 그녀가 저를 개처럼 물리치리라는 것을 알았습니다.

저는 비틀거리며 홀을 지나갔습니다… 사람들이

저를 바라보는 것이 느껴졌습니다… 제가 분명 이상해 보였을 것입니다… 저는 뷔페로 가서, 코냑을 두 잔, 세 잔, 네 잔 연거푸 들이켰습니다… 그것이 내가 쓰러지려는 것에서 나를 간신히 붙들어 주었습니다… 제 신경은 이미 한계에 다다라 있었고, 마치 현악기 줄처럼 끊어진 것 같았습니다… 그러고는 몰래, 범죄자처럼 옆문으로 빠져나왔습니다… 세상의 어떤 공국公國을 준다고 해도 저는 다시 그 홀을 가로지를 수 없을 것입니다. 그녀의 웃음소리가 여전히 벽마다 날카롭게 스며들어 울리고 있었으니까요… 저는 걸었습니다… 그러나 정확히 어디로 갔는지는 기억이 나지 않습니다… 몇몇 술집을 전전하며 술을 퍼부었습니다… 마치 모든 의식을 술에 잠기게 하여 의식을 아예 지워 버리고 싶은 사람처럼… 그러나… 정신이 흐려지지는 않았습니다… 그 웃음소리가 제 안에서 끓어올랐습니다. 날카롭고 악의에 차서… 그 웃음소리, 저주받은 그 웃음소리를 저는 도저히 잠재울 수가 없었습니다… 그러다 저는 항구를 배회했습니다… 권총을 집에 두고 나오지 않았다면, 저는 이미 자살로 끝장을 냈을 것입니다. 제 머릿속에는 그 생각밖에 없었고, 그 생각을 품은 채 집으로 향했습니다… 오직 하나의 생각만 하며… 장롱 왼쪽 서랍 속, 제 권총이 있는 그곳… 오직 그 생각만을 품은 채.

　제가 끝내 방아쇠를 당기지 않았다는 것… 맹세컨

대, 그것은 비겁함 때문이 아니었습니다… 오히려 이미 장전된 총의 차가운 방아쇠를 당기는 것이 저에게는 구원이이자 해방이었을 것입니다… 하지만, 어떻게 설명해야 할까요… 제 안에는 아직도 어떤 의무가 남아 있었습니다… 그렇습니다. 바로 그 의무, 도와야 한다는 저주받은 의무… 그녀가 아직 저를 필요로 할지도 모른다는 생각이, 그녀가 정말로 저를 필요로 한다는 그 생각이 저를 미치게 만들었습니다…

제가 집에 돌아왔을 때는 이미 목요일 아침이었고, 그리고 토요일… 제가 말씀드렸지요… 토요일에 배가 도착한다는 것을. 그리고 그 여자가, 그 오만하고 자존심 강한 여자가 남편 앞에서, 세상 앞에서 그 치욕을 견뎌 낼 수 없으리라는 것을, 그것을 저는 알고 있었습니다… 아, 그런 생각들이 저를 얼마나 괴롭히고 짓눌렀는지… 무의미하게 흘려보낸 그 소중한 시간, 저의 어리석고도 경솔한 성급함이 결국 그녀를 제때 도울 기회를 완전히 앗아가 버렸다는 사실을… 저는 맹세합니다. 몇 시간이고, 정말 몇 시간이고 방 안을 왔다 갔다 하며, 머리를 쥐어뜯으며 고민했습니다. 도대체 어떻게 그녀에게 다가갈 것인가, 어떻게 모든 것을 바로잡을 것인가, 어떻게 그녀를 구할 것인가… 왜냐하면, 그녀가 더 이상 저를 집 안으로 들이지 않으리라는 것은 너무도 뻔한 일이었으니까요… 제 신경 속에는 아직도 그녀의 웃음이 날카롭게 스며 있었고, 그녀의 콧방울이 분노로 떨리던 모습이 생생했습니다… 몇 시간이고, 정말 몇 시간이고, 저는 그 좁디좁은 방 안을, 불과 3미터 남짓한 공간을 이리저리 오가며 몸부림쳤습니다… 그러다 보니 이미 날이 밝았고, 아침이 지나, 어느덧 한낮이 되어 있었습니다…

그리고 갑자기, 마치 보이지 않는 힘에 휩쓸리듯 저는 책상으로 몸을 던졌습니다… 저는 한 묶음의 편지지를 잡아 찢어 내고, 그녀에게 글을 쓰기 시작했습니다… 모든 것을, 전부를 쏟아 내듯 써 내려갔습니다… 마치 비굴한 개처럼 흐느끼며 용서를 구하는 편지였습니다. 그 편지에서 저는 스스로를 미치광이라 불렀고, 범죄자라 불렀으며… 또한 저를 믿고 의지해 달라고 그녀에게 애원했습니다… 저는 맹세했습니다. 만약 그녀가 원한다면 단 한 시간 내에 이 도시에서, 이 식민지에서, 아니 이 세상에서마저 사라져 주겠다고… 그러니 제발 저를 용서해 달라고, 저를 믿어 달라고, 마지막 순간에, 정말로 마지막 순간에 저로 하여금 그녀를 도울 수 있도록 해 달라고… 저는 그렇게 열렬히 절절하게 스무 장을 단숨에 써 내려갔습니다… 그것은 아마도 광란 속에서 탄생한, 형언할 수 없는, 마치 혼수상태에서 흘러나온 듯한 편지였을 것입니다. 왜냐하면 제가 책상에서 몸을 일으켰을 때, 온몸이 땀으로 흠뻑 젖어 있었기 때문이었습니다… 방이 흔들리는 것 같았고, 저는 겨우 물 한 잔을 들이켜야 했습니다… 그러고서야 다시 한번 편지를 읽어 보려 했지만, 첫 문장을 읽기도 전에 섬뜩한 전율이 밀려왔습니다… 저는 온몸을 떨며 편지를 접고, 봉투에 넣으려 했습니다… 그러나 바로 그 순간, 마치 번개처럼 저를 꿰뚫는 깨달음이 찾아왔습니다. 진짜로 필요한 말, 가장 결정적인 한마디가 무엇인지 단번에 알 수 있었습니다. 저는 다시금 펜을 움켜쥐고, 마지막 장에 단 한 줄을 적어 내려갔습니다. ‘저는 해변 호텔에서 당신의 용서의 말을 기다리고 있습니다. 오늘 저녁 일곱 시까지 답이 없으면, 저는 스스로 목숨을 끊겠습니다.’

그리고 저는 편지를 접어들고, 벨을 눌러 하인을 불렀습니다. 그에게 이 편지를 건네며 즉시 전달하라고 지시했습니다. 마침내, 모든 것을 말했습니다 — 모든 것을!"

무언가가 우리 옆에서 쨍그랑 소리를 내며 바닥을 구르듯 떨어졌다. 그는 거칠게 팔을 휘둘러 위스키병을 쓰러뜨렸고, 나는 그의 손이 바닥을 더듬으며 병을 찾다가 갑자기 움켜쥐는 소리를 들었다. 그리고 이내, 그는 그것을 단번에 움켜쥐었다. 다음 순간 텅 빈 병이 그의 손에서 벗어나 넓은 곡선을 그리며 바다로 던져졌다. 잠시 동안 그의 목소리는 끊어졌다. 그러나 몇 분 후, 그는 다시 열에 들뜬 듯 말을 쏟아 내기 시작했다. 조금 전보다 더 격앙되고, 더 거칠고, 더 다급하게.

　　"저는 더 이상 신앙을 가진 그리스도인이 아닙니다… 저에게는 천국도, 지옥도 없습니다… 설령 그런 것이 존재한다 해도, 저는 두렵지 않습니다. 왜냐하면 그것이 제가 아침부터 저녁까지 겪었던 그 시간들보다 더 끔찍할 수는 없을 테니까요… 상상해 보십시오… 작은 방이 하나 있습니다. 태양 아래 서서히 달아오르고, 한낮의 열기 속에서 점점 더 숨 막히게 타오르는 방… 그 안에는 단출한 가구 몇 점, 탁자 하나, 의자 하나, 그리고 침대 하나… 그리고 탁자 위에는 오직 시계 하나와 권총 한 자루뿐. 그 앞에 앉아 있는 한 사람… 그는 아무것도 하지 않습니다. 그저 탁자를 바라봅니다. 시계의 초침을 응시합니다. 먹지도, 마시지도, 담배도 피우지 않으며, 움직이지도 않습니다. 숨죽인 채, 꼼짝없이… 듣고 계십니까? 오직, 단 세 시간 동안. 그는 그저 하얀 시계판을 바라볼 뿐입니다. 그리고 그 위를 똑딱이며 돌아가는 초침을… 그렇게… 그렇게… 저는 그 하루를 보냈습니다. 오직 기다리면서. 기다리고, 기다리고, 또 기다리면서… 하지만 그 기다림은 단순한 인내가 아니었습니다… 그것은 마치… 광기에 휩싸인 자의 맹목적인 집착과도 같았습니다. 이유도 없고, 의미도 없는, 짐승과도 같은 집착… 오로지 한 방향으로 질주하는, 미친 격정 속에서 말입니다.

　　아니요… 그 시간들을 묘사하지는 않겠습니다. 그

건 말로 표현할 수 있는 것이 아닙니다.

　사실, 저 자신조차도 이해할 수 없습니다. 어떻게 그런 순간을 견뎌 낼 수 있었는지, 어떻게… 미치지 않고 버틸 수 있었는지… 그러다 마침내 오후 3시 22분. 정확히 기억합니다. 저는 그 순간에도 시계를 바라보고 있었으니까요. 그런데 갑자기 문을 두드리는 소리가 들렸습니다. 저는 반사적으로 튀어 올랐습니다. 마치 맹수가 사냥감을 덮치듯, 단숨에 방을 가로질러 문으로 돌진했습니다. 그리고 거칠게 문을 열어젖혔습니다. 그 앞에는 작은 중국인 소년이 서 있었습니다. 두려움에 찬 얼굴로, 그리고 조그맣게 접힌 쪽지를 움켜쥐고 있었습니다. 저는 숨도 쉬지 않고 그 쪽지를 낚아채려 했습니다. 그러나 그 순간, 소년은 이미 몸을 돌려 재빠르게 어둠 속으로 사라져 버렸습니다.

　저는 종이를 찢어 열고, 읽으려 했지만… 그 글자가 제 눈앞에서 흔들려 읽을 수가 없었습니다… 눈앞이 붉게 빛나고… 상상해 보세요, 그 고통을! 저는 마침내, 마침내 그녀에게서 온 메시지를 받아서… 이제 그 글자가 제 동공 앞에서 떨고 춤추고 있었습니다… 저는 머리를 물속에 한번 담갔으며… 그랬더니 이제 점점 선명해졌습니다… 다시 한번 종이를 들고 읽었습니다. '너무 늦었어요! 하지만 집에서 기다려 주세요. 어쩌면 제가 당신에게 전화할지도 몰라요'라는 내용이었습니다.

서명은 없었습니다. 어떤 오래된 전단지에서 뜯겨 나온, 구겨진 종잇조각 위에⋯ 평소에는 단정했을 그 필체가, 이번만은 허둥지둥 흐트러진 연필 자국으로 남겨져 있었습니다. 저는 알 수 없었습니다. 왜 이 조그마한 쪽지가 이토록 저를 뒤흔드는지⋯ 어딘가 모르게, 섬뜩하고도 비밀스러운 기운이 서려 있었습니다. 마치 도망치는 이가 서둘러 휘갈긴 듯한 글씨⋯ 창가에 몸을 기댄 채, 혹은 달리는 마차 안에서 떨리는 손으로 남긴 듯한 글씨⋯ 차가운 공포와 절박함, 전율이 그 비밀스런 쪽지에서 스며 나왔습니다. 그리고 그것은 곧장 제 영혼을 파고들었습니다. 하지만⋯ 그런데도 저는 행복했습니다. 그녀가 제게 글을 남겼습니다. 저는 아직 죽어선 안 되었습니다. 저는 그녀를 도울 수 있었습니다⋯ 어쩌면⋯ 저는⋯ 아, 저는 망상과 광기 어린 희망 속으로 완전히 빠져들었습니다. 저는 이 조그만 쪽지를 백번이고, 천 번이고 다시 읽었습니다. 입을 맞추고, 또다시 입을 맞추며, 혹시라도 놓친 단어가 있을까, 미처 발견하지 못한 흔적이 남아 있을까, 집요하게 들여다보았습니다⋯ 그러나 제 몽상은 점점 더 깊어지고, 점점 더 뒤엉켜 갔습니다⋯ 마치 눈을 뜬 채로 꿈을 꾸는 것과 같은 몽롱한 상태, 일종의 마비된 듯한 감각, 잠과 깨어 있음의 경계를 넘나드는 어떤 흐릿한 세계, 그 시간이 과연 십오 분이었을까, 아니면 몇 시간이었을까. 저는 더 이상 알 수 없었습니다.

저는 갑자기 흠칫 놀라며 깨어났습니다… 방금, 노크 소리가 들리지 않았나? 저는 숨을 죽였습니다. 일 분, 이 분… 아무런 기척도 없는 정적. 그러나 다시, 아주 희미하게, 마치 쥐가 벽을 갉아먹는 듯한 소리. 작고 조용하지만, 급하고도 날카로운 두드리는 소리가 들려왔습니다. 저는 비틀거리며 자리에서 벌떡 일어나 문을 거칠게 열었습니다. 문 앞에는 그가 서 있었습니다. 그녀의 하인 소년. 그때, 제가 주먹으로 입을 때려 피투성이로 만든 그 소년. 그러나 지금 그의 갈색 얼굴은 잿빛으로 질려 있었고, 혼란스러운 눈빛에는 불길한 기운이 어른거렸습니다. 그 순간, 싸늘한 공포가 등줄기를 타고 스며들었습니다. '무… 무슨 일이야?' 저는 간신히 더듬거리며 물었습니다. '빨리 오세요!' 그는 단 한마디만 내뱉었습니다. 그뿐이었습니다. 저는 곧장 계단을 뛰어 내려갔고, 그가 바로 제 뒤를 따랐습니다. 밖에는 작은 간이마차인 사도Sado가 대기하고 있었습니다. 우리는 급히 올라탔습니다. '무슨 일이야?' 제가 다시 물었습니다. 그는 떨리는 눈으로 저를 바라보았으나, 입술을 악물고 침묵할 뿐이었습니다. 저는 또다시 재촉했지만, 그는 끝내 아무 말도 하지 않았습니다. 순간, 그때처럼 주먹을 휘둘러 그의 얼굴을 후려치고 싶은 충동이 일었지만… 그러나… 그녀를 향한 그의 개 같은 충성심이, 묘하게도 제 마음을 움직였습니다. 저는 더 이상 묻지 않았습니다. 작은 마차는 광기 어린 속도로 거리를 질주했습니다. 거리에 있는 사람들이 욕설을 퍼부으며 사방으로 흩어졌습니다. 마차는 유럽인 거리를 벗어나 해안을 따라 저지대로 향했습니다. 그리고 계속해서, 계속해서 소란과 아우성이 뒤엉킨, 혼돈으로 가득 찬 중국인의 거리 속으로 빨려들어 갔습니다…

마침내 우리는 좁은 골목에 접어들었습니다. 그곳은 완전히 외진 곳에 자리 잡고 있었습니다. 그가 어느 낡고 초라한 집 앞에서 마차를 멈추어 세웠습니다. 집은 더러웠고, 마치 스스로 몸을 수그리고 있는 듯 낮고 쪼그라든 모습이었습니다. 문 앞에는 작은 가게가 하나 있었고, 안에서 희미한 수지 촛불 하나가 깜빡이고 있었습니다. 그것은 어디서나 볼 수 있는 그런 허름한 가게들 중 하나… 아편굴일 수도, 매음굴일 수도, 아니면 도둑들이 몸을 숨기는 소굴이거나, 장물아비들의 지하 은신처일 수도 있는 곳이었습니다… 소년이 급히 문을 두드렸습니다. 문 너머에서 쉿쉿 하는 조용한 속삭임이 들려왔습니다. 낯선 목소리가 낮게, 재빠르게 무언가를 묻고 또 물었습니다. 저는 더 이상 기다릴 수 없었습니다. 자리에서 뛰어내려 성큼 다가가, 살짝 열린 문을 거칠게 밀어젖혔습니다. 안쪽에서 허름한 옷차림의 늙은 중국 여인이 짧은 비명을 지르며 황급히 뒷걸음쳤습니다… 그 순간, 소년이 제 뒤를 따라와 조용히 저를 이끌었습니다… 우리는 좁고 어두운 복도를 지나 또 다른 문을 열었습니다.
문이 열리자, 안에서 곰팡이 슨 공기가 퍼져 나왔습니다.
방 안에는 독한 술 냄새가 진동했고, 그 사이로 오래되어
응고된 피의 역한 냄새가 배어 있었습니다. 어딘가에서,
희미한 신음 소리가 새어 나왔습니다. 저는 더듬거리며
그 소리를 향해 다가갔습니다…”

다시금 그의 목소리가 끊겼다. 그리고 이어진 것은
말이라기보다는, 오히려 억누를 길 없는 흐느낌이었다.
“저는… 저는 더듬거리며 그곳으로 다가갔습니다…
그리고 거기… 거기 낡고 더러운 돗자리 위에… 온몸을
고통 속에 뒤틀며… 신음하는 한 인간의 잔해가… 그녀
가 쓰러져 있었습니다…
어둠 속에서는 그녀의 얼굴을 알아볼 수 없었습니
다. 아직 제 눈이 어둠에 익숙해지지 않았기에, 저는 그
저 손을 뻗어… 조심스럽게 더듬거릴 수밖에 없었습니
다… 그리고 마침내 그녀의 손끝에 닿았을 때, 그녀의 손
은… 뜨거웠습니다… 타오를 듯 뜨거웠습니다… 몸을 태
우는 듯한 열기… 극심한 열이 그녀를 집어삼키고 있었
습니다… 그 순간, 온몸이 떨려 왔습니다… 그리고 단번
에 모든 것을 깨달았습니다… 그녀는 저를 피해 이곳으
로 도망쳐 온 것이었습니다. 어디선가 더러운 손을 가진
중국 여인의 손에 자신의 몸을 유린당하면서까지, 오직

여기라면 더 깊은 침묵을 기대할 수 있을 거라 믿었기 때문에… 그 악마 같은 마녀의 손에 죽음을 맡기는 것이, 저를 믿는 것보다 더 나은 선택이라고 여겼던 것이었습니다… 그것은 오로지 저 때문이었습니다. 광기 어린 저 때문이었습니다. 제가 그녀의 자존심을 짓밟았기 때문이었습니다. 제가 즉시 그녀를 도우려 하지 않았기 때문이었습니다. 그녀는 차라리 죽음을 선택할지언정… 저를 더 두려워했던 것이었습니다…

저는 불빛을 비추라고 외쳤습니다. 소년이 급히 뛰어갔습니다. 그 끔찍한 중국 여자가 떨리는 손으로 그을린 등유 램프를 가져왔습니다… 저는 저도 모르게 그 노란 얼굴을, 목덜미를 덮칠 듯한 충동을 참으며 제 몸을 간신히 붙잡았습니다… 그들은 램프를 탁자 위에 내려놓았습니다… 그리고 그 빛이 노란 색조로, 고통에 짓눌린 몸 위로 쏟아졌습니다… 그 순간 갑자기… 갑자기 모든 것이 저에게서 사라졌습니다. 모든 침잠, 모든 분노, 쌓여 있던, 더럽혀진 열정의 찌꺼기들이 사라지고… 저는 그저 의사가 되었습니다. 돕고, 느끼고, 이해하는 사람일 뿐이었습니다… 저는 제 존재를 잊었습니다… 저는 오직 깨어 있고 맑은 정신으로 그 끔찍한 상황과 싸우고 있었습니다… 저는 제 꿈속에서 갈망했던 그 벌거벗은 몸을 더 이상 느끼지 않았습니다. 그저… 어떻게 말해야 할까요… 물질로서, 유기체로서만 느꼈습니다… 저는 그녀를 더 이상 느끼지 않았고, 그저 죽음과 싸우는 생명, 처참한 고통에 몸부림치는 인간만을 인식했습니다… 그녀의 피, 뜨겁고 신성한 그 피가 제 손을 타고 넘쳤지만, 저는 그것을 욕망이나 공포로 느끼지 않았습니다… 저는 그저 의사였습니다… 저는 단지 고통을 보았고, 보고 있었습니다…

저는 즉시 깨달았습니다. 기적이 일어나지 않는 한, 모든 것은 이미 잃어버린 것임을… 그녀는 범죄적이고 서툰 손길에 의해 부상을 입고, 반쯤 피를 흘리고 있었습니다… 그리고 저는 이 지독하게 더러운 동굴에서, 이 피를 멈출 방법을 전혀 찾을 수 없었습니다. 순수한 물 한 방울조차도 없었습니다… 제가 손을 댄 모든 것들은 더러움으로 얼룩져 있었습니다…

'우리는 즉시 병원으로 가야 합니다.' 제가 말했습니다. 그러나 제가 말을 마치기도 전에, 고통스러운 몸이 경련을 일으키며 일어섰습니다. '안 돼… 안 돼… 차라리 죽겠어요… 아무도 몰라야 해요… 아무도 모르게… 집으로… 집으로…'

저는 이해했습니다… 이제 그녀는 더 이상 자신의 삶이 아닌, 오직 그 비밀과 명예를 위해 싸우고 있다는 것을… 그리고 저는 그 뜻에 따랐습니다… 소년은 들것을 가져왔습니다… 우리는 그녀를 그 위에 조심스럽게 눕혔습니다… 그리고 그렇게… 이미 시체처럼, 쇠약하고 열에 휘감겨… 우리는 그녀를 밤새도록 집으로 옮겼습니다… 의아해하고 두려워하는 하인들을 막고 피해 가며… 우리는 마치 도둑처럼 그녀를 방 안으로 조용히 데려가 문을 잠갔습니다… 그러고 나서… 그때부터… 죽음과의 긴 싸움이 시작되었습니다…”

갑자기 그의 손이 내 팔을 움켜쥐었고 나는 그 충격과 고통에 비명을 지를 뻔했다. 어둠 속에서 그의 얼굴이 갑자기 괴물처럼 가까워졌고, 내게는 하얀 이가, 마치 갑작스런 분노에 차 드러낸 듯한 모습으로 보았다. 달빛에 비쳐 희미하게 반사된 그의 안경 속에서 두 눈이 거대한 고양이 눈처럼 빛나고 있음을 볼 수 있었다. 그리고 이제 그는 더 이상 말을 하지 않았다. 그는 소리쳤고, 한없이 분노에 휩싸여 떨고 있었다.

“당신은 아십니까, 여기 갑판의 덱재 의자에 느긋하게 앉아 있는 낯선 당신이여. 세상 구경이나 하는 사람이여, 사람이 죽는 게 어떤 일인지 아십니까? 당신은 그 죽음을 지켜본 적이 있습니까, 그 몸이 비틀리며, 파란 손톱이 허공을 움켜잡고, 목이 헐떡이며, 온몸이 저항하고, 손가락 하나하나가 그 끔찍한 고통에 맞서 몸부림치는 것을 본 적이 있습니까? 눈이 커지며, 어떠한 말로도 표현할 수 없는 두려움으로 가득 찬 눈빛을 본 적이 있습니까? 그게 어떤 것인지, 당신은 경험한 적이 있습니까, 게

으른 자여, 세상을 떠도는 자여, 사람 돕는 걸 마치 의무인 것처럼 말하는 당신이여! 저는 의사로서 죽음을 수없이 보아 왔습니다. 그것을 하나의 임상 사례로, 하나의 사실로 보아 왔습니다… 말하자면 그것을 연구해 왔습니다. 그러나 '**경험**'한 것은 단 한 번뿐이었습니다. 함께 겪고, 함께 죽어 간 것은 오직 그날 밤, 그 끔찍한 밤뿐이었습니다. 그때 저는 앉아 있었고, 머리를 쥐어뜯으며 필사적으로 무언가를 알아내려 애썼습니다. 무언가를 찾아야만 했습니다. 무언가를 만들어 내야만 했습니다. 그러나 피는 멈추지 않았습니다. 끊임없이 흐르고, 또 흐르고, 또 흘렀습니다. 열이 그녀를 제 눈앞에서 태워 버릴 듯 타올랐습니다. 그리고 죽음은 점점 더 가까이 다가오고 있었습니다. 저는 그것을 그녀의 침대에서 밀어낼 수 없었습니다.

당신은 이해하십니까? 의사라는 것이 무엇을 의미하는지? 모든 질병에 대해 빠짐없이 알고 있어야 하며, 당신이 그렇게도 쉽게 말하는 '돕는 것이 의무'라는 그 말을 가슴에 새기고서도, 결국에는 한 사람의 죽음을 지켜볼 수밖에 없다는 것이 무엇인지 아십니까? 모든 것을 알고 있음에도 그 지식이 아무런 힘도 발휘하지 못한다는 사실을 깨닫는 것… 이보다 더 끔찍한 절망이 어디 있을까요? 자신이 가진 온몸의 혈관을 다 찢어 내어서라도 그녀를 살려 내고 싶지만, 그것조차도 허락되지 않는다는 것을! 사랑하는 사람이 피를 흘리며 비참하게 죽어 가는 모습을 지켜봐야 하는 것, 고통 속에서 몸부림치는 그 모습을, 손끝에서 빠르게 사라지는 맥박을 느껴야 하는 것… 그것이야말로 진정한 공포였습니다. 의사로서 저는 모든 것을 알아야 했습니다. 그러나 정작 그 순간, 저는 아무것도 알지 못했습니다. 아무것도, 아무것도, 아무것도… 저는 그저 그 자리에 앉아 있을 뿐이었습니다. 마치 늙은 교회 여인이 중얼거리듯, 의미 없는 기도를 웅얼거리며. 그러다가는 다시 주먹을 불끈 쥐고, 애초에 존재하지 않는다는 것을 너무나 잘 알고 있는 그 한심한 신을 향해 분노를 터뜨렸습니다. 당신은 이해하십니까? 당신은 정말로 이해할 수 있습니까? 저는… 저는 단 한 가지를 이해할 수 없습니다. 어떻게… 어떻게 사람이 그런 순간에 함께 죽지 않을 수 있을까요?… 어떻게 다음 날 아침이 되면 침대에서 일어나 이를 닦고, 넥타이를 맬 수 있을까요? 어떻게 여전히 숨을 쉬고, 살아갈 수 있을까요?, 그런 순간을 겪고도? 내가 온 영혼을 다해 붙잡으려 했던 그 첫 번째 사람, 그 숨결, 제가 온 힘을 다해 싸우고, 막아서며 지켜 내려 했던 그 사람이… 그녀가 내 손을 스치듯 빠져나가고 있었습니다. 어디론가, 점점 더 멀리, 점점 더 빠르게… 그리고 저는… 저는 제 열병에 걸린 뇌에서는 아무것도 알지 못했습니다. 이 단 한 사람을 붙잡아둘 방법을…

그리고, 마치 악마가 저의 고통을 배가하려는 듯, 거기에 또 하나의 것이 더해졌습니다… 저는 그녀의 침대 곁에 앉아 있었습니다. 고통을 덜어 주려 모르핀을 투여했고, 그녀는 뜨거운 열에 달아오른 뺨을 한 채, 창백하고도 불타오르는 듯한 얼굴로 누워 있었습니다. 그런데 그 순간, 등 뒤에서부터 끊임없이 두 개의 눈이 저를 꿰뚫고 있음을 느꼈습니다. 그것은 끔찍할 정도로 긴장감으로 가득 찬 시선이었습니다… 소년은 바닥에 웅크리고 앉아, 작은 목소리로 알 수 없는 기도를 중얼거리고 있었습니다. 그리고 제가 문득 고개를 돌려 그의 시선과 마주칠 때마다… 아, 아니다. 저는 그 눈빛을 도저히 말로 형용할 수 없습니다… 그 눈빛에는 무언가가 번뜩였습니다… 그것은 간절함이었습니다. 그리고 그것은… 강아지 같은 눈빛에 어려 있는 감사함이었습니다. 동시에 그는 저를 향해 두 손을 들어 올렸습니다. 마치 저를 향해 애원하는 듯이, 그녀를 구해 달라고 간절히 빌고 있는 듯이… 당신은 이해할 수 있습니까? 그는 저에게, 바로 저에게 손을 들어 올렸습니다. 마치 신에게 기도하듯이, 저에게… 이 무력한 약자에게, 이미 모든 것이 끝장났음을 아는 저에게… 여기서 기껏해야 바닥에서 바스락거리는 개미만큼이나 쓸모없는 존재인 저에게…

아, 그 시선이 저를 얼마나 괴롭혔는지! 그 광적인, 그 짐승 같은 희망이 제 의술에 매달려 있는 것을 보며…

저는 그를 고함쳐 쫓아 버리고 싶었고, 발로 걷어차고 싶을 정도로 고통스러웠습니다. 하지만 동시에, 저는 깨달았습니다. 우리 둘은 하나로 얽혀 있었습니다. 그녀를 향한 사랑으로, 그리고 이 끔찍한 비밀로 얽혀 있었던 것입니다… 그는 마치 숨어서 지켜보는 야수처럼, 제 등 뒤에서 한 덩어리의 어둠이 되어 웅크리고 있었습니다… 그리고 내가 무엇을 요구하기만 하면, 그는 맨발로 소리 없이 튀어 올라 그것을 가져와, 온몸을 떨며 내밀었습니다… 기대에 찬 눈으로, 그것이 도움이 되리라는 듯, 그것이야말로 그녀를 살릴 수 있으리라는 듯이… 저는 알고 있었습니다. 만약 그라면 그녀를 돕기 위해 자신의 혈관을 끊었으리라는 것을 말입니다. 그래서 그녀에게 피를 나누어 주었을 것입니다… 그녀는 그런 사람이었습니다. 사람들의 영혼까지 사로잡을 수 있는 존재였습니다… 그리고 저는… 저는 단 한 방울의 피조차 구해 낼 수 없는 무력한 인간이었습니다… 아, 그 밤… 그 끔찍한 밤… 생과 사의 경계에서 끝없이 이어진, 그 고통스러운 밤! …

　　새벽이 가까워지자 그녀는 다시 한번 깨어났습니다… 그녀는 천천히 눈을 떴습니다… 이제 그녀의 눈에는 더 이상 그 고상하고 차가운 냉담함이 없었습니다… 대신, 그녀의 눈동자 속에서는 열병에 젖은 희미한 광채만이 깜빡이고 있었을 뿐, 그녀의 시선은 마치 낯선 공간을 헤매듯 주위를 살폈습니다… 그러다가 저를 바라보았습니다. 그녀는 한동안 저를 바라보며 생각에 잠긴 듯 보였습니다. 제 얼굴을 기억하려는 듯, 무언가를 떠올리려는 듯한 표정이었습니다. 그리고 갑자기… 저는 그때 알았습니다… 그녀는 기억해 낸 것이었습니다. 어떤 두려움, 방어, 적대감, 그리고 끔찍한 경계심 같은 것이 그녀의 얼굴을 일그러지게 만들었습니다… 그녀는 팔을 힘껏 움직여, 마치 저로부터 도망치려는 듯, 저에게서 멀어지고 싶어 하는 듯했습니다. 멀리, 멀리… 그때 저는 깨달았습니다. 그녀는 바로 그때의 그 순간, **그 기억**을 떠올리고 있었습니다… 그 치욕적인 시간을…

하지만 이내, 그녀의 얼굴에는 다시금 평온이 찾아왔습니다. 그녀는 저를 조금 더 침착하게 바라보았고, 숨을 헐떡였습니다. 저는 그녀가 말을 하고 싶어 한다는 것을 느낄 수 있었습니다. 무언가를 말하려는 듯했습니다… 그녀의 손이 다시 긴장하기 시작했고, 일어나려 했지만 힘이 부족해 몸은 다시 눕혀졌습니다. 저는 그녀를 진정시키기 위해 다가갔습니다… 그녀는 한동안 저를 바라보았습니다. 그 눈빛은 고통스럽고, 절박했습니다… 그리고 마침내 그녀의 입술이 미세하게 떨리며 말을 했습니다. 그것은 마지막으로 사라져 가는 소리처럼 희미했습니다… '아무도… 모르겠지요… 아무도?'

저는 전력을 다해 확신을 담아 대답했습니다.

'아무도 모를 거예요. 제가 약속할게요.'

그러나 그녀의 눈빛은 여전히 불안했습니다… 열기에 타오른 입술이 희미하게 떨리며, 더듬거리는 목소리로 다시 한마디를 쥐어짜 냈습니다.

"맹세해 줘요… 아무도… 모르게… 맹세를."

저는 고백처럼 손가락을 들어 올렸습니다. 마치 신성한 맹세를 하듯. 그녀는 저를 바라보았습니다… 말로 표현할 수 없는 눈빛이었습니다… 부드럽고 따뜻하며, 고마움으로 가득한… 정말로, 정말로 감사에 젖은 눈빛이었습니다. 그녀는 무언가를 더 말하려 했지만, 그것은 너무도 힘겨워 보였습니다. 그녀는 오래 누워 있었습니다. 눈을 감고, 피곤에 찌든 몸을 쉬게 했습니다. 그리고 그때부터, 정말로 끔찍한 순간이 시작되었습니다… 그 끔찍한 순간이… 그녀는 한 시간 동안이나 힘겹게 죽음과 싸웠습니다. 그리고 아침이 되어서야 모든 것이 끝났습니다…

그는 오랫동안 침묵했다. 나는 그것을 알아차리지 못했다. 오직 중앙 갑판에서 울려 퍼진 종소리가 고요를 가르기 전까지. 한 번, 두 번, 세 번, 단단하고 무심한 울림… 세 시를 알렸다.

달빛은 한층 흐려졌으나, 그 대신 어딘가에서 희미한 노란빛이 공중에서 불안하게 떨리고 있었고, 간간이 바람이 가볍게, 살며시 스쳐 지나갔다. 삼십 분, 아니 한 시간이 더 지나면 아침이 올 것이고, 이 밤의 공포는 맑은 빛 속에서 완전히 사라질 터였다. 그의 얼굴이 점점 더 선명하게 보였다. 그림자가 더 이상 우리를 둘러싼 이 공간을 그렇게 짙고 검게 짓누르지 않게 되자, 그 표정이 더욱 뚜렷이 드러났다. 그는 모자를 벗고 있었다. 매끈하게 드러난 두개골 아래, 그 괴롭고 지친 얼굴은 더욱더 참혹한 인상을 주었다. 하지만 그 순간, 다시금 그의 안경 너머에서 빛나는 시선이 나를 향했다. 그는 몸을 곧추세웠고, 입을 열었다. 그 목소리에는 냉소가 서려 있었고, 칼날처럼 날카로운 긴장이 감돌았다.

"그녀의 삶은 이제 끝이 났습니다. 하지만 저의 이야기는 아직 끝나지 않았습니다. 저는 그녀의 시신과 단둘이 남겨졌습니다. 하지만 저는 낯선 집 안에 홀로 있었습니다. 비밀이란 결코 용납되지 않는 이 도시 한가운데서 홀로 있었습니다. 그리고 저는⋯ 저는 이 끔찍한 비밀을 끝까지 지켜야만 했습니다. 그래서, 상상해 보십시오. 이 전체적인 상황을⋯ 식민지 사회의 최고 상류층에 속하는 한 여인이, 어젯밤까지만 해도 총독부 무도회에서 춤을 추던 건강한 여인이, 다음 날 아침 갑자기 자신의 침대에서 싸늘한 주검으로 발견되었습니다⋯ 그리고 그 곁에는 한 외국인 의사가 있었습니다. 그를 불렀다고 주장하는 것은 그녀의 하인뿐이지만⋯ 집 안의 누구도 그가 언제, 어디서 들어왔는지 보지 못했습니다⋯ 그녀는 한밤중에 가마에 실려 조용히 집 안으로 옮겨졌고, 문은 굳게 닫혔습니다… 그리고 아침이 되자, 그녀는 죽어 있었습니다… 그제야 하인들이 불려 왔고, 갑자기 온 집안이 절규와 비명으로 가득 찼습니다… 순식간에 이웃들이, 그리고 도시 전체가 이 소식을 알게 되었습니다… 그리고 오직 단 한 사람만이 모든 것을 설명해야 하는 처지가 되었습니다… 바로 저입니다. 이곳에서는 이방인이며, 변방에서 온 초라한 의사에 불과한 저 말입니다… 참으로 기막히고도 절망적인 상황이 아닌가요? …

저는 제가 무엇을 앞두고 있는지 알고 있었습니다. 다행히도 제 곁에는 그 아이가 있었습니다. 제 눈길 하나하나를 읽어 내는 충직한 소년. 그리고 저 둔탁한, 누런 짐승조차도 여기에서 아직 한 차례의 싸움이 벌어져야 함을 이해하고 있었습니다. 저는 그에게 단 한마디만 했습니다. '그 여자는 이 일이 있었던 걸 아무도 알지 못하도록 하길 원해.' 소년은 개처럼 축축한, 그러나 결연한 눈빛으로 제 눈을 똑바로 들여다보았습니다. '예, 선생님.' 그는 그 이상 아무 말도 하지 않았습니다. 하지만 그는 바닥의 피 묻은 자국을 닦아 내고, 모든 것을 완벽히 정리했습니다. 그리고 바로 그 단호함이 저에게도 다시금 결단력을 불어넣었습니다.

저는 제 인생에서 이토록 압축된 에너지를 가져 본 적이 없었고, 앞으로도 다시는 없으리라는 것을 알고 있습니다. 사람은 모든 것을 잃었을 때, 마지막 남은 것을 지키기 위해 처절하게 싸우는 법입니다. 그리고 저에게 남은 그 마지막이 그녀의 유언, 곧 그녀의 비밀이었습니다. 저는 차분하게 사람들을 맞이했고, 그들에게 똑같이 꾸며 낸 이야기를 들려주었습니다. 그녀가 의사를 부르기 위해 보낸 소년이 우연히 저를 길에서 만났다는 이야기였습니다. 그러나 겉으로는 태연히 말하면서도, 저는 항상 그 결정적인 순간을 기다리고 또 기다렸습니다. 또한 우리가 그녀를 관 속에 눕히기 전에, 반드시 와야 할 검시관을 기다렸습니다… 그리고 그 비밀이 그녀와 함께 묻히는 그 순간을 기다렸습니다… 잊지 마십시오. 그날은 목요일이었습니다. 그리고 토요일이면 그녀의 남편이 돌아올 예정이었습니다…

아홉 시가 되어서야 마침내 관할 의사가 도착했다는 소식을 들었습니다. 제가 직접 그를 불렀습니다. 그는 직급상 저의 상관이었고, 동시에 제 경쟁자이기도 했습니다. 바로 그 사람, 그 의사였습니다. 그녀가 한때 그렇게 경멸스럽게 이야기했던 의사. 그리고 분명, 이미 제가 전출을 요청했다는 사실도 알고 있는 듯했습니다. 그가 처음 저를 바라본 순간, 저는 단번에 깨달았습니다. 그는 저에게 적대감을 품고 있었습니다. 그러나 오히려 바로 그 점이 저의 힘을 더욱 강화했습니다.

그는 대기실에 들어서자마자 다그치듯 물었습니다.

‘그녀는 언제…’—그는 그녀의 이름을 입에 올리고—
‘…사망했습니까?’

‘오늘 아침, 여섯 시경입니다.’

‘그녀가 당신을 부른 시간은?’

‘어젯밤, 열한 시였습니다.’

‘내가 그녀의 주치의라는 걸 알고 있었습니까?’

‘네. 하지만 상황이 시급했습니다. 그리고… 고인은 분명히 저를 원했습니다. 다른 의사를 부르는 것을 엄격히 금했습니다.’

그는 저를 뚫어지게 노려보았습니다. 창백하고 살이 조금 오른 그의 얼굴 위로 불그스름한 기색이 스쳐 지나갔습니다. 저는 단숨에 알아차렸습니다. 그가 격분하고 있다는 것을. 그러나 바로 그 순간, 저는 그의 분노를 필요로 했습니다… 제 안의 모든 에너지가 한순간에 응집되어 결단을 향해 밀려들었습니다. 저는 느꼈습니다. 더 이상 오래 버틸 수 없다는 것을. 제 신경은 이미 한계에 다다르고 있었습니다. 그는 무언가 적대적인 날카로운 말을 내뱉으려 했지만, 이내 태도를 누그러뜨리고는 냉소적으로 말했습니다. ‘당신이 나 없이도 충분하다고 생각한다면야 어쩔 수 없지만, 그래도 나는 공적인 의무를 다해야 합니다. 사망을 확인하고… 그리고, 사인이 무엇인지 밝혀야겠지요.’

저는 대꾸하지 않았습니다. 그저 그를 앞세워 방으

로 들어갔습니다. 그리고 문을 닫고, 열쇠를 조용히 책상 위에 내려놓았습니다. 그는 눈썹을 치켜올리며 놀란 기색을 감추지 못했습니다. '이게 무슨 뜻입니까?'

저는 그와 마주 서서 차분하게 말했습니다.

'지금 중요한 것은 사망 원인을 밝히는 것이 아닙니다. 오히려… 다른 원인을 찾아야 합니다. 그녀는 저를 불렀습니다. 그녀는… 실패한 시술의 결과로 고통받고 있었습니다. 저는 그녀를 살려 내지 못했지만, 그녀에게 한 가지 약속을 했습니다… 그녀의 명예를 지키겠다고.

그리고 저는 반드시 그 약속을 지킬 것입니다. 그러니, 제발… 저를 도와주십시오.'

그는 놀라움에 눈을 크게 떴습니다. 그러다 마침내, 마치 숨이 막힌 사람처럼 더듬거리며 말했습니다. '당신 설마… 내가, 관할 의사인 내가, 이 범죄를 덮어 주기를 바라는 것입니까?'

'네, 그렇습니다. 저는 그것을 바랍니다. 아니, 그것을 바랄 수밖에 없습니다.'

'당신이 저지른 범죄를 위해 내가…'

'이미 말씀드렸습니다. 저는 이 여인을 손끝 하나 건드리지 않았습니다. 그렇지 않았다면… 그렇지 않았다면, 저는 지금 당신 앞에 서 있지도 않았을 겁니다. 진작 제 삶을 마감했겠지요. 그녀는 그녀의 죄를… 당신이 그렇게 부르고 싶다면… 이미 속죄했습니다. 세상이 그것을 알 필요는 없습니다. 그리고 저는, 이제 와서 그녀의 명예가 불필요하게 훼손되는 것을 결코 용납하지 않을 것입니다.'

제 단호한 목소리는 그를 더욱 자극했습니다. '당신이 용납하지 않겠다고… 그래요?… 아, 그렇군요. 당신은 내 상관이라도 되는 줄 아시나 봅니다. 아니, 적어도 그렇게 된 줄 믿고 계시겠죠… 한번 시도해 보세요. 당신이 나에게 명령을 내릴 수 있는지… 나는 처음부터 짐작했어요. 당신 같은 사람이 왜 이 자리에 불려 나왔겠어요? 뭔가 더러운 일이 얽혀 있는 게 분명했죠… 정말 깨끗한 일을 시작하시네요. 이 '깔끔한' 의술이라니, 아주 멋진 첫 시험작품입니다. 하지만 이제, **내**가 직접 검사하겠습니다. 다른 어느 누구도 아닌 바로 **내**가. 그리고 확실히 알아 두세요, 내 이름이 적힌 프로토콜에는 단 하나의 거짓도 담기지 않을 겁니다. 나는 거짓을 서명하지 않아요.'

저는 미동도 없이 그를 바라보았습니다.

'아니요. 이번만큼은 그럴 수밖에 없을 겁니다. 왜냐하면, 그전에 당신은 이 방을 떠날 수 없을 테니까요.'

저는 천천히 주머니로 손을 넣었습니다. 권총은 가지고 있지 않았지만 말입니다. 그는 순간 움찔하며 몸을 떨었습니다. 저는 한 걸음 더 다가서서, 그를 똑바로 바라보았습니다.

'들어 보세요, 제가 한 가지 말씀드리겠습니다… 더

이상 상황이 극단적으로 흐르지 않게 하기 위해서요. 제 삶에는 아무것도 중요하지 않습니다… 다른 사람의 삶에도 마찬가지고요… 저는 이제 이미 이 지경까지 왔습니다… 저에게 중요한 건 오직 하나, 그 약속을 지키는 것, 바로 이 죽음의 경위가 비밀로 남도록 하는 것입니다… 들어 보세요… 제가 당신에게 제 명예를 걸고 약속합니다. 만약 당신이 그 증명서에 서명하신다면, 이 여인이… 이제 우연히 죽음을 맞이했다는 내용으로 말이지요… 그렇게 하신다면 제가 이번 주 안에 이 도시를 떠나고 인도를 떠날 것임을 약속합니다… 만약 당신이 원하신다면, 저는 제 권총을 꺼내어, 관이 땅에 묻힌 후, 아무도 더 이상… 이해하시죠? **아무도**… 더 이상 추적 조사 할 수 없다는 확신이 들 때, 제 스스로 총을 쏴 자결하겠습니다. 이 정도면 충분하실 겁니다 — 충분하셔야만 합니다.'

제 목소리에는 뭔가 위협적이고, 뭔가 치명적인 기운이 감돌았던 것 같았습니다. 제가 무의식적으로 한 걸음 다가서자, 그는 마치… 그야말로 기겁한 듯 물러섰습니다… 마치 사람들이 미친 사람에게 쫓기듯, 휘두르는 칼을 피해 도망치는 모습처럼… 그리고 그 순간, 그는 완전히 달라졌습니다… 몸이 움츠러들고, 마치 마비된 듯한… 그렇게 단단히 굳어 있던 그의 태도가 무너져 내렸습니다. 그는 마지막으로 아주 부드럽고, 거의 들리지 않을 정도의 저항하는 목소리로 중얼거렸습니다. '이렇게 잘못된 증명서를 서명하는 건 내 인생에서 처음일 겁니다… 하지만, 어쨌든 어떤 형식이라도 찾아야 하겠죠… 세상에 어떤 일이 일어나는지 알다시피… 그래도 이렇게 아무렇지도 않게, 이렇게 쉽게 서명할 수는 없었죠…’

‘물론 그렇게 해서는 안 되지요.’ 저는 그를 도와주며 힘을 실어 주었습니다. (그 순간 제 머릿속에서는 ’빨리! 빨리!’라는 말이 계속 맴돌고 있었습니다.) ‘하지만 이제, 당신은 알게 되셨지요. 당신이 하는 일이 단지 살아 있는 자에게 상처를 주는 일이 되고, 죽은 자에게는 끔찍한 일을 안겨 주는 일이 될 뿐임을. 그러니 이제, 당신은 결코 망설이지 않으실 겁니다.’

그는 가볍게 고개를 끄덕였습니다. 우리는 조용히 탁자로 다가갔습니다. 몇 분 후, 진단서가 작성되었습니다. (그것은 신문에도 게재되었고, 신빙성 있게 심장 마비가 원인이라고 적시되었습니다.) 그는 자리에서 일어나 저를 바라보았습니다.

‘당신, 이번 주 안에 떠나죠?’

‘제 명예를 걸고 약속합니다.’

그는 다시 저를 바라보았습니다. 어딘가 단호해 보이려 했고, 감정을 배제한 태도를 유지하려 했습니다. ‘바로 관을 준비하겠습니다.’ 그가 말했습니다. 그것은 그가 당혹감을 감추기 위한 말이었습니다. 그런데도 제 안에서 무언가가 저를 짓누르고 있었습니다. 이 감정은 대체 무엇인가… 왜 이렇게 끔찍하고… 왜 이렇게 고통스러운가… 그러다 문득, 그가 갑자기 손을 내밀었습니다. 그리고 예상치 못한 따뜻함으로 힘껏 악수를 나누었습니다. ‘잘 버텨 내십시오.’ 그가 말했습니다. 저는 순간, 그 말의 의미를 이해할 수 없었습니다. 제가 아픈 걸까요? 아니면… 제가 미쳐 가는 걸까요? 저는 그를 문 앞까지 배웅하고 문을 열어 주었습니다. 그가 나가자 문이 천천히 닫혔는데, 그 순간 제 마지막 기운마저 빠져나갔습니다. 귓가에 다시 시계 초침 같은 소리가 들려왔고, 세상 모든 것이 흔들리며 빙글빙글 돌았습니다. 그리고 바로 그녀의 침대 앞에서, 저는 그대로 쓰러졌습니다. 마치… 마치 광기 어린 질주의 끝에서 신경이 산산조각 난 채 무의미하게 쓰러지는 ‘아모크Amok’ 상태의 남자처럼.”

그는 다시 말을 멈췄다. 어쩐지 한기가 스쳤다. 이제 막 조용히 선실 위를 스쳐 가는 새벽바람의 첫 전율이었을까? 하지만 고통에 일그러진 그의 얼굴은 —이제 막 새벽빛의 희미한 반사광에 반쯤 드러난 얼굴은— 다시 굳어졌다.

“얼마나 오래 그렇게 바닥에 누워 있었는지 모르겠습니다. 그때 갑자기 누군가가 저를 건드렸어요. 저는 깜짝 놀라 몸을 일으켰습니다. 그곳에는 소년이 서 있었습니다. 소년은 뭔가 주저하는 듯, 공손한 태도로 서 있었고, 불안한 눈빛으로 저를 바라보고 있었습니다.

'누군가 찾아왔습니다… 그녀를 보고 싶어 해요…'

'아무도 들어오면 안 돼.'

'네… 하지만…'

소년의 눈빛은 겁에 질려 있었습니다. 무언가를 말하려 했지만, 차마 입을 떼지 못했습니다. 마치 충직한 동물이 본능적으로 감지한 불안 속에서 괴로워하는 듯했습니다.

'누구지?'

그는 마치 곧 매를 맞을 것 같은 두려움 속에서 몸을 떨며 저를 바라보았습니다. 그리고 마침내 입을 열었습니다. 그는 한 이름을 언급했습니다… 어떻게 이런 비천한 존재에게 갑자기 이토록 많은 지식이 깃들 수 있는 걸까요? 어째서 어떤 순간에는, 아무런 감정도 없을 것만 같은 사람들조차 형언할 수 없는 섬세한 감각에 사로잡히는 걸까요?… 그리고 그는 다시 말했습니다… 아주, 아주 조심스럽고 두려운 목소리로…

'**그분**입니다.'

저는 벌떡 몸을 일으켰으며, 바로 깨달았고, 즉시 온 마음이 갈망과 초조함에 사로잡혔습니다. 그 미지의 존재를 향한, 형언할 수 없는 열망으로 말입니다. 보십시오, 얼마나 기묘한가요… 이 고통 한가운데에서, 이 갈망과 두려움과 조급함의 열기 속에서, 저는 완전히 '그분'을 잊고 있었습니다… 그 남자가 존재한다는 사실조차. 그녀가 사랑했던 남자. 그녀가 나에게는 허락하지 않았던 모든 것을 열정적으로 바쳤던 남자… 불과 열두 시간, 스물네 시간 전이었다면 저는 그를 증오했을 것입니다. 그를 갈기갈기 찢어 버리고 싶었을 것입니다… 그런데 지금… 아니, 저는… 저는 도저히 설명할 수 없습니다. 이 감정을. 저를 이토록 몰아붙이며, 간절하게 그를 보고 싶게 만드는 이 감정을… 그를… 사랑하는 것이… 그녀가 사랑했기 때문에 나도 그를 사랑…

나는 문 앞에 섰습니다. 순식간이었습니다. 한 젊은 장교가 거기에 서 있었습니다. 아주 젊은, 금발의 소년 같은 장교가. 그는 매우 어색하고, 몹시 마르고, 무척 창백했습니다. 그는 마치 어린아이처럼 보였습니다. 너무나도… 너무나도 안쓰러울 만큼 젊었습니다… 그리고 저는 그의 모습에서 말로 표현할 수 없는 충격을 받았습니다. 그가 남자다움을 보이려 애쓰는 모습… 그가 어떤 태도를 취하려 애쓰는 모습… 흥분된 감정을 숨기려 애쓰는 모습에서… 저는 한눈에 알아차렸습니다. 그가 모자를 벗으려 손을 올릴 때, 그의 손이 떨리고 있었다는 것을… 순간, 그를 껴안고 싶었습니다. 그가 바로 제가 바라던 그런 남자였기 때문이었습니다. 그녀가 사랑한 사람이라면, 바로 이런 사람이었으면 하고 바랐던 그 모습이었기 때문이었습니다… 유혹자도, 자만에 빠진 남자도 아니었습니다… 그는 마치 반쯤 아이처럼, 순수하고 여린 존재였습니다. 그녀가 자신을 온전히 내어 주었던 바로 그런 사람이었습니다.

그 젊은 장교는 제 앞에 서 있었지만, 어딘가 얼어붙은 듯했습니다. 저의 뜨거운 시선과 열정적인 태도가 그를 더욱 혼란스럽게 만들었습니다. 그의 입술 위, 작은 콧수염이 미세하게 떨렸습니다… 이 젊은 장교, 이 아이는 울음을 참으려 애쓰고 있었습니다.

‘저를 용서해 주세요.’ 그가 마침내 말했습니다. ‘저는… 그녀를… 다시 한번 보고 싶었습니다.’

저는 무의식적으로, 전혀 의도하지 않은 채, 그 낯선 사람의 어깨에 제 팔을 감싸 주었습니다. 마치 병든 사람을 이끄는 것처럼, 그를 부드럽게 이끌었습니다. 그는 놀란 듯 저를 바라보았습니다. 그의 눈빛은 끝없이 따뜻하고, 고마운 마음이 담긴 눈빛이었습니다… 우리 사이에는 말로 설명할 수 없는 어떤 공동체의 이해가 그 짧은 순간에 이미 스며들어 있었습니다. 우리는 고인이 된 그 여인의 곁으로 갔습니다… 그녀는 하얀 리넨에 싸여 누워 있었습니다. 제가 그의 곁에 있는 것이 그에게 여전히 부담감을 주리라는 걸 저는 느꼈습니다…

그래서 저는 살짝 뒤로 물러서서, 그를 그녀와 단둘이 남겨 두었습니다. 그는 천천히 그녀에게 다가갔습니다… 그렇게도 떨리며, 끌리는 듯 조심스러운 발걸음이었습니다. 그의 어깨에서 저는 무언가 그의 내부에서 휘저어지고 찢어지는, 즉 내면의 고통과 분열을 보았습니다… 그는 마치 엄청난 폭풍에 맞서 싸우는 사람처럼 걸어갔습니다. 그리고 갑자기 침대 앞에서 무릎을 꿇었습니다… 내가 그 자리에 쓰러졌던 것처럼, 똑같이.

저는 즉시 앞을 내달려 그를 일으켜 세우고, 조심스럽게 그를 의자에 앉혔습니다. 그는 더 이상 부끄러워하지 않았고, 자신의 고통을 흐느끼며 울음을 쏟아 냈습니다. 저는 아무 말도 할 수 없었습니다. 다만 무심코 금발의, 아이처럼 부드러운 그의 머리카락을 손끝으로 어루만졌습니다. 그는 제 손을 잡았습니다… 조심스럽게, 그러나 두려운 듯이… 그리고 갑자기, 그의 눈빛이 저에게 고정되어 있음을 느꼈습니다…

'진실을 말해 주세요, 의사 선생님. 그녀가… 스스로 그런 일을 한 건가요?' 그는 말을 더듬으며 말했습니다.

'아니오.' 저는 단호하게 대답했습니다.

'그럼… 그렇다면… 누가… 도대체 누가 그녀의 죽음에 책임이 있다는 말인가요?'

'아무도 아니요.' 저는 다시 대답했습니다. 비록 목구멍에서 그에게 소리치고 싶은 마음이 솟구쳤지만, 저는 그것을 속으로 소리쳤습니다. '나야! 나 때문이야! … 그리고 너도! … 우리 둘 다! 그리고 그녀의 오만, 그 불행한 오만!' 하지만 저는 그 말을 입 밖으로 내지 않았습니다. 저는 다시 한번 말했습니다. '아니요… 아무도 그녀의 죽음에 책임이 없어요… 그것은 운명이었을 뿐입니다!'

'믿을 수가 없어요.' 그는 신음하듯 말했습니다. '믿을 수가 없어요. 그녀는 어제까지도 무도회에 있었고, 웃으며 나에게 손을 흔들었어요. 어떻게 이런 일이 가능할 수 있죠? 어떻게 이런 일이 일어날 수 있었죠?'

저는 긴 거짓말을 지어내었습니다. 그에게도 그녀의 비밀을 끝내 털어놓지 않았습니다. 우리는 마치 형제처럼, 그 모든 나날 동안 함께 많은 이야기를 나누었습니다. 우리를 하나로 묶어 놓은 그 감정이 우리를 감싸고 있었지요… 하지만 우리는 그것을 말로 꺼내지 않았습니다. 그럼에도 우리는 서로 알 수 있었습니다. 우리의 삶 전체가 그녀에게 매달려 있었다는 것을. 때때로 진실이 목구멍까지 차올라, 말해 버릴 듯 제 입술을 떨게 했지만 저는 이를 악물고 삼켰습니다. 그는 끝내 알지 못했습니다. 그녀가 그의 아이를 임신하고 있었다는 것을… 제가 그 아이를, 바로 그의 아이를 없애야만 했다는 것을… 그러나 그녀는, 그 생명을 자신의 죽음과 함께 심연 속으로 끌어내렸습니다. 그럼에도 우리는, 그 나날 동안 오직 그녀에 대해서만 이야기했습니다. 제가 그의 곁에 몸을 숨기고 있던 그 시간 동안…

아, 당신에게 말하려던 것을 잊고 있었군요. 그들이 저를 찾고 있었습니다… 그녀의 남편이 왔습니다. 관이

이미 봉해진 뒤에야… 그는 부검 결과를 믿으려 하지 않
았습니다… 사람들은 수군거렸고, 온갖 소문이 떠돌았습
니다… 그는 저를 찾아 헤맸습니다… 그러나 저는 그와
마주하는 것을 견딜 수 없었습니다. 그녀가 그의 아래에
서 고통받았다는 것을 아는 저 자신이, 그를 직면할 용기
를 가질 수 없었습니다… 저는 몸을 숨겼습니다… 나흘
동안, 단 한 걸음도 문밖으로 나가지 않았습니다. 우리
는 둘 다 그 방을 떠나지 않았습니다… 그리고 그녀의 연
인은, 저를 위해 가짜 이름으로 배의 좌석을 마련해 주었
고, 제가 도망칠 수 있도록 했습니다… 그리하여 마치 도
둑처럼, 저는 한밤중 몰래 갑판 위로 숨어들었습니다. 아
무도 저를 알아보지 못하도록… 저는 모든 것을 두고 떠
나왔습니다. 제가 가진 것 전부를… 지난 칠 년 동안 쌓
아 올린 그 집도, 그 속에 스며든 저의 모든 노력도, 저의
재산도, 저의 삶 모든 것도 이제는 누구든 와서 가져갈 수
있도록 내버려두었습니다. 아마도 정부의 신사들은 이미
제 이름을 지워 버렸겠지요. 제가 무단으로 직책을 내던
지고 사라졌기 때문에 말입니다… 그러나 저는 더 이상
그 집에서, 그 도시에서, 모든 것에 그녀의 흔적이 아로새
겨진 이 세상에서 살아갈 수 없었습니다. 그래서 저는 마
치 도둑처럼 한밤중 몰래 도망쳤습니다… 오로지 그녀로
부터 벗어나기 위해… 오로지 그녀를 잊어버리기 위해…
하지만… 배에 오르던 그 순간, 그 밤에, 그것도 한밤중

에… 제 친구와 함께 갑판에 섰는데… 그때 저는 보았습니다. 크레인이 무언가를 끌어올리고 있었습니다. 직사각형의, 검고 묵직한 무언가를… 그녀의 관이었습니다. 듣고 있나요? 그녀의 관이었습니다… 그녀가 저를 따라왔습니다. 마치 제가 그녀를 쫓았던 것처럼… 그러나 저는 그 자리에 서서, 낯선 사람인 양 아무렇지 않은 척해야만 했습니다. 왜냐하면 그녀의 남편이 함께 있었기 때문이었습니다… 그는 관을 영국으로 가져가려 하고 있었습니다… 아마도 거기서 부검을 하려는 것이겠지요… 그는 그녀를 빼앗아 가 다시 자기 것으로 만들었습니다… 이제 그녀는 더 이상 우리 것이 아니었습니다… 우리… 우리 둘의 것이 아니었습니다… 그러나 저는 아직 남아 있습니다. 저는 마지막 순간까지 함께 갈 것입니다… 그는… 그는 결코 알지 못할 것입니다. 저는 그녀의 비밀을 지켜 낼 것입니다. 그 어떤 시도 앞에서도… 그녀를 죽음으로 몰아넣은 그자에게서도… 그는 아무것도 알지 못할 것입니다… 그녀의 비밀은 제 것입니다. 오직 저만의 것입니다.

이제 이해하십니까?… 이제야 비로소, 이해하시겠습니까?… 왜 제가 사람들을 바라볼 수 없는지… 그들이 가볍게 희롱하고, 서로에게 탐닉할 때… 왜 그들의 웃음소리를 들을 수 없는지… 왜냐하면… 저 아래… 배의 깊숙한 창고 안에 차茶 더미와 브라질 호두 상자들 사이에 그녀의 관이 조용히 놓여 있었기 때문입니다. 저는 갈 수 없었습니다. 그 문은 굳게 잠겨 있었으니까요… 그러나 저는 알았습니다. 저의 모든 감각이 그것을 알았습니다. 단 한순간도 잊지 않고 있었습니다… 비록 여기서 왈츠가 울려 퍼지고, 탱고 선율이 흐를 때조차도… 물론 그것은 어리석은 일이었겠지요. 바다는 이미 수백만의 시신을 쓸어 갔고, 우리가 딛고 선 땅 아래에도 썩어 가는 시체들이 스며들어 있었으니까요… 그러나 저는 견딜 수 없었습니다. 저는 도저히 견딜 수 없었습니다. 그들이 가면을 쓰고 향수에 취해 웃음을 터뜨리는 것을 볼 때면… 저는 느꼈습니다. 죽은 그녀를, 그녀의 존재를, 그리고 저는 알고 있습니다. 그녀가 저에게 무엇을 원하는지… 저는 알고 있습니다. 제게는 아직 해야 할 일이 남아 있다는 것을… 아직 모든 것이 끝난 게 아니라는 것을… 아직 그녀의 비밀은 온전히 지켜지지 않았습니다… 그녀는 저를 놓아주지 않았습니다. 아직은…"

중앙 갑판 쪽에서 무언가 질질 끄는 발소리가 들려왔다. 곧이어 물기가 찰박이는 소리… 선원들이 갑판을 청소하기 시작한 것이었다. 그는 마치 들킨 듯 흠칫 몸을 떨며 자리에서 벌떡 일어났다. 잔뜩 굳어진 얼굴 위로 두려움이 어른거렸다. "이제 가야겠어… 가야겠어." 그는 일어나서 중얼거렸다. 그를 바라보는 것이 참을 수 없이 고통스러웠다. 황폐해진 그의 눈빛, 술에 절어선지, 혹은 눈물에 씻긴 탓인지 벌겋게 부어오른 그의 두 눈. 그는 나의 시선을 피했다. 나는 그의 움츠린 모습에서 그에게 부끄러움이 배어 있다는 것을 느꼈다. 그것은 자기 자신을 나에게, 그리고 이 밤에게 모두 드러내 버렸다는 자각에서 오는 깊은 수치심이었다. 나는 무심결에 입을 열었다.

"혹시… 오후에 당신의 선실로 찾아가도 될까요?"

그가 나를 올려다보았다. 입술 끝이 서늘하게 일그러졌다. 비웃음인지, 경멸인지 모를 차디찬 냉소가 스며들었다. 그리고 그 순간, 어딘가 비틀린 감정이 그의 입술에서 새어 나오는 말 한마디 한마디를 뒤틀리게 만들었다.

"아하… 남을 돕겠다는 당신의 그 거룩한 의무 때문인가요?… 아하… 덕분에 제가 이렇게 수다스럽게 입을 열게 되었군요. 하지만 아니요 선생님, 사양하겠습니다. 제가 심장을 찢어 보이고, 뱃속 깊이 숨겨졌던 것들까지 끄집어내 토해 냈다고 해서… 이제 와서 무언가 나아지기라도 할 거라 생각하십니까? 어느 누구도 저의 이 망가진 인생을 다시 기워 붙일 수는 없을 겁니다. 저는 그저 헛된 충성심으로 존경받는 네덜란드 정부를 위해 봉사했을 뿐… 그러나 결국 모든 게 허망했지요. 연금은 날아갔고, 이제 유럽으로 돌아가도 저는 가난한 개처럼 빈털터리 신세입니다… 그저 관 하나를 질질 끌며 뒤따라가는 떠돌이 개일 뿐이지요… 미친 듯이 내달린다고 해서, 아무런 대가를 치르지 않고 끝까지 도망칠 수는 없는 법입니다. 결국엔 누구나 넘어진 채로 끝을 맞이하는 법이죠. 그리고 저는… 그 끝이 멀지 않기를 바랍니다… 그러니 사양하겠습니다, 선생님. 당신의 자비로운 방문은 필요 없습니다. 제 선실에는 이미 좋은 친구들이 있어요. 오래된 위스키 몇 병, 가끔은 그것들이 저를 달래 주지요. 그리고… 아주 오래전부터 저를 기다리고 있던 친구가 하나 있습니다. 제가 제때 손을 내밀지 못했던… 그러나 이제는 확실히 나를 도와줄 충직한 브라우닝 권총 한 자루… 그게 어떤 말보다 더 확실한 도움이 될 겁니다… 그러니 부디 신경 쓰지 마십시오… 어차피 인간에게 남은 마지막 권리는, 자신이 원하는 방식으로 죽을 자유뿐이니까요. 그리고… 그 순간만큼은 누구의 손길도 닿지 않은 채, 온전히 혼자가 되는 것이지요."

그는 다시 한번 나를 비웃듯, 아니 도전하듯 바라보았다. 그러나 나는 느꼈다. 그것은 단지 부끄러움이었다. 끝없이 깊은 절망적인 수치심일 뿐이었다. 이내 그는 어깨를 움츠리고, 인사 한마디 없이 몸을 돌려, 이미 새벽빛이 스며든 앞 갑판을 비틀거리듯 기묘하게, 비스듬히 질질 끌려가듯 객실 쪽으로 사라졌다. 나는 다시는 그를 보지 못했다. 그날 밤도, 그다음 밤도, 나는 습관처럼 그가 있던 자리를 찾아 헤맸지만 헛된 일이었다. 그는 완전히 사라졌고, 나는 그것이 한순간의 꿈이었는지 환영이었는지 의심하기 시작했다. 하지만 그사이, 승객들 사이에서 한 사람이 내 눈길을 사로잡았다. 한쪽 팔에 검은 상장喪章을 두른 한 네덜란드 상인이었다. 그는 얼마 전, 열대병으로 아내를 잃었다고 사람들이 내게 확인해 주었다. 나는 그가 깊은 고통 속에서, 다른 이들과는 멀리 떨어져 홀로 갑판 위를 거닐고 있는 모습을 바라보았다. 그리고 내가 그의 가장 깊은 비밀을 알고 있다는 생각이 들자, 알 수 없는 두려움이 엄습했다. 그래서 그가 지나갈 때마다 나는 본능적으로 몸을 돌려 피했다. 혹여 내 시선이, 내가 그의 운명을 그 자신보다 더 많이 알고 있다는 사실을 드러내 버릴까 두려웠기 때문이다.

그러고 나서 나폴리항에서 그 기묘한 사고가 일어났다. 나는 그 사고의 의미를, 그 낯선 이가 들려준 이야기 속에서 비로소 깨달을 수 있을 것만 같았다. 그날 저녁, 대부분의 승객들은 배에서 내렸다. 나 역시 오페라를 보러 갔다가, 다시 비아 로마Via Roma의 환히 불 밝힌 카페들 중 한 곳에서 한동안 머물렀다. 늦은 밤, 노 젓는 작은 배를 타고 증기선으로 돌아왔을 때, 내 눈길을 사로잡은 광경이 있었다. 몇 척의 배가 햇불과 아세틸렌 램프를 밝힌 채 선체 주변을 천천히 맴돌며 무언가를 찾고 있었고, 어둠에 잠긴 갑판 위에서는 이탈리아의 경찰과 헌

병들이 분주히 오가고 있었다. 나는 한 선원을 붙잡고 무슨 일이냐고 물었다. 그러나 그는 어정쩡한 태도로 얼버무렸다. 그의 태도는 마치 입을 다물라는 명령을 위에서 받았음을 보여 주었다. 다음 날 아침, 배는 다시 평온하게 사건의 흔적 없이 제노바를 향해 나아갔고, 선내 어디에서도 전날 밤의 흔적을 찾아볼 수 없었다. 그 후 나는 이탈리아 신문을 통해서야 그날 밤 나폴리항에서 벌어진 '사고'에 대해 알게 되었다. 다소 과장되고 낭만적으로 윤색된 기사였지만, 그 내용은 다음과 같았다.

그날 밤, 승객들이 그 광경을 보고 동요하지 않도록 깊은 적막이 깔린 시간에 한 귀족 부인의 관이 배에서 보트로 내려질 예정이었다. 그녀는 네덜란드 식민지에서 온 여인이었고, 남편이 지켜보는 가운데 밧줄 사다리를 따라 관이 조심스레 내려지던 순간, 갑자기 선체 높은 곳에서 무거운 무언가가 떨어졌다. 그것은 섬뜩한 굉음과 함께 관을 덮쳤고, 관을 붙잡고 있던 남편과 운구인들까지 한순간에 깊고 검은 바닷속으로 끌어내렸다. 한 신문에서는 어떤 정신이상자가 갑자기 계단을 뛰어 내려와 밧줄 사다리 위로 몸을 던졌다고 주장했고, 또 다른 신문에서는 지나치게 무거운 하중을 이기지 못한 사다리가 스스로 끊어졌다고 완곡하게 전했다. 하지만 분명한 것은, 선박회사 측이 사건의 진상을 철저히 은폐하기 위해 모든 노력을 기울인 것처럼 보였다는 사실이었다. 운구인들과 고인의 남편은 가까스로 보트에 의해 건져 올려졌지만, 납으로 봉인된 관은 즉시 바다 깊숙이 가라앉았고, 다시는 되찾을 수 없었다. 그리고 동시에 같은 신문 한쪽 구석에는, 마치 사소한 일에 불과하다는 듯 짧은 단신短信 하나가 실려 있었다. 그 내용은 이랬다. "나폴리 항에서 신원을 알 수 없는 마흔 살가량의 남성 시신이 떠올랐다." 대중들에게 이 단신은 앞서 낭만적으로 보도된 사건과 아무런 관련이 없는 것처럼 보였을 것이다. 하지만 나는 그 짧고 덧없는 문장을 읽는 순간, 숨이 멎는 듯한 전율을 느꼈다. 갑자기 종이 뒤편 어딘가에서 반짝이는 안경을 낀, 달빛처럼 창백한 얼굴이 다시 한번 유령처럼 나를 꿰뚫어 보는 것만 같았다.

첫 키스

Geschichte in der Dämmerung

방 안이 돌연 어두워지다니 바람이 다시 비를 몰고 온 것일까? 그렇지 않다. 대기는 요즘 여름날 같지 않게 드물도록 은빛처럼 맑고 잔잔하다. 그러나 벌써 날이 저물기 시작했는데, 우리는 그것을 깨닫지 못했다. 맞은편 지붕 아래 창문만이 연약한 광채 속에서 미소를 짓고 있고, 용마루 위의 하늘은 벌써 불그스레한 안개 속에 싸여 있다.

한 시간이 지나면 밤이 될 것이다. 그 한 시간은 불가사의한 시간인데, 그도 그럴 것이 점차 빛이 꺼져 가며 어두워지는 이런 색깔보다 더 아름다운 것은 없기 때문이다. 이어서 바닥에서 솟아오르는 어둠이 방 안에 깃들면, 결국은 까만 밀물이 소리 없이 사면의 벽에 덮쳐 와서는 우리를 암혹 속으로 데려간다. 거기서 우리가 서로 마주 앉아 말없이 바라보고 있으면, 친숙한 얼굴도 그림자 속에서 마치 더 늙고 낯설고 멀리 있는 것처럼 보이리라. 우리가 마치 처음 보는 사람처럼 넓은 공간과 수많은 시간을 넘어서 아득하게 보이리라.

그러나 당신은 지금 말없이 있기를 원치 않는다. 당신은 그 이유를 이렇게 말한다. 말없이 있으면 시계가 시간을 수없이 잘게 분해하여 똑딱거리고, 고요 속에서 환자가 숨 쉬듯 호흡이 끊는 소리를 내어 마음을 불안하게 하기 때문이라고.

이제 그런 당신에게 뭔가 내가 이야기를 해 주어야겠다. 좋아, 그렇게 하겠다. 물론 나에 관한 이야기는 아닌데, 왜냐하면 이 수많은 도시에서 우리가 경험하는 것은 아주 빈약하기 때문이다. 그렇지 않으면 우리가 이렇게 살아가면서 실제로 무엇을 소유하고 있는지 아직도 알지 못하기 때문인 것 같다. 하지만 나는 침묵만이 좋은 이 시간에 당신에게 이야기를 하나 들려주겠다. 나는 이 이야기가 우리의 창 앞에서 희미하게 떠오르는 황혼의 따뜻하고 부드러운, 물결치는 이 빛을 어느 정도 보여 주기를 원한다.

나는 이 이야기가 내게 어떻게 전해졌는지 알지 못한다. 내가 기억하는 것은 다만 어느 이른 오후에 여기 앉아서 오랜 식사 후에 책을 한 권 읽었다는 사실이다. 그런 다음 나는 그 책을 다시 손에서 내려놓고, 꿈결처럼 멍하니 생각에 잠겨 있었다. 어쩌면 살짝 잠들어 있었는지도 모른다. 그러던 중 나는 어떤 형체를 얼핏 보았는데, 그 형체는 벽을 따라 미끄러지듯 지나갔다. 나는 꿈결처럼 중얼거리는 소리를 듣고 어렴풋한 형체를 볼 수 있었다. 하지만 사라져 버린 그 형체를 쫓으려고 했을 때, 나는 이미 잠에서 깨어났으며, 혼자 그 자리에 있었다. 내 발치에는 책이 떨어져 있을 따름이었다.

나는 떨어진 책을 집어 올리고 그 형체가 어디로 사라졌나 하고 물었지만, 책 속에는 그와 같은 이야기는 없었다. 그것이 책갈피에서 내 손으로 떨어져 내린 것인지, 아니면 그 책 속에서 본 것인지는 알 수가 없었다. 어쩌면 나는 그것을 꿈에서 보았는지도 모른다. 아니면 오늘 먼 나라에서 이 도시까지 와서 오랫동안 우리를 억누르던 비구름을 몰아가 버린 저 다채로운 구름 중 하나에서 본 것인지도 모른다. 그도 아니라면 창 밑에서 손풍금을 우울하게 연주하는 저 단순한 옛날 노래에서 들은 것인지, 또는 수년 전에 그것을 누군가가 이야기한 것인지도 모른다. 나는 그것을 알지 못하겠다.

이런 이야기들은 자주 내게 가까이 들려오곤 했다. 그러면 나는 그것을 장난하듯이 손가락 사이로 흘려보내곤 꽉 움켜잡지 않았다. 사람들이 이삭과 줄기가 긴 꽃 옆을 지나가면서도 그것을 따지 않듯이 말이다. 나는 그저 색깔이 짙은 그림이 부드럽게 사라지는 모습을 꿈꾸었을 뿐이었는데, 그것을 확실하게 기억하지는 못한다. 이런 나에게 당신은 오늘 이야기를 듣고 싶어 하며, 그래서 나는 바로 이 시간에 당신에게 이야기하려는 것이다. 그도 그럴 것이 지금 우리는, 어둠에 잠겨 잘 보지 못하는 우리의 눈앞에 불그스레하게 물드는 영상을 보여 주는 황혼을 보며 동경에 사로잡히고 있기 때문이다.

이야기를 어떻게 시작해야만 할까? 내 느낌으로 하나의 순간, 하나의 영상과 형태를 어둠 속에서 끌어내야만 할 것 같다. 왜냐하면 그렇게 해야 내 마음속에서 그 진기한 꿈이 시작되기 때문이다. 지금 벌써 생각이 떠오른다. 어느 날씬한 소년의 모습이 보인다. 그는 어느 저택의 넓은 계단을 걸어 내려오고 있다.

때는 어두운 밤, 희미한 달빛만이 교교히 비추는 밤이다. 그러나 나는 유연한 몸매의 윤곽을 밝은 거울로 비추듯이 그 모습을 보고 있다. 그의 얼굴도 자세히 보고 있다. 그는 대단히 아름다운 소년이다. 소년답게 잘 빗은 검은 머리칼이 오뚝한 이마 위로 미끄러져 내려와 있으며, 두 손은 태양으로 데워진 공기를 손으로 느껴 보려는 듯이 어둠 속으로 내밀고 있다. 이런 그의 두 손은 매우 부드럽고 고귀하다. 그는 조심스럽게 서성이며 발걸음을 내딛다가, 꿈을 꾸듯이 크고 둥근 나무들이 살랑거리는 정원으로 내려섰다. 정원 사이로는 오솔길 하나가 넓은 가로수 길을 향하여 하얗게 빛을 내고 있다.

나는 이 모든 일이 언제 일어났는지, 어제 일어난 일인지 또는 수십 년 전에 일어난 일인지 알지 못한다. 또한 어디서 일어났는지 알지 못하지만, 영국 아니면 스코틀랜드에서 일어난 일이 분명하다고 생각한다. 그도 그럴 것이 오직 이런 곳에만 넓은 사각의 돌을 높이 쌓아 올린 성들이 존재하기 때문이다. 이 성들은 멀리서 볼 때 난공불락의 성채처럼 보이지만, 일단 친숙한 눈으로 보면 밝은 꽃이 만발한 정원으로 우리를 인도한다.

그래, 이제 나는 그곳을 분명하게 기억한다. 그곳은 스코틀랜드 북쪽인데, 왜냐하면 여름밤이 너무 밝게 빛나서, 하늘은 오팔 보석처럼 환하게 반짝이고, 들판도 전혀 어둡지 않기 때문이다. 온갖 사물은 안으로부터 은은하게 빛을 내며, 그림자들만이 검은 큰 새처럼 밝은 평원으로 떨어져 내린다.

그것은 스코틀랜드의 이야기이지. 아, 나는 아주 분명히 기억하고 있다. 게다가 내가 노력하면, 그 백작이 살던 성 이름과 소년의 이름도 알 수 있을 것 같다. 그도 그럴 것이 이제 그 꿈의 어두운 껍질도 재빨리 벗겨지고, 나는 그 모든 일을 마치 기억이 아니라 직접 체험한 것처럼 그렇게 분명하게 느끼고 있기 때문이다.

그 소년은 여름철 동안 결혼한 누이의 집에 손님으로 가 있었다. 그는 지체 높은 영국 가문의 친절한 관습에 따라 홀로 지내지는 않았다. 저녁에는 한 무리의 사냥

나온 사람들과 부인들이 모였으며, 거기에 몇몇 젊은 여성들이 합석했다. 그들은 모두가 고상하고 아름다운 사람들로, 그들의 쾌활함과 젊은 기백은 오래된 성벽의 메아리와 더불어 웃음꽃을 피웠으나 소란하지는 않았다. 매일 말들이 이리저리 뛰어다녔으며, 개들은 사냥터로 이끌려 갔다. 강 건너편에는 두세 척의 보트가 강물 위에 떠 있었다. 바쁘지 않은 하루하루의 일상이 쾌적하고 빠른 리듬을 타고 움직였다.

하지만 때는 저녁이었다. 식탁에 둘러앉아 있던 사람들은 흩어졌고, 신사들은 홀에 앉아서 담배를 피우며 트럼프를 하고 있었다. 밝은 창문을 통해 하얀 광선이 주변을 얼씬거리며 공원을 향해 한밤중까지 새어 나왔고, 이따금 기분 좋은 웃음소리가 터져 나왔다. 숙녀들은 대부분 자기 방으로 돌아갔지만, 한둘은 홀에 모여서 잡담을 주고받았다. 그래서 저녁때가 되면, 소년은 아주 외로움을 느꼈고, 아직 신사들 사이에서 어울릴 수 없었다. 그들 사이에 낀다고 해도 잠시만 가능했다. 또한 여자들 곁에서 그는 그저 수줍어할 뿐이었다. 그도 그럴 것이 소년이 이따금 방문을 열면, 여자들은 갑자기 목소리를 낮추었기 때문이다. 그는 그것이 본인이 들어서는 안 될 이야기임을 감지했다.

대체로 소년은 그들의 모임을 좋아하지 않았다. 그들은 어린아이 대하듯 그에게 질문을 하고는, 그의 대답을 그저 무덤덤하게 경청했다. 그들은 아주 자잘한 일들을 위해 그를 이용한 다음, 말을 잘 듣는 아이를 대하듯 그를 치켜세우곤 했다. 그래서 그는 침실로 가려고 구부러진 계단을 올라갔다. 하지만 방은 너무 더웠고, 답답한 공기가 숨을 쉴 수 없을 만큼 그를 억눌렀다.

사람들이 낮에 창문을 닫는 것을 잊었기 때문에, 태양이 방 안에서 강한 힘을 발휘했다. 태양은 책상을 뜨겁게 달구었고, 침대를 데워 놓았다. 벽에도 태양은 열을 오랫동안 남겨 두었다. 방구석과 커튼에까지 뜨거운 기운이 생생하게 퍼져 있었다. 시간이 조금 지났어도 밤이 되기까지는 아직 이른 시간이었다. 밖은 여름밤이 하얀 초처럼 빛을 내고 있었고, 또한 바람 한 점 없이 고요하고 그저 적막할 뿐이었다.

소년은 높은 저택의 계단을 내려와서 다시 정원으로 나갔다. 둥근 정원의 어스름 위로 하늘이 후광처럼 희미하게 빛나고 있었다. 눈에는 보이지 않는, 많은 꽃이 발산한 향기가 그를 유혹하듯 떨며 코앞에 다가왔다. 그는 기이한 느낌이 들었다. 열다섯 살의 혼란한 감정으로는 그것을 어떻게 표현해야 할지 알 수 없었다. 그러나 그의 입술은 어두운 밤을 향해 뭔가 이야기하지 않으면 안 될 듯이 떨렸다. 아니면 비밀스럽고 친숙한 그 무엇이 자신과 조용한 여름밤 사이에 놓여 있는 것 같아서 손을 들거나 오랫동안 눈을 감기도 했다. 그것이 자신에게 뭔가 이야기를 하거나 인사를 하려는 것 같았다.

소년은 천천히 넓고 탁 트인 가로수 길에서 좁은 옆길로 접어들었다. 위로는 나무들이 은빛으로 빛나는 가지를 서로 껴안고 있는 것처럼 보였고, 하지만 아래로는 어둠이 밤의 무게에 눌려 가라앉아 있는 듯했다. 사방은 아주 고요했다. 정원에는 형용할 수 없는 적막의 잔잔한 소리, 저 윙 하고 울리는 진동만이 알 수 없는 달콤한 우울감에 완전히 빠져 있는 소년에게 다가왔다. 그것은 마치 부드러운 빗방울이 풀밭으로 떨어지거나 풀줄기들이 서로 스치며 내는 듯한 소리였다.

이따금 그는 가만히 나무를 어루만지고, 나무 곁에 머물며 나무의 미세한 소리에 귀를 기울여 보기도 하였다. 이때 그의 이마가 모자에 덮여서, 그는 모자를 벗어 버리고 혈관이 뛰는 관자놀이 부근의 맨살로, 졸린 듯한 바람의 손길을 느끼려고 했다.

그런데 소년이 어둠 속으로 깊숙이 들어갔을 때, 갑자기 놀라운 일이 일어났다. 등 뒤에서 살며시 자갈 소리가 들려온 것이다. 놀라서 뒤를 돌아다보니, 날씬하고 하얀 사람의 형체가 나풀거리는 빛처럼 그를 향해 다가왔다. 어느새 그는 놀랍게도 어느 여자에 의해 강하지만 포근하게 안겨 있었다. 따뜻하고 부드러운 육체가 그의 육체를 꽉 누르며 손으로 재빨리 그의 머리를 쓰다듬고는, 곧 그의 머리를 뒤로 젖혔다. 그는 입술에 와닿은, 속살을 드러낸 낯선 과일, 자기 입술을 빠는 떨리는 입술을 몽롱하게 느꼈다.

　그 얼굴은 소년에게 너무도 가까이 있어서, 생김새를 볼 수가 없었다. 아니, 감히 알아보려고 하지도 못했다. 왜냐하면 경악스러움이 고통처럼 그의 육체를 몰아쳐서, 그가 눈을 감지 않을 수 없었기 때문이다. 그는 불타는 입술의 포로가 되어 의지와는 상관없이 몸을 내맡기지 않을 수 없었다. 확고한 생각 없이, 자신도 알지 못하는 사이에 그의 팔은 이 낯선 육체를 붙들었으며, 완전히 도취한 채 그 육체를 바짝 껴안았다. 그의 손은 탐욕스럽게 부드러운 육체의 선을 따라 움직였다. 때로는 어느 곳에서 쉬다가 다시 떨고, 그러면서 몸은 더 달아오르고 흥분에 빠져들었다. 환희의 무거운 짐은 점점 더 바짝 그의 몸으로 기울어지고, 이제 온몸의 무게가 내맡겨진 그의 가슴 위를 누르고 있었다. 그는 무겁게 호흡하는 숨소리를 들으며 자신이 어디론가 가라앉아 흘러가 버리고 있다고 느꼈다. 그 순간 그는 이미 무릎을 꿇었다.

　도대체 아무것도 생각할 수가 없었다. 그 여자가 어떻게 그에게로 왔는지, 이름이 무엇인지 생각해 볼 여유조차 없었다. 그저 눈을 꼭 감고 그 향기로운 입술에서 새어 나오는 열망을 빨아들일 뿐이었다. 그리하여 결국은 도취한 채 의지 없고 무감각하게 엄청난 열광의 도가니 속으로 빠져들었다. 그에게는 마치 별들이 갑자기 추락하여 눈앞에서 반짝이고, 만물이 불꽃처럼 떨리며, 자신이 만지는 것마다 모두 불타오르는 것 같았다.

그는 얼마나 오랫동안 이런 상태가 계속되었는지, 이렇게 부드럽게 결박을 당하고 몇 시간이 흘렀는지, 아니면 몇 초가 흘렀는지 알 수가 없었다. 모든 일이 탐욕스러운 싸움의 거친 감각 속에서 불타올랐고, 그는 놀라운 현기증의 세계로 정신 없이 끌려가는 것을 느꼈다.

이어서 갑자기 그 뜨거운 결박이 뚝 끊어져 버렸다. 포옹한 상대는 강하게, 거의 화를 내면서 그의 눌린 가슴을 풀어 주었다. 그 낯선 형상은 몸을 일으키고는, 경쾌하고 빠르게 나무 옆을 스쳐 지나가는 하얀 빛의 선처럼 다시 사라졌다. 소년은 이 사라지는 형상을 손을 올려 잡을 겨를도 없었다.

그 여자는 누구였을까? 얼마나 오랜 시간 함께했었나? 소년은 답답하고 몽롱한 기분으로 나무 앞에서 일어섰다. 차츰 냉정한 생각이 그의 뜨거운 관자놀이 사이에서 흘러나왔다. 수천 시간쯤은 그의 삶이 갑자기 짧아진 것 같았다. 여자와 뜨거운 사랑에 대해 어지럽게 꿈꾸던 것이 돌연 현실적인 것으로 나타난 것은 아닐까? 아니면 그것도 한낱 꿈에 불과했던 것일까?

소년은 자기 몸을 만져 보고 머리칼을 잡아당겨 보았다. 아, 꿈이 아니었다. 두근거리는 관자놀이가 젖어 있었다. 관자놀이 부분은 그들이 엎어졌던 풀밭의 이슬로 촉촉하고 차가웠기 때문이었다. 이제 모든 일이 주마등처럼 지나갔다. 입술이 다시 불타는 것을 느꼈고, 옷을 통해 다시 환락의 낯설고 흥분된 향기를 들이마셨다. 말 한마디라도 생각해 내려고 했으나 전혀 떠오르지 않았다.

그녀가 아무 말도 하지 않았고, 이름조차 알려 주지 않았다는 사실을 새삼 놀라워하며 기억해 냈다. 그가 기억하는 것은 가슴 깊은 곳에서 나오는 한탄과 애절한 갈구, 경련하듯 억눌린 쾌감의 흐느낌이었다. 그 밖에도 그녀의 헝클어진 머리칼의 향기, 젖가슴의 뜨거운 압력, 에나멜처럼 매끄러운 피부, 그녀의 자태와 숨소리를 기억할 수 있었다. 게다가 그녀의 떨리는 듯한 모든 감각은 자기 것이 되었음을 알 수 있었다. 하지만 소년은 그 어둠 속에서 사랑으로 그를 덮친 여자가 누구였는지는 짐작할 수 없었다. 그 놀라움과 행복감이 어떤 것인지 형용하기 위하여 그저 한 사람의 이름을 중얼거려 볼 뿐이었다.

그런데 그가 느닷없이 체험한 한 여자와의 이 희한한 사건도 어둠 속에서 유혹하는 눈으로 그를 응시하는 불타오르는 비밀에 비하면 빈약하고 아주 초라해 보였다. 그 여자는 누구였단 말인가? 그는 재빨리 모든 가능성을 생각해 보았다. 이곳 저택에 사는 모든 여자의 모습을 한꺼번에 눈앞에 그려 보았다. 모든 특이한 시간을 되돌아보고, 그들과의 대화 하나하나를 기억 속에서 끌어내 보았다. 이 수수께끼에 연루될 법한 다섯 또는 여섯 여자의 미소를 하나하나 되짚어 보았다.

혹시 늙어 가는 남편을 종종 크게 힐난하던 젊은 E 백작 부인, 또는 드물게 부드럽고 불그스레한 눈동자를 가지고 있던 아저씨의 젊은 부인은 아닐까? 아니면 고고하고 교만하며 쌀쌀맞은 기질에서 서로 닮은 세 명의 나의 사촌누이 중 하나가 아닐까? 그는 이렇게 생각하며 화들짝 놀랐다. 아니야, 내 사촌누이들은 모두 냉정하고 조심성 있는 여자들이잖아!

요 몇 해 동안 소년은 자기 내부에서 비밀스러운 불꽃이 타오르고 꿈속에서도 깜빡거리게 된 이래 자신을 변태적이고 병적인 인간으로 생각해 왔다. 그러면서 불안이나 욕구 없이 아주 조용히 지내거나 살아가는 것처럼 보이는 사람들 모두를 얼마나 부러워했던가? 그는 일깨워지는 그의 정열을 마치 어떤 질병을 대하듯 두려워했다. 그런데 그녀는 과연 누구일까? 대체 이 모든 여자 중에 누가 그렇게 속임수를 쓸 줄 안단 말인가?

끈질긴 질문이 꼬리를 물면서 피 끓는 열기도 천천히 식어 갔다. 밤은 깊어 가고, 홀의 등불도 꺼졌다. 저택 안에서 소년만이 잠들지 않고 아직도 깨어 있었다. 어쩌면 다른 사람, 그 알지 못하는 여자도 깨어 있을지 모른다. 가만히 피로감이 찾아왔다. 무엇 때문에 계속 생각하는 것일까? 내일이면 하나의 눈빛, 눈꺼풀 사이의 반짝임으로, 은근한 악수 한 번으로 모든 일을 틀림없이 알게 될 것이다. 그는 얼마 전 계단을 내려왔을 때와 마찬가지로 꿈을 꾸듯 그 계단을 올라갔다. 그러나 지금은 아까와는 아주 달랐다. 그의 혈관은 아직도 살며시 흥분되어 있었고, 따뜻한 방은 아까보다 지금 더 깨끗하고 서늘한 것 같았다.

다음 날 아침 그가 잠에서 깨었을 때, 아래쪽 뜰에서는 벌써 말들이 땅을 구르고 흙을 파헤치는 소리가 들려왔다. 이런 와중에 사람들이 웃으며 그의 이름을 부르는 소리도 들려왔다. 소년은 급히 일어나, 아침 식사도 거른 채 번개처럼 옷을 입고는 아래로 달려갔다. 그곳에는 기다리고 있던 다른 사람들이 그를 반갑게 맞아 주었다.

"잠꾸러기네요" 하며 E 백작 부인이 웃으며 말했다. 명랑한 눈빛에는 웃음기가 깃들어 있었다. 소년은 그녀의 얼굴을 아주 자세히 바라보았다. 아니군, 아니야, 이 여자는 아니다. 웃는 모습이 너무 자연스럽다. 이때 "좋은 꿈 꾸었지?" 하며 아저씨의 젊은 부인이 농담하듯 말을 건넸다. 하지만 그녀의 가냘픈 몸매는 너무 야윈 듯 보였다. 그는 이 얼굴 저 얼굴 바라보았으나, 그 누구도 그윽한 미소로 맞아 주는 사람은 없었다.

모두가 말을 타고 시골의 들판으로 들어섰다. 소년은 기수들의 목소리마다 귀를 기울였고, 말 위에서 움직이는 여체의 모든 선과 파동에 주의했다. 몸을 기울이거나 팔을 올릴 때 들리는 미세한 소리까지 자세히 감지했다. 식탁에서는 대화하면서 몸을 구부려 여자들의 입술에서 향기를 살피고, 머리칼의 자극적인 냄새를 맡아 보려고 했다. 그러나 그가 들뜬 채 허둥지둥 찾으려고 생각하던 어떤 징후나 순간적인 자취도 전혀 찾을 수가 없었다.

낮은 한없이 길었으나 서서히 저녁이 다가왔다. 이런 가운데 그는 책을 읽으려고 했다. 그러나 그의 시선은 책의 행간을 빠져나와 불현듯 정원으로 향하곤 했다. 다시 날은 저물어 그 기이한 밤이 되었다. 그리고 그는 모르는 여인의 팔에 안기는 듯한 느낌을 받았다. 그는 손을 떨며 책을 내려놓고는, 연못 너머로 가려고 했다. 하지만 그는 어제 그 자리인 자갈 위에서 돌연 경악스러워하며 멈춰 서고 말았다.

저녁 식사 때 그는 몸에 열이 올랐다. 그래서 추적을 당하는 사람처럼 손을 어쩔 줄 모르며 이곳저곳을 만지작거렸다. 그의 두 눈은 소심하게 눈꺼풀 사이로 기어들었다. 다행히도 식당에 모인 다른 사람들이 자리를 떠나자, 그제야 편안한 얼굴이 되어 식당을 떠나 정원으로 나갔다. 그런 다음 하얀 안개처럼 발밑에서 희미하게 빛나는 듯한 하얀 자갈길을 이리저리 수백 번 거닐었다. 이미 홀에는 불이 켜졌을까? 아무렴 그렇지. 마침내 불이 환하게 밝혀지고, 2층의 어두운 창문 몇 개에도 불빛이 반짝이기 시작했다. 여자들은 방으로 들어갔다. 이제 몇 분만 이렇게 지나가면, 그녀가 올 것이다. 하지만 참을 수 없는 조바심으로 기다리는 시간이 멈춰 서 있는 듯했다. 그는 걷던 길을 다시 오갔다. 비밀스러운 끈들에 매달려 움직이듯 그는 이리저리 움찔거리며 걸었다.

이때 돌연 하얀 형체가 계단을 스치듯 아주 빠르게 내려와서, 그는 그것을 알아볼 수가 없었다. 달빛 같기도 하고, 아니면 나무 사이를 스쳐 가는 면사포가 바람에 빠르게 펄럭이며 사라지는 것 같았다. 순간적으로 이 하얀 형체는 소년의 품 안으로 뛰어들었다. 소년은 급하게 달려와 거칠게 두근거리는 육체를 팔로 우악스럽게 꽉 껴안았다. 그러자 어제와 같은 순간이 다시 찾아왔는데, 어제처럼 뜨거운 물결이 자신도 알지 못하게 가슴에 밀려들었기 때문이었다. 그는 달콤한 충격으로 온몸이 나른해지는 듯했고, 급기야 어두운 쾌락의 물결 속으로 휩쓸려 들어갈 참이었다.

하지만 그는 곧 도취에서 급히 깨어나면서 자신의 뜨거운 불길을 억눌렀다. 아니, 이 놀라운 환락 상태에, 이 목마른 입술의 유혹에 빠져들지 않았다. 그전에 그에게 이렇게 바짝 달려드는 이 육체의 이름이 무엇인지 알아야만 했다. 이 육체의 낯선 심장 소리가 자기 가슴속에서 크게 고동치는 것 같았어도, 이름만은 알아야 했다! 그는 머리를 뒤로 제치고 키스를 피하면서 얼굴을 보려고 했다. 그러나 그림자가 드리워지면서 불명료한 빛 속에 어슴푸레한 머리카락이 뒤섞였다. 나뭇가지가 너무

빽빽하게 뒤얽혀 있었고, 구름 낀 달빛도 너무 흐릿했다. 다만 반짝이는 여자의 두 눈동자가 희미하게 빛을 내는 대리석 어딘가에 깊숙이 박혀 있는 보석처럼 빛을 발하고 있었다.

이때 소년은 한마디 말, 그녀의 찢어진 목소리의 한 조각이라도 듣고 싶었다. "댁은 누구시죠? 누구인지 말해 봐요" 하고 그는 여자의 정체를 알고 싶어 했다. 그러나 그녀는 부드럽고 촉촉한 입술로 키스만 할 뿐 대답하지 않았다. 그러자 그는 억지로라도 말하게 하고 싶었다. 고통스러운 비명이라도 듣고 싶었다. 그래서 그는 팔을 누르고, 손톱으로 살 속 깊이 찔러 보았다. 하지만 그녀의 부푼 가슴에서는 단지 가쁜 숨결과 뜨거운 호흡, 고집스럽게 침묵하는 입술의 자극적인 헐떡임만이 느껴졌다. 이따금 나직한 신음 소리가 들렸으나, 그것이 고통으로 내뱉는 소리인지 희열로 내뱉는 소리인지 알 수 없었다.

이 때문에 그는 미칠 것 같았다. 그녀의 완강한 태도를 어찌할 수 없었다. 어둠 속에서 나타나 자신이 누구인지 밝히지도 않으면서 그를 붙잡고 있으니 말이다. 욕망 어린 육체를 마음껏 장악하고 있으면서도, 그녀의 이름을 알 수 없으니 답답할 노릇이었다. 이제는 분노가 마음속에서 솟구쳐 올라 그녀의 포옹을 물리치려고 했다. 그러자 그녀는 소년의 포옹한 팔이 풀어짐을 느끼며 그의 불안감을 알아차렸는지, 흥분한 손으로 달래듯 애무하면서 그의 머리를 쓰다듬었다.

이때였다. 그녀의 손가락이 이마 위를 스칠 때, 그는 뭔가 나직하게 딸랑거리는 소리를 들었다. 그것은 그녀의 팔찌에서 흔들리는 금속으로 된 메달이었다. 그러자 어떤 생각이 불현듯 떠올랐다. 그는 열정에 사로잡혀 못 이기듯 그녀의 손을 끌어다가 반쯤 맨살인 자기 팔에 메달 자국이 새겨지도록 꾹 눌렀다. 이제 하나의 기호가 그에게 확실하게 새겨진 것이다. 이제 그의 몸에서 뭔가 불타오르고 있었고, 그는 억누르고 있던 열정에 기꺼이 자신을 맡겼다. 이제 그녀의 육체에 자기 육체를 누르고, 그녀의 입술에서 환락의 단물을 빨아들였다. 말 없는 포옹의 비밀스러운 욕정의 불꽃으로 완전히 빠져들었다.

이윽고 어제와 아주 똑같이 그녀가 벌떡 일어나 사라졌을 때, 그는 그녀를 붙잡으려고 하지 않았다. 왜냐하면 그의 혈관에는 메달의 정체를 알고자 하는 호기심이 뜨겁게 흐르고 있었기 때문이었다. 그는 방으로 달려 들어가 희미하게 타고 있는 램프를 환하게 만들고, 그의 팔에 새겨진 메달 자국을 들여다보았다.

자국은 더 이상 선명하지 않았고, 둥근 모양은 사라져 버렸다. 하지만 한쪽 구석은 아직도 날카롭고 빨갛게 새겨져 있어서 간신히 알아볼 정도였다. 하지만 구석마다 각은 지워져 있었다. 이 팔각형 모양의 동전은 대략 페니히처럼 중간 크기로, 그것보다는 더 입체적이었는데, 그 두께만큼이나 움푹한 곳이 깊게 들어가 있었기 때문이었다. 그가 열심히 그 자국을 들여다보고 있을 때, 그 자국은 따끔해지면서 갑자기 상처처럼 고통스러웠다. 손을 차가운 물에 담그자, 고통스러운 열기가 비로소 사라졌다. 메달은 팔각형이었다. 이제 그는 아주 확실하다고 느꼈다. 그의 눈에는 승리의 불꽃이 반짝였다. 내일이면 모든 게 밝혀지리라.

다음 날 아침에 그는 제일 먼저 아침 식탁에 와 있었다. 식탁에 앉은 여자로는 나이 먹은 노처녀와 그의 누이, E 백작 부인뿐이었다. 식탁은 쾌활한 분위기였고, 모두가 거리낌 없이 대화를 나누었다. 그만큼 그는 관찰하기가 더 좋았다. 재빠르게 그의 눈이 백작 부인의 좁은 손목 부근을 훑었다. 부인은 팔찌를 끼고 있지 않았다. 그제야 그는 조용히 백작 부인과 대화를 나누었다. 하지만 그의 눈은 늘 예민하게 문 쪽을 향했다.

이때 사촌 누이 세 자매가 함께 들어왔다. 그는 다시 불안에 사로잡혔다. 소매 아래로 팔찌 하나가 어렴풋이 보였는데, 그들이 너무 빨리 자리에 앉아서 누구 것인지 살필 겨를이 없었다. 그의 바로 맞은편 식탁에 밤색 머리칼의 키티와 금발의 마르고트, 밝은 빛깔의 머리를 한 엘리자베스가 앉았다. 엘리자베스의 머리칼은 어둠 속에서 은빛을 내다가, 햇빛을 받으면 금빛을 내며 흘러내렸다. 세 자매는 모두 평소처럼 싸늘하고 조용하며, 냉정하면서도 품위를 지키고 있었다. 소년은 세 자매의 이런 면을 싫어했는데, 왜냐하면 그들은 자신과 나이 차이가 별로 없었으며, 몇 년 전만 해도 놀이 친구였기 때문이었다.

아직도 아저씨의 젊은 부인은 오지 않았다. 소년은 확인할 시간이 가까워지고 있다고 느꼈고, 그러다 보니 점점 더 마음이 불안해졌다. 동시에 비밀이 주는 수수께 끼 같은 고통이 즐겁기도 하였다. 그러나 그의 눈빛은 호기심으로 가득한 채 식탁 모서리 주변을 빠르게 더듬고 있었다. 하얗게 빛나는 식탁보 위로 여자들의 손이 조용히 놓여 있거나, 항만의 반짝이는 배처럼 천천히 움직이고 있었다. 그는 손들만 유심히 살펴보고 있었는데, 갑자기 그에게 손들 하나하나가 생명과 영혼이라도 지닌 생물로 또는 무대 위에 있는 인물로 보이는 것이었다.

그런데 왜 핏줄이 그의 관자놀이를 거세게 두드렸을까? 사촌 자매 셋 모두 팔찌를 끼고 있어서 그는 화들짝 놀랐다. 겉으로는 나무랄 데 없어 보이지만 교만한 이 셋 중 하나일 거라는 확신이 들어서 그의 마음은 어지러웠다. 심지어 어린 시절에도 이 자매들이 시건방진 기가 있었음을 그는 알고 있었다. 어쨌든 그건 누구일까? 가장 나이가 많아 잘 알지 못하던 키티일까? 쌀쌀맞은 마르고트일까, 아니면 어린 엘리자베스일까? 그들 중 누구이기를 감히 원할 수 없었다. 은연중에 그 누구도 아니기를 바라거나 그것을 알고 싶지 않았다. 그런데도 막상 알고 싶다는 욕망이 이미 그의 마음을 자극하고 있었다.

"차 한 잔만 더 주겠어, 키티?"

그의 목소리가 마치 목구멍에 모래알이라도 걸린 듯이 작게 울렸다. 그가 찻잔을 내밀자, 그녀도 차를 따르기 위해 팔을 들어 올렸다. 식탁 너머 그가 있는 쪽까지 팔을 내밀지 않을 수 없었다. 그 순간 팔찌 아래로 흔들리는 메달을 보았다. 잠깐 그의 손이 멈췄다. 아, 아니구나. 그것은 둥근 형태의 녹색 보석이었다. 그것은 도자기 잔에 부딪혀 가늘게 딸랑 소리를 냈다. 그의 시선은 감사해하면서 갈색의 키티 머리를 키스하듯 스쳐 지나갔다.

잠시 그는 숨을 돌리며 말했다.

"저기 있는 설탕 하나 집어 줄래, 마르고트?"

저편 식탁에 있던 마르고트가 가느다란 손을 얼른 뻗고는, 설탕이 담긴 은색통을 집어 그에게 전달했다. 이때 소년의 시선은 —그의 손이 가볍게 떨리는 동안— 그녀의 팔목 근처를 주시했다. 그는 소매에 감춰진 팔목에 섬세하게 끼워진 팔찌로부터 오래된 은화 하나가 흔들리는 것을 보았다. 은화는 팔각 형태를 지닌 동전 크기로, 분명히 가문에서 전해져 오는 물품이었다. 그러나 어제 그의 살에 새겨진 것도 날카로운 모서리를 지닌 팔각형이 아니었던가! 그의 손이 떨렸다. 그는 설탕 집게를 두 번이나 더듬거리고 나서야, 마시는 일을 잊고 있던 찻잔에 한 조각의 설탕을 넣을 수 있었다.

"마르고트!" 하며 소년은 그 이름을 자칫 엄청난 경악의 부르짖음으로 입 밖에 낼 뻔했지만, 얼른 입술을 꼭 깨물었다. 이때 마르고트가 뭐라고 말했는데, 그녀의 목소리는 누군가 연단에서 설교라도 하듯이 그에게는 아주 이질적으로 들렸다. 그것은 냉정하면서도 신중하고 가볍게 조롱하는 듯하며, 그러면서도 호흡이 너무 안정되어 있어서 그녀의 삶에 숨겨진 무서운 거짓을 대하는 것 같아 그는 거의 두려울 지경이었다. 그는 생각해 보았다. 마르고트가 정말 내가 어제 그녀의 헐떡거림을 제지했던 그 여자인가? 한밤중에 맹수처럼 달려들던 그녀의 촉촉한 입술을 맛보지 않았던가! 그는 다시 그녀의 입술을 계속 응시했다. 그래, 완강하게 시치미를 떼는 행동이야. 저 신랄한 입술에 감출 수야 있겠지만, 그 열정의 화염은 무엇이란 말인가?

그는 처음 대하듯이 그녀의 얼굴을 뜯어보았다. 그러면서 최초로 환희와 몸을 떨 만큼 행복감을 느끼며 거의 눈물을 흘릴 뻔했다. 그녀가 건방지면서도 얼마나 아름다우며, 비밀에 싸여 있으면서도 얼마나 매혹적인가! 그의 시선은 그녀 눈썹의 둥근 선을 갑자기 날카로운 각도에서 따라 올라가다가, 진한 회색빛 눈동자의 냉정한 홍옥수를 깊이 파고들었다. 이어서 살짝 빛이 나는 창백한 뺨의 피부를 지나쳐 지금은 날카롭게 팽팽해진 입술을 더 부드럽게 훑고는, 금발의 머리 부근에 잠시 머뭇거리다가, 급히 아래로 내려가면서 그녀의 전체적인 형상을 포착했다. 이 순간까지도 그는 결코 그녀를 알지 못했던 것으로, 이제 식탁에서 일어서면서 다리를 떨었다. 그녀의 모습을 보고는 독한 술에 취한 듯한 상태가 되어 버렸다.

이때 아래쪽에서 이미 그의 누이가 부르고 있었다. 말들이 아침 승마를 위해 준비를 마치고 서서는 신경질적으로 발을 구르고, 참을성 없이 재갈을 깨물고 있었다. 사람들은 차례대로 재빨리 안장 위에 오른 다음, 행렬을 지어 넓은 정원의 가로수 길을 지나갔다. 그들은 처음에는 천천히 달려 나갔다. 이렇게 활기 없는 단조로운 말굽 소리는 소년의 피 끓는 질주 본능에 별로 어울리지 않았다.

그러나 대문을 나간 후 그들은 말들의 고삐를 죄고는, 길 양편으로 벌어져 아직도 아침 안개가 흐릿한 초원을 향해 돌진했다. 어젯밤에 이슬이 진하게 내렸음에 틀림없었다. 왜냐하면 베일과 같은 희미한 연기 아래 이슬방울이 불안하게 반짝이고 있었으며, 대기는 폭포가 가까이 있기라도 하듯이 놀라울 만큼 차가웠기 때문이다. 뭉쳐 있던 기수들은 곧 흩어졌고, 이어서 일렬 형태의 무리는 형형색색의 파편으로 흩어져 나갔다. 몇몇 기수는 어느새 숲속으로 들어서든가 언덕 너머로 사라졌다.

마르고트는 맨 앞쪽 대열에 끼여 있었다. 그녀는 거친 도약과 머리칼을 잡아채는 격렬한 바람의 흐름을 좋아했다. 날쌔게 달려서 전진하는 이루 형용할 수 없는 느낌이 그녀를 사로잡았다. 소년은 그녀의 뒤에서 달리며 그녀의 맵시 있는 육체가 말 위에서 꼿꼿한 자세를 펼치는 모습을 보았다. 그녀의 육체는 격렬한 동작으로 아름다운 곡선을 그리며 크게 흔들렸고, 그녀의 얼굴은 이따금 붉은 기운을 살짝 띠고 있었다. 이런 그녀의 눈동자는 빛을 발하고 있었다. 그리고 그녀가 열정적으로 힘을 발휘했을 때, 그는 다시 그녀의 존재를 인식하게 되었다. 소년은 그녀에 대한 강한 사랑과 갈망에 사로잡혀 어찌할 바 몰랐다. 당장이라도 그녀를 붙들고 말에서 끌어 내려 포옹하고는, 다시 뜨거운 입술을 맛보고 싶은 욕망이 그를 덮쳤다. 흥분으로 떨리는 심장의 아슬아슬한 격동을 자기 가슴으로 받아 보고 싶었다.

소년은 말 옆구리를 채찍으로 때렸다. 그러자 말은 히힝 소리를 내며 앞으로 질주했고, 이제 그는 그녀와 나란히 달리게 되었다. 서로 무릎이 닿을 듯했고, 말안장의 등자가 부딪혀 가볍게 소리를 냈다. 기회는 지금이다, 지금 물어보아야 한다, 이렇게 생각하며 "마르고트" 하고 나직하게 속삭였다. 그녀는 고개를 돌렸고, 날카로운 눈썹이 긴장하여 치켜 올라갔다. "무슨 일이지, 밥?"이라고 그녀가 아주 냉정한 목소리로 물었다. 이런 그녀의 눈동자가 차가우면서도 반짝거렸다. 전율이 무릎까지 흘러내렸다.

무슨 말을 하려고 했지, 갑자기 그는 생각이 나지 않았다. 의도와는 달리 무슨 말인가를 그저 중얼거렸을 뿐이었다.

"피곤한가 봐?"

마르고트가 물었는데, 이 말이 그에게는 약간 조롱으로 들렸다.

"아니, 그렇지는 않아. 그런데 다른 사람들은 꽤나 뒤떨어졌는걸."

그는 간신히 말을 내뱉었다. 그러면서 아직은 잠시 기회가 있다고 느끼며 뭔가 아주 대담한 짓이라도 해야 할 것 같았다. 가령 갑자기 그녀에게 팔을 불쑥 내민다든지, 울음을 터트리든지, 손에서 바들거리며 떨고 있는 채찍으로 그녀를 친다든지 말이다. 그는 돌연 말고삐를 뒤로 잡아당겼고, 말은 앞다리를 번쩍 들었다. 하지만 그녀는 자세를 꼿꼿이 세운 채 당당하고 쌀쌀맞게 앞질러가 버렸다.

다른 사람들도 곧 그를 따라왔다. 그들은 소년의 좌우로 달리며 쾌활한 이야기를 주고받았다. 그러나 그들의 담소도 딱딱한 말발굽 소리처럼 무의미하게 웅성거릴 뿐이었다. 그는 용기가 없어서 자신의 사랑을 말하지 못하고, 그녀의 진정한 고백도 털어놓게 하지 못했다는 사실에 고통스러웠다. 그래서인지 그녀를 제압하고 싶은 욕망이 점점 더 거세져서 마치 노을 낀 하늘처럼 땅 위로 솟아났다. 왜 그녀의 고집스러운 태도를 조롱하지 못했을까 하고 그는 자책했다. 그가 아무 생각 없이 말을 몰고 달리자, 비로소 뜨거운 질주의 열기 속에서 마음이 좀 가벼워졌다.

이때 다른 사람들이 되돌아가자고 소리쳤다. 태양이 언덕 위를 비추고 있었고, 들에는 부드럽고 향내 섞인 바람이 불어왔다. 주변의 색채가 눈부실 정도가 되면서 눈으로 용해된 금빛 광채가 흘러들었다. 땅 위로는 답답하고 묵직한 기운이 부풀어 오르고, 땀범벅이 된 말들은 졸린 듯 터벅터벅 걷다가 뜨거운 김을 뿜어내면서 헐떡거렸다. 말을 탄 무리가 다시 한데 모였다. 그들의 쾌활한 기분도 이제는 시들해지고, 서로 간의 대화도 뜸해졌다.

마르고트도 다시 나타났다. 그녀의 말은 거품을 품어 내고 있었고, 하얀 거품 찌꺼기가 그녀의 의복에서 흔들리고 있었다. 둥글게 틀어 올린 그녀의 머리칼은 바람결에 흩어질 듯하여, 머리핀 몇 개가 헐헐하게 모양을 유지하고 있었다. 소년은 홀린 듯 금발 머리를 응시했다. 머리칼이 갑자기 풀어질 수도 있겠다고 생각하니 흥분이 되어 미칠 것 같았다. 큰길 끝에 벌써 정원의 둥근 문이 반짝거리고 있었고, 그 뒤로 넓은 통로가 저택으로 향하고 있었다. 그는 조심스럽게 말을 몰아 다른 사람들 곁을 지나서 제일 먼저 문 안으로 들어간 후, 말에서 뛰어내렸다. 급히 다가오는 하인들에게 고삐를 넘겨주고, 일행이 도착하기를 기다렸다.

마르고트는 마지막 무리에 섞여 있었다. 그녀는 몸을 힘없이 뒤로 젖힌 채 아주 천천히 말을 몰아 다가오고 있었다. 이런 그녀는 마치 어떤 환락을 즐긴 후에 기진맥진한 듯한 모습이었다. 그럴 수밖에 더 있겠어. 그녀가 도취하여 그렇게 마비된 것처럼 보인다면, 어제와 그제 저녁도 틀림없이 그랬겠지 하고 소년은 생각했다. 그날 일을 기억하다 보니 그의 마음이 무섭게 달아올랐다. 그는 얼른 그녀에게 달려가서, 숨을 죽이고 그녀가 말에서 내려오도록 도와주었다.

소년이 말의 등자를 붙들었을 때, 그는 열에 들떠서 그녀 발의 부드러운 관절을 손으로 잡았다. 그러면서 "마르고트" 하며 신음하듯이 이름을 나직하게 불렀다. 하지만 그녀는 대답은 하지 않고 바라보더니, 쌀쌀한 표정으로 그가 내민 손을 잡고 말에서 폴짝 뛰어내렸다.

"마르고트, 정말 멋진데."

그는 더듬거리며 또 한 번 나직하게 말했다. 그녀는 날카롭게 그를 바라보더니, 눈썹을 다시 쌀쌀맞게 치켜 올리며 물었다.

"술에 취했나 봐, 밥! 거기서 뭐라고 중얼거리고 있지?"

그는 이런 가식적인 태도에 화가 나고 또한 열정에 정신을 잃어, 붙잡았던 그녀의 손을 마치 자기 가슴을 찌르듯이 품속으로 끌어넣었다. 이때 그녀는 얼굴을 붉히며 그를 홱 밀쳐 내는 바람에 그는 비틀거리며 뒤로 물러섰고, 그녀는 재빨리 그의 곁을 지나 걸음을 옮겼다. 이 모든 일이 빠르고 번개처럼 일어났기에 아무도 이런 상황을 알아채지 못했다. 그 역시도 생각해 보니, 그것이 불안한 꿈처럼 여겨졌다.

소년은 얼굴이 창백해졌고, 하루 종일 흥분이 가라앉지 않았다. 그래서 금발의 백작 부인은 지나가는 길에 그의 머리를 쓰다듬으며 어디가 아프냐고 물어볼 정도였다. 그는 화가 풀리지 않아 멍멍대며 반갑게 달려오는 개의 옆구리를 발로 차 버렸다. 카드놀이를 할 때는 미숙한 솜씨를 보여서 젊은 여성들이 그를 보고 웃음을 터트렸다. 오늘 저녁에는 그녀가 오지 않을 것 같다고 생각하자 그는 피가 솟구치는 듯했고, 기분이 나쁘고 언짢았다.

차 마실 시간에는 모두가 실외의 정원에 모여 앉았다. 마르고트는 그의 건너편에 앉았지만, 그를 쳐다보지도 않았다. 소년의 눈은 자석에 끌린 듯 떨리며 계속 그녀의 눈에 머물렀다. 하지만 그녀의 눈은 차갑게 묵직한 돌덩이처럼 조용히 아무 반향도 보이지 않았다. 그녀가 무뚝뚝하게 시선을 돌렸을 때는 주먹이 불끈 쥐어지고, 때려눕힐 듯한 감정에 사로잡혔다.

이때 갑자기 어떤 목소리가 들려왔다.

"대체 무슨 일이지, 밥! 얼굴이 아주 창백해."

그것은 작은 엘리자베스의 목소리였다. 그녀의 눈에는 따뜻하고 부드러운 광채가 엿보였으나, 그는 그것을 알지 못했다. 그는 뭔가 들킨 것처럼 느껴서 퉁명스럽게 말했다.

“쓸데없는 걱정은 그만해!”

그러나 금세 후회했다. 엘리자베스는 얼굴이 새파래진 채 얼굴을 돌리곤, 눈물까지 흘리며 대답했다.

“하지만 아까부터 굉장히 이상했는걸.”

모두가 그를 언짢은 기색으로, 거의 위협하는 눈초리로 응시했다. 그 역시도 자신의 실수를 느꼈다. 그러나 그가 사과하기도 전에 어떤 거친 목소리, 면도날처럼 싸늘하고 날카로운 마르고트의 목소리가 식탁 맞은편에서 들려왔다.

“밥은 나이에 비해 버릇이 없어요. 신사나 어른으로 본다면 잘못일 거예요.”

마르고트가 이렇게 말하다니, 엊저녁에도 내게 키스를 한 여자가 말이야! 소년은 주위가 허물어지고, 눈이 흐려지는 것을 느꼈다. 갑자기 화가 치밀어올랐다.

“너나 똑바로 잘하지, 너나!”

그는 매우 화가 난 어조로 말하고는 자리에서 일어났다. 벌떡 자리에서 일어나는 바람에 뒤에서 의자가 쓰러졌지만, 돌아보지도 않았다.

그렇지만 자신이 너무 어리석었다고 생각했다. 저

녁이 되자 그는 다시 정원에 서서 그녀가 제발 와 주었으면 하고 기도했다. 어쩌면 그가 취한 행동도 가장이나 고집이었는지도 모른다. 아니, 그녀가 오기만 한다면, 더는 그녀에게 묻든가 그녀를 괴롭히지도 않으리라 생각했다. 다시 그 부드럽고 촉촉한 입술을 맛보고, 격렬했던 욕망을 채울 수만 있다면, 그 모든 물음 따위는 접어 두리라 다짐했다.

이제 시간은 잠에 빠진 듯했으며, 밤은 저택 앞에서 나른하고 게으른 짐승처럼 누워 있었다. 시간은 오랫동안 미혹에 빠진 듯했다. 주변의 풀밭에서는 비웃는 듯한 목소리가 가는 속삭임처럼 들려왔다. 크고 작은 나뭇가지들은 조롱하는 사람의 손처럼 살랑대며 움직이면서 그림자를 만들어 내고, 그 사이로 빛이 가볍게 하늘거렸다. 온갖 소리들은 뒤섞여 있었고, 그것은 고요함보다 낯설고 더 고통스럽게 그의 마음을 찔렀다.

저편 대지에서 개 한 마리가 짖었고, 하늘을 가로질러 유성이 저택 뒤쪽 어딘가로 떨어져 내렸다. 밤은 점점 더 밝아지는 듯했고, 길 위로 늘어진 나무 그림자는 점점 더 어두워지는 듯했다. 가냘픈 소리도 점점 더 뒤섞이며 혼란스러워졌다. 그러자 흘러가는 구름이 다시 하늘을 우울하고 흐릿하게 뒤덮었으며, 고독이 열기 어린 소년의 가슴을 고통스럽게 파고들었다.

소년은 정원을 이리저리 거닐었다. 점점 더 급하고

빠르게 주변을 오갔다. 화가 치밀어 올라서 이따금 나무 기둥을 내려치고, 손톱으로 나무껍질을 잡아 뜯었다. 손가락에 피가 흐르는 것조차 모를 정도도 화가 나 있었다. 아냐, 그녀는 오지 않을 거야라고 그는 생각했다. 분명히 그러리라고 생각했지만, 그렇게 믿고 싶지는 않았다. 왜냐하면 오늘 저녁에 그녀가 오지 않는다면, 영원히 다시 오지 않을 것이기 때문이었다.

이 순간이 정말 그의 삶에서 가장 고통스러운 순간이었다. 그리고 그는 너무 열정적일 만큼 젊었기에 축축한 이끼 위에 몸을 내던져 몸부림쳤다. 두 손으로 땅을 파헤치고, 뺨 위에는 눈물을 흘리면서 조용히 비통하게 흐느껴 울었다. 어린아이로서는 한 번도 울어 보지 못한 울음이었고, 앞으로도 두 번 다시 없을 울음이었다.

이때 수풀에서 갑자기 후드득 소리가 들려와 소년은 절망의 상태에서 깨어났다. 그가 벌떡 일어나 어둠 속을 손으로 더듬거리며 나아갔을 때, 그는 간절히 꿈꾸었던 육체를 다시 껴안고 있었다. 그의 가슴에 와 부딪힌 따뜻한 충격은 지극히 놀라웠다. 흐느낌이 목에서 물거품처럼 흘러나왔고, 그의 존재는 온통 이제껏 맛보지 못한 경련에 녹아들고 있었다. 이제 그는 날씬하고 풍만한 육체를 꼭 끌어안고 있었고, 그 순간 낯설고 말 없는 입술 사이에서 신음 소리가 새어 나왔다.

그의 힘에 눌려서 그녀가 신음 소리를 내자, 그는 비

로소 그녀를 정복했음을 느꼈다. 이제는 엊저녁이나 그제 저녁처럼 그녀의 변덕에 놀아나는 포획물이 아니었다. 그녀를 괴롭히고 싶은 욕구가 그를 사로잡았다. 이는 자신이 오랫동안 당했던 고통과 그녀의 교만함에 대한 징벌이었다. 또한 조금 전에 다른 사람들 앞에서 자신을 경멸한 일, 그녀의 생활에 깃든 거짓스러운 태도에 대한 보복이었다. 증오심은 불타는 듯한 그의 애정으로 남김없이 섞여 들어갔다. 그 바람에 포옹은 애무라기보다 투쟁에 가까웠다.

소년이 그녀의 가냘픈 손목을 짓눌러서 헐떡이는 그녀의 온몸은 비틀비틀 휘감겼다. 이어서 다시 거세게 포옹하자, 그녀는 이제 몸을 꿈틀거리지 않고 계속 탁한 신음만 흘릴 따름이었다. 그것이 즐거움인지 고통인지는 알 수 없었다. 그러나 아무리 그가 강하게 힘을 가해도 그녀에게서 한마디의 말도 들을 수가 없었다. 그가 이제 그녀의 입술을 빨며 눌러서 탁한 신음마저 막아 버리려고 했을 때, 그는 촉촉하고 따뜻한 액체를 느꼈다. 그것은 피, 그의 치아가 입술을 꽉 깨물어서 흘러나온 피였다. 이렇게 그녀를 고통스럽게 하다 보니, 그는 어느새 힘이 다 빠져 버린 것을 느꼈다.

이제 그의 내부에서 쾌락의 뜨거운 물결이 흘러 나가고, 둘은 가슴과 가슴을 맞댄 채 허덕이고 있었다. 유성의 불꽃이 밤을 가로질러 떨어지고, 눈앞에는 별들이 반짝이는 듯했다. 온갖 일이 뒤죽박죽되어 버렸다. 생각 또한 더 사납게 머릿속을 빙빙 돌더니, 마르고트라는 단 하나의 이름으로 모아졌다. 소년은 영혼의 가장 깊은 곳에서 화염을 토하듯이 탁한 음성으로 마침내 이 이름을 내뱉었다. 그것은 환희와 절망, 동경, 증오, 분노와 사랑의 표출인 동시에, 사흘 동안의 고통을 자기 안에 짜 넣었던 유일한 외침이었다. 마르고트, 마르고트! 이 두 음절 속에 세계의 음악이 울려 퍼지고 있었다.

어떤 타격을 받은 것처럼 그들의 육체가 흔들렸다. 단번에 격정적인 포옹이 무뎌지고, 거칠고 짧은 충격이 일어난 후에는 흐느낌인지 울음인지 모를 소리가 그녀의 목에서 떨려 나왔다. 그러자 이미 그녀의 동작은 격렬해지면서 가증스러운 물건이라도 접촉했다는 듯이 몸부림치며 그에게서 빠져나가려고 했다. 그는 깜짝 놀라며 붙잡으려고 했지만, 그녀는 그의 손길을 뿌리쳤다. 얼굴을 숙이고 그녀를 보자, 노여움의 눈물이 뺨에서 떨어지면서 날씬한 육체가 뱀처럼 꿈틀거림을 느낄 수 있었다. 그런데 이때 그녀는 갑자기 그를 밀치고 빠져나가 달아났다. 그녀가 입고 있던 옷의 하얀빛이 나무들 사이로 번뜩이더니, 어느새 그녀는 어둠 속으로 사라져 버렸다.

소년은 지난번처럼 놀랍고 혼란스러운 마음으로 홀로 그 자리에 서 있었다. 두 팔에서 온기와 열정이 무너져 내리고 있었다. 눈앞에는 별들이 촉촉하게 젖은 듯 희미한 빛을 발하고 있었고, 머릿속에서 피가 이마를 향해 날카로운 불꽃을 일으켰다. 이게 무슨 일이지? 그는 희미해진 빛깔로 늘어선 나무들을 따라 손을 더듬으며 정원 안쪽으로 걸어갔다. 그곳에는 작은 분수가 물을 뿜어내고 있음을 알고 있었다. 그는 분수의 물줄기를 손으로 어루만져 보았다. 은빛의 물줄기가 그에게 나직한 소리로 속삭이고 있었고, 구름 사이에서 천천히 깨어난 달빛은 분수를 불가사의한 모습으로 비추고 있었다.

그러다가 그의 시야가 더 뚜렷해지자, 마치 미지근한 바람이 그들을 나무에서 날려 보내기라도 한 것처럼 애절한 슬픔이 그의 마음을 놀랍도록 사로잡았다. 가슴으로부터 따뜻한 뭔가가 눈물을 자아내었고, 그가 얼마나 마르고트를 사랑하는지 조금 전 얼마 동안 몸을 떨며 포옹하던 순간보다 훨씬 강렬하고 분명하게 느끼게 되었다. 이제까지 있었던 모든 일은 그에게서 사라지고 말았다. 그녀를 소유했을 때의 도취, 전율과 경련, 비밀을 알고자 했으나 거부되었을 때의 분노 등도 모두 사라지고 말았다. 우울하지만 달콤한 사랑만이 그를 에워싸고 있었다. 이와 같은 사랑은 이미 그리움은 없지만, 아주 강렬한 사랑이었다.

왜 소년은 그녀를 그렇게 고통스럽게 한 것일까? 그녀는 지난 사흘 밤마다 말로 표현할 수 없을 만큼 많은 것을 그에게 베풀지 않았던가? 그녀가 애정과 사랑의 애절한 전율을 가르쳐 준 이후로, 그의 삶은 희미한 황혼으로부터 돌연 불타오르고 위험한 빛을 향해 뛰어들게 되지 않았던가? 그런데 그녀는 눈물을 흘리며 화가 난 채 그에게서 떠나 버린 것이다! 그의 내면에서 그녀와 화해하고 그녀에게 부드럽게 다독이는 말을 해 주라는 거역할 수 없는 부드러운 요구가 솟아올랐다. 그녀를 조용히 껴안고 감사함을 표현하고 싶은 강한 충동을 참을 수가 없었다. 그렇다! 그는 그녀에게 다가가, 얼마나 순수하게 그녀를 사랑하는지를 아주 공손하게 고백하고 싶었다. 다시는 이름을 묻거나 쓸데없는 질문도 하지 않겠다고 말하고 싶었다.

분수에서는 물이 은빛을 내며 졸졸 흘러나오고, 소년은 은빛 물줄기를 보며 그녀의 눈물을 생각했다. 아마 그녀는 지금 그녀의 방에 혼자 있을 거야 하고 그는 중얼거렸다. 그러면서 모든 사람의 동정을 엿듣고 있어도 위안을 주지 않는 이 속삭이는 밤만이 그녀에게 귀를 기울이고 있을 테지 하며 생각을 더듬어 나갔다. 그는 희미한 그녀의 머리칼조차 보지 못하고, 반쯤은 거부하는 그녀의 목소리도 듣지 못한 상태였다. 그러면서도 영적으로 뒤얽힌 채 이렇게 멀고도 가까운 그녀의 존재를 느낀다는 사실이 견딜 수 없는 고통이 되었다. 그녀의 곁을 그리워하는 마음을 그는 정말 거역하기 힘들었다. 개처럼 그녀의 방문 앞에 엎드려 있거나, 거지로서 그녀의 창문 아래 서 있을지라도 그녀를 보고 싶은 생각이 간절했다.

그가 어두운 나무 그림자로부터 느릿느릿 나왔을 때, 그녀의 2층 방에는 아직도 등불이 빛을 내면서 희미하게 가물거리고 있었다. 굵직한 단풍나무의 잎사귀들은 등불의 누르스름한 빛에 반사되어 어둡게 흔들거렸다. 단풍나무는 창문을 노크라도 하려는 듯 손처럼 가지를 내밀려고 하다가, 바람이 가볍게 불어오자 다시 뒤로 물러났다. 이런 모습은 작고 반짝거리는 창 앞에서 방 안을 엿보는 어두운 거인 같았다. 이 반짝거리는 유리창 안에 마르고트가 깨어 있으면서 아직도 눈물을 흘리거나 자신을 생각하고 있을지도 모른다는 생각에 소년은 흥분을 가라앉힐 수가 없어서 몸을 가누지 못하고 나무에 기대어 있어야만 했다.

그는 뭔가에 홀린 듯이 위를 멍하니 응시했다. 하얀 커튼이 어두운 곳에서 바람에 펄럭이며 흔들거렸다. 어느 때는 따뜻한 등불의 환한 빛에 싸여 짙은 금빛으로 보였으며, 또 어느 때는 둥근 잎사귀들 사이에서 떨려 나오는 달빛에 반사되어 은빛으로 펄럭거리기도 했다. 방 안으로 향한 창에는 그림자와 빛의 활발한 흐름이 빛에 반사된 직물을 흐릿하게 반사하고 있었다.

그러나 지금 어두운 그늘에서 눈에 불을 켜고 위를 응시하는 열병 환자는 반짝이는 유리창 위로 사건을 암시하는 수수께끼 문자라도 새겨진 것처럼 느껴졌다. 창 위로 흘러가는 그림자, 연한 연기처럼 하얀 창 위로 지나가는 은빛 광채, 이렇게 어렴풋이 지나가는 모습들은 그의 환상을 가득 채워서 순간적인 이미지들을 만들어 냈다. 소년은 날씬하고 아름다운 마르고트를 머릿속으로 그려 보았다. 아, 그녀는 야생적인 금발을 풀어헤친 채 자신의 불안을 가라앉히고 방 안을 거닐고 있다. 그녀는 뜨거운 열정에 들떠 있기도 하고 분노로 흐느껴 울기도 한다.

그는 이렇게 유리창을 통해 들여다보기라도 하듯이 높은 벽 너머로 그녀의 작은 움직임조차, 예컨대 손을 든다거나 소파에 앉는다거나, 말없이 절망적으로 별이 하얗게 빛나는 밤하늘을 응시하는 그녀의 모습을 지켜보았다. 심지어 유리창이 잠깐 밝아졌을 때 그는 불안하여 창틀로 향한 채 자신을 찾으려고 고요한 정원을 내려다보는 그녀의 얼굴을 본 듯하기도 했다. 그럴 때면 거칠어진 감정을 누를 길 없어서 나직하지만 간절하게 "마르고트! 마르고트!"라고 그녀의 이름을 불렀다.

그런데 베일과 같은 무엇인가가 하얀 모습으로 반짝거리는 유리창을 빠르게 스쳐 지나갔다. 분명히 그 모습을 보았다고 생각하여 그는 조심스럽게 귀를 기울였다. 그러나 미동도 없었다. 뒤쪽에서는 잠에 빠진 나무들이 가늘게 숨을 쉬는 듯했고, 풀 속에서는 잔잔한 바람결에 흔들리는 풀잎의 부드러운 속삭임이 들려왔다. 그 소리는 가볍게 살랑이는 파도처럼 커졌다 작아지기를 반복했다. 밤은 고요히 숨을 쉬고 있었고, 창문은 색 바랜 그림이 들어 있는 은빛 액자처럼 침묵하고 있었다. 마르고트는 소년의 말을 듣지 않았을까? 아니면 더는 아무 소리도 들으려 하지 않는 걸까?

이때 창문에서 진동하는 광채를 보고 그는 완전히 혼란에 빠졌다. 그의 심장은 가슴으로부터 나오는 욕망을 못 이겨 크게 고동쳤고, 그가 기대고 선 나무껍질마저 엄청난 열정에 떨기라도 하듯이 고동쳤다. 그는 지금 그녀를 만나 이야기를 나누어야 한다고 생각했다. 하지만 그녀의 이름을 부른다면, 다른 사람들이 잠에서 깨어나 나올지도 모른다고 생각했다. 이제 그는 무슨 짓이라도 해야 한다고 느꼈고, 꿈속에서 모든 일이 쉽게 성취되듯이 그에게는 터무니없는 행동도 바람직할 것 같았다.

그의 시선이 또 한 번 창가로 향했을 때, 그는 문득 자신이 기대고 있는 나무가 마치 길잡이처럼 가지를 창가로 뻗고 있음을 알았다. 그는 나무를 거칠게 껴안았다. 그에게는 돌연 모든 일이 분명해졌다. 저 위로 올라가서 그녀의 이름을 불러야지, 창에서 한 뼘 정도의 거리니까 하고 그는 생각했다. 마침 나무 기둥은 넓어도 연하고 부드러웠다. 저 위 그녀 가까이에서 그녀와 이야기를 나누고, 그녀가 자신을 허락하기 전에는 다시 내려오지 않으리라 마음먹었다.

그는 생각할 겨를도 없이 유혹하듯 희미하게 빛나는 창문만을 바라보았다. 그러면서 자기 곁에 단단하고 넓어서 타고 오를 만한 나무가 있음을 느꼈다. 몇 번 나무를 잡아 본 후, 위로 뛰어올라 어느 가지에 매달리다가 몸을 힘껏 끌어올렸다. 그는 이제 나무 위, 그의 아래 흔들리는 거의 가지 끝까지 올라섰다. 파도치듯 울려오는 소리는 잎사귀 끝까지 찰랑거렸고, 앞으로 구부러진 가지는 아무것도 모르는 그녀에게 경고라도 하는 듯 창을 향해 기울어졌다.

나무로 기어오르는 소년은 이제 방 안의 하얀 천장과 그 중앙에 켜진 램프의 금빛으로 반짝이는 둥근 빛을 보았다. 그는 흥분으로 가볍게 떨면서 다음 순간 울고 있거나 조용히 흐느끼는, 아니면 육체의 참을 수 없는 욕구에 사로잡혀 있는 그녀의 모습을 볼 것이라고 생각했다. 그의 팔에서 힘이 빠지고 있었지만, 다시 정신을 가다듬었다. 그는 천천히 그녀의 창으로 향해 있는 나뭇가지에서 미끄러져 내려갔다. 무릎에서 피가 흐르고 있었고, 손도 상처를 입었다. 그러나 그는 계속 나뭇가지에서 기어내려가, 이미 창가에 비친 빛에 노출될 정도로 접근했다.

이때 촘촘한 잎사귀들이 시야를 가려 그토록 그리워하던 그녀의 모습을 볼 수 없게 되었다. 그래서 잎사귀들을 옆으로 밀치려고 손을 내밀었을 때, 불빛이 반짝하며 그에게 향했다. 그가 고개를 숙여 몸을 비트는 순간, 그의 몸이 휘청하면서 균형을 잃었고, 그는 결국 아래로 곤두박질치고 말았다.

묵직한 과일이 떨어지듯이 그는 나직하게 쿵 하며 잔디로 떨어졌다. 위에서 어떤 형상이 창밖으로 몸을 수 그리고 불안한 눈빛으로 내려다보았지만, 어둠은 그대로 내려앉은 채 거센 물결에 빠진 사람을 삼킨 연못처럼 고요했다. 곧 2층에서 등불이 꺼지고, 정원은 다시 모호하고 어스름한 빛을 내며 침묵하는 그림자 위에서 어른거리고 있었다.

몇 분 후에 넘어졌던 소년은 멍한 상태에서 정신을 차렸다. 그는 잠시 낯선 표정으로 길 잃은 몇 개의 별들이 자신을 차갑게 내려다보고 있는 희미한 하늘을 바라보았다. 그렇지만 곧 그는 오른쪽 발에 경련과 지독한 고통을 느꼈다. 우선 가볍게 움직여 보았으나, 고통스러워 비명을 지르지 않을 수 없었다. 하지만 그제야 갑자기 무슨 일이 벌어졌는지를 깨달았다. 나아가 마르고트의 창문 아래 그냥 누워 있어서는 안 되며, 도움을 청해서도 안 된다는 것을 깨달았다. 누구를 부르든지 큰 소리를 내며 움직일 처지도 아니었다.

이마에서는 피가 흐르고 있었다. 그는 분명히 잔디에 있는 자갈이나 나무토막에 부딪혔다고 생각했다. 그는 피가 눈으로 들어가지 않도록 손으로 피를 씻어 냈다.

그런 다음 몸을 완전히 왼쪽으로 구부린 채 손으로 땅을 짚으면서 천천히 앞으로 나아가려고 애썼다. 부러진 다리가 어딘가 부딪히거나 충격을 받아, 흔들리기만 해도 통증이 심해져서 다시 혼절할까 두려웠다. 하지만 그는 천천히 앞으로 기어갔고, 거의 반 시간이나 걸려서 계단 끝에 도달했다.

이미 팔은 마비된 느낌이었다. 이마에서는 식은땀이 흘러나와 방울져 나온 피와 뒤섞였다. 여전히 마지막 최악의 상태는 넘어서지 못했다. 계단을, 극심한 고통을 무릅쓰고 아주 천천히 기어 올라가야만 했다. 이제 그가 위층으로 올라가 손을 부들부들 떨면서 난간을 잡았을 때, 그의 호흡은 가빠서 그르렁거렸다. 그는 유흥장 문으로 몇 발짝 기어갔는데, 사람들의 웅성거리는 목소리가 들리고 등불이 켜졌다. 문의 손잡이를 잡고 간신히 일어섰을 때, 문이 열리며 그는 갑자기 내던져지듯이 불이 환한 실내로 엎어지고 말았다.

얼굴에 피를 흘리고, 흙을 묻힌 채 방바닥으로 철퍼덕 쓰러졌을 때, 그의 모습은 틀림없이 끔찍했을 것이다. 그도 그럴 것이 유흥장에 모여 있던 남자들이 모두 의자에서 벌떡 일어나 소년을 부축하려고 달려와 이런 그를 보았기 때문이다. 그들은 그를 조심스럽게 소파로 데려갔다. 소년은 공원에 가려다가 계단에서 엎어졌다고 간신히 중얼거렸다. 이어서 돌연 검은 천이 그의 눈을 가리며 이리저리 흔들리다가 그의 얼굴을 완전히 감싸는 듯 하더니, 그는 정신을 잃고 더는 아무것도 의식하지 못하게 되었다.

말이 준비되었고, 한 사람이 가장 가까운 곳에 있는 의사를 부르려고 떠났다. 화들짝 놀란 저택 사람들의 분위기는 매우 을씨년스러웠다. 불빛들이 개똥벌레처럼 복도에서 파르르 떨고 있었다. 문에서 소곤거리는 목소리들이 들려왔고, 일꾼들은 잠에서 덜 깬 상태에서 불안한 모습으로 오갔다. 마침내 실신한 소년은 자기 방으로 옮겨졌다.

의사는 다리가 부러졌다고 진단했으며, 위험하지는 않다고 모두를 안심시켰다. 다만 사고를 당한 환자는 오랫동안 움직이지 않고 붕대를 두르고 누워 있어야 한다고 했다. 소년에게 이런 내용이 전달되자, 그는 피식 웃었을 뿐 심각한 표정이 아니었다. 왜냐하면 혼자서 오래도록 조용히 사람도 만나지 않은 채 나무 꼭대기에서 살랑거리는 소리를 들으며 사랑하는 사람에 관해 꿈을 꾸려고 한다면 이것도 괜찮았기 때문이었다. 게다가 모든 일과와 의무에서 벗어나 조용히 명상하면서 누군가에 대해 꿈을 꾸고, 잠시 눈을 감고 침대 곁에 나타나는 이 다정한 꿈의 형상과 홀로 친밀하게 대화한다면 달콤한 일이었다. 사랑이란 어쩌면 이렇게 흐릿하고 어스름한 꿈보다 더 조용하고 아름다운 순간을 가질 수는 없는지도 모를 일이었다.

마르고트라는 사랑하는 여자 때문에 고통을 겪는다는 생각은 소년에게 매우 낭만적이고 거의 주체할 수 없는 자족감을 주었다. 그는 얼굴에 붉은 피가 흐르는 상처라도 갖고 싶어 했다. 옛날에 기사가 자신이 존경하던 숙녀가 좋아하는 색깔을 애용했듯이 피 흘린 상처를 계속해서 공개적으로 지닐 수 있었으면 좋겠다고 속으로 생각했다. 그렇지 않다면 그녀의 창 아래 박살이 난 채 더 이상 깨지 않고 엎어져 있는 편이 좋을 듯했다. 이렇게 그는 계속 꿈을 꾸었다. 다음 날 아침에 그녀가 그녀의 창 아래서 사람들이 서로 시끄럽게 부르는 소리에 잠에서 깨어나, 자기 때문에 창 아래 박살이 난 채 죽은 자신을 호기심에 가득 차 내려다보는 꿈을 꾸었다.

소년은 그녀가 절규하며 쓰러지는 광경을 눈앞에 그려 보았다. 그는 울부짖는 소리가 귀에 들리는 것 같았고, 절망하여 우수에 젖은 그녀의 모습을 상상해 보았다. 그녀는 평생 근심스러워하면서 상복을 입은 채 우울하고 근엄한 자세로 다닐 것이며, 사람들이 그녀의 고통을 물어보면 입가를 가볍게 떨게 될 것이다.

그는 하루 종일 이렇게 꿈을 꾸며 지냈다. 처음에는 어둠 속에서만 꿈을 꾸었지만, 나중에는 눈을 떴을 때도 꿈을 꾸었다. 그는 곧 사랑하는 사람의 형상을 기분 좋게 기억하는 일에 익숙해졌다. 벽에 비친 하얀 그림자처럼 살그머니 나타나는 그녀의 형상이 그에게 다가오지 못할 정도로 너무 환하고 너무 시끄러운 시간은 없었다. 방 밖에서 들리는 그녀의 목소리는, 나뭇잎이 떨어져 뒹구는 소리나 새하얀 햇빛 속에서 모래의 흩날리는 소리에도 그에게서 사라지지 않았다. 몇 시간이고 그는 이렇게 그녀와 대화를 나누거나 함께 여행하며 멋진 항해의 꿈을 꾸었다. 그러나 이따금 당황하며 이런 꿈에서 깨어나기도 했다. 그러면서 만일 자신이 죽으면 그녀가 정말 나를 애도할까, 자신을 대체 생각이라도 하는 걸까, 이렇게 자문해 보았다.

물론 마르고트는 가끔 아픈 그를 찾아왔다. 그가 종종 그녀를 생각하며 그녀의 밝은 모습이 눈앞에 있는 것처럼 생각할 때면, 문이 열리며 그녀가 방 안으로 들어오곤 했다. 여전히 날씬하고 아름다운 모습이지만, 꿈속에서 본 여자와는 아주 달랐다. 꿈속의 그녀처럼 그리 부드럽지도 않았고, 몸을 숙이고 열정적으로 그의 이마에 키스해 주지도 않았다. 그보다는 옆에 있는 긴 의자에 앉아서 몸은 어떤 상태이고 아프지는 않은지 묻고는, 이런저런 몇 가지 이야기들을 그에게 들려줄 뿐이었다.

소년은 그녀가 곁에 있을 때면 언제나 달콤한 충격에 빠지고 당황해하면서 그녀의 얼굴조차 바라보지 못했다. 그는 종종 눈을 감고 그녀의 목소리, 그녀가 말하는 음향을 더 깊이 빨아들이곤 했다. 그 소리는 독특한 음악처럼 들려와서 그녀가 간 후에도 몇 시간 동안 그의 귓가를 맴돌았다. 그녀가 묻는 말에 그는 머뭇거리며 대답했다. 왜냐하면 그녀의 숨소리를 들으며 이 우주 공간에서 그녀와 유일하게 함께하는 존재라는 사실을 마음속 깊이 느낄 때, 바로 이 순간의 침묵을 그는 정말 좋아했기 때문이었다. 이어서 그녀가 밖을 내다보며 문으로 향하면, 심한 고통에도 불구하고 힘들게 몸을 일으켜 세웠다. 이렇게 한 이유는 그녀가 그의 꿈속에서 불확실한 현실로 떨어지기 전에, 또 한 번 그녀의 움직이는 형체의 모든 선을 머릿속에 새겨 넣고 그녀의 생생한 모습을 파악하기 위함이었다.

마르고트는 거의 매일 그를 찾아왔다. 하지만 키티와 작은 엘리자베스도 찾아왔는데, 무엇보다 엘리자베스는 언제나 아주 놀란 표정으로 그를 바라보며, 부드럽고 근심 어린 목소리로 "더 나아지지 않았어" 하고 묻곤 했다. 소년의 누나와 다른 여자들도 매일 찾아왔으며, 진심으로 모두가 그를 도와주었다. 그들은 그의 곁에 머물면서 이런저런 이야기를 해 주었다. 하지만 그는 그들이 너무 오래 머무는 것을 원치 않았다. 왜냐하면 그들이 곁에 있어서 그가 즐기는 꿈의 의미를 쫓아 버리고, 조용히 명상하는 기쁨을 깨트리는 동시에 그것을 쓸데없는 이야기와 어리석은 말로 내몰았기 때문이었다. 소년은 그 누구도 아니고 그저 마르고트가 오기만을 기다렸다. 그것도 단 한 시간, 아니 단 몇 분이면 충분했다. 그런 다음 그는 방해나 간섭을 받지 않고 홀로 머물며, 부드러운 구름에 실려 가듯이 조용히 즐겁게 그를 위로하는 사랑의 형상에 온통 빠져들고 싶었다.

그랬기에 그는 문에서 누군가 손잡이를 잡는 소리가 들리면, 가끔은 눈을 감고 자는 체했다. 그러면 방문자는 발소리를 죽이고 나가 버렸다. 문이 살며시 닫히는 소리가 들려오면, 그는 다시 꿈의 느긋한 물결로 흘러들어 가, 부드럽게 가장 매혹적인 먼 곳으로 헤엄쳐 갔다.

언젠가는 다음과 같은 일도 일어났다. 마르고트가 아주 잠시 그의 곁에 있다가 나갔지만, 그녀는 머리칼로 정원의 향기, 막 피어오른 재스민의 짙은 내음을 그에게 잔뜩 풍겨 주었을 뿐 아니라 그녀의 눈동자에 담긴 한여름 태양의 뜨거운 불꽃을 선사했다. 이제 오늘은 그녀가 다시 오지 않으리라 생각했다. 밝고 긴 오후 동안 그는 꿈을 꾸며 지낼 수 있게 되었는데, 지금은 모두가 말을 타고 멀리 나가서 아무에게도 방해받지 않게 되었기 때문이었다.

그런데 문이 다시 살며시 움직였을 때, 그는 눈을 꼭 감고 자는 체했다. 하지만 들어온 사람은 다시 나가지 않고는, 그를 깨우지 않도록 문을 소리 없이 닫았다. 그는 문에서 나는 소리를 조용한 방에서 똑똑히 들을 수 있었는데, 들어온 사람은 조심스럽게 발을 끌며 그에게 다가왔다. 이어서 옷자락 끄는 소리가 들리더니 그 사람은 그의 침대 곁에 앉았다. 그는 감은 눈으로 이 여자의 눈빛이 자기 얼굴 위를 스치며 붉게 타오르는 것을 느꼈다.

그의 가슴은 불안하게 두근거리기 시작했다. 마르고트일까? 분명하다고 생각했다. 그렇게 느꼈지만, 무엇보다 지금은 눈을 감은 채 그녀를 자기 곁에 두고서 상상해 보기만 하는 것이 더 달콤하고 강렬하며, 더 흥분되고 비밀스러우며 열정적인 자극이었다. 그녀는 대체 무엇을 하려는 걸까? 단 몇 초가 한없이 길게 여겨졌다.

그녀는 줄곧 바라보기만 하면서 그의 잠자는 모습을 살폈다. 이런 행동에 대하여 불쾌하지만, 그럼에도 도취에 빠져드는 듯하며, 무방비하고 맹목적으로 그녀의 관찰에 내맡겨져 있다는 의식이 전기처럼 그의 숨구멍까지 짜릿하게 파고들었다. 만일 지금 눈을 뜬다면, 그의 눈으로 그녀의 놀란 얼굴을 외투처럼 다정하게 덮어 줄 텐데 하고 생각하니 몸에 전율이 일었다. 그러나 그는 미동도 하지 않은 채 답답한 가슴에서 불안하게 흔들리는 호흡을 억제할 따름이었다. 이렇게 그는 기다리고 또 기다렸다.

그런데 아무 일도 일어나지 않았다. 단지 그녀가 자신을 향해 더 깊숙이 고개를 숙인 것 같았고, 동시에 그녀의 입술에서 맛보아 알고 있던 라일락의 촉촉한 향기를 얼굴 가까이에서 느낀 것 같았다. 그러자 그의 피가 얼굴에서 뜨거운 파도처럼 전신으로 쏟아져 들어가는 기분이었다. 그도 그럴 것이 그녀가 손을 침대 위에 올리고는, 이불 위에 놓인 그의 팔뚝을 살며시 쓰다듬었기 때문이었다. 그것은 조용하고 조심스러운 손길이었는데, 그는 아찔한 상태에서 계속 피가 사납게 흐르는 느낌을 받았다. 이 그윽한 애무는 황홀한 동시에 짜릿해서 이루 형용할 수 없는 느낌이었다.

천천히 거의 리듬에 맞추어 그녀의 손이 계속해서 그의 팔을 쓰다듬었다. 이때 그는 몰래 눈꺼풀 사이로 실눈을 뜨고 쳐다보았다. 처음에는 단지 불그스레한 색채만 불안정한 빛에 싸인 구름처럼 희미하게 다가오더니, 이후로는 그의 몸을 덮고 있는 거무스레하게 얼룩진 이불이 그의 눈에 보였다. 이어서 그의 팔을 쓰다듬는 손이 마치 멀리서 다가오는 것처럼 보였다. 그는 아주 희미하게 그 손을 보았는데, 그것은 하얗고 가느다란 불빛이, 밝은 구름 한 점이 나타났다가 다시 사라지는 것처럼 보였다.

소년은 눈꺼풀을 점점 더 크게 열고 바라보았다. 그런데 이번에 그는 그녀의 손가락들이 도자기처럼 하얗게 반짝이는 것을 뚜렷이 보았다. 그것은 부드럽게 구부러진 채 앞으로 스치며 나아갔다가 다시 머뭇거리며 되돌아왔지만, 내적인 생동감을 보이고 있었다. 손가락들은 마치 더듬이처럼 천천히 다가왔다가 되돌아가서, 그는 순간적으로 그것을 살아 있는 어떤 생물로 느꼈다. 그것은 마치 반가워서 옷에 몸을 밀착하는 고양이, 발톱을 안으로 집어넣고 사람에게 다가와 살랑거리며 그르렁대는 작고 하얀 고양이 같았다.

그는 고양이처럼 보이는 그것의 눈이 갑자기 반짝이기 시작했을 때 놀라지 않았다. 그리고 실제로 그는 쓰다듬으며 지나가는 하얀 것에 반짝이는 눈동자가 있을 텐데 하고 생각했다. 그런데 아니었다. 그것은 금속에서 나오는 광채, 희미한 황금에서 나오는 광채였을 뿐이었다. 이제 손이 다시 앞으로 쓰다듬으며 나아갔을 때, 그는 그것을 똑똑히 보았다. 그것은 메달이었다. 팔찌의 아래쪽에서 떨고 있는 것은 팔각형의 동전 크기로 된 비밀스럽고 음험하기 짝이 없는 메달이었다.

놀랍게도 소년의 팔을 애무하는 것은 마르고트의 손이었다. 그는 이 가냘프고 하얀 손, 반지도 끼지 않은 맨손을 그의 입술에 잡아당겨 키스하고 싶은 충동이 마음속에서 솟아올랐다. 그러나 그녀의 숨소리를 느끼며 그녀의 얼굴이 바로 그의 얼굴 곁에 있음을 감지했다. 이제 그는 더 이상 눈을 감고 있을 수가 없어서 행복감에 겨운 표정으로 눈을 번쩍 떴다. 그런데 가깝게 있는 그녀의 얼굴을 바라본 순간 깜짝 놀라서 고개를 들고는 뒤로 물러났다.

숙였던 얼굴의 그림자가 사라지면서 밝은 빛이 그의 흥분된 표정 위로 지나갔다. 그는 눈앞의 여자가 마르고트의 여동생인 엘리자베스임을 알아보고는 한 대 얻어맞은 듯 온몸이 찌릿했다. 이게 꿈인가 하고 그는 생각했다. 하지만 꿈이 아니었다. 그는 얼굴이 붉어진 채 근심스럽게 눈을 피하는 얼굴을 응시했다. 그것은 분명히 엘리자베스였다. 단번에 무서운 착각을 일으켰음을 직감했다. 그의 시선은 탐욕스럽게 그녀의 손목에 머물렀는데, 정말 거기에도 메달이 매달려 있었다.

그의 눈앞이 몽롱해지기 시작했다. 지난번에 졸도하여 쓰러지던 때와 아주 똑같은 느낌이 들었지만, 이빨을 꽉 다물고 정신을 잃지 않으려고 애썼다. 모든 일이 번개처럼 눈앞을 지나가면서 순간적으로 한꺼번에 떠올랐다. 마르고트의 교만함, 엘리자베스의 미소, 게다가 말 없는 손처럼 그를 흔들어 놓은 그 희한한 눈빛을 생각하니 경악스러웠다. 아니, 아니, 이제는 착각이란 있을 수 없는 일이었다.

유일한 희망이 마음속에서 꿈틀거리며 올라왔다. 그는 메달을 응시하면서 어쩌면 그것이 마르고트가 오늘이나 어제, 아니면 그날 엘리자베스에게 준 것인지도 모른다고 생각했다.

그러나 더 생각할 겨를 없이 엘리자베스가 그에게 말을 걸어왔다. 생각에 골몰하다 보니 그의 표정이 일그러졌던 모양이었다. 왜냐하면 그녀가 "어디 아파, 밥?" 하며 근심스럽게 물어보았기 때문이었다. 두 여자의 목소리는 어쩌면 이렇게 비슷한가 하고 그는 생각했다. 그는 무심한 표정으로 대답했다.

"응, 그렇지만 뭐… 이제는 다 나았어!"

다시 침묵이 흘렀다. 아마 저 메달은 마르고트가 주었을 테지 하는 생각이 뜨거운 물결처럼 계속해서 떠올랐다. 사실 그렇지 않을 것이라는 것을 알고 있었지만, 물어보지 않을 수가 없었다.

"그 메달은 뭐지?"

"아, 이것은 미국의 동전인데, 자세히는 몰라. 로버트 아저씨가 그걸 언젠가 우리에게 줬거든."

"우리라고?"

그는 호흡을 가다듬었다. 이제 그녀는 뭔가 말을 할 것이다.

"마르고트와 나지 뭐. 키티는 안 갖겠다고 했어. 왜 그랬는지 모르지만."

그는 눈에서 축축한 뭔가가 솟아나는 것을 느꼈다. 그는 조심스럽게 얼굴을 옆으로 돌렸다. 눈꺼풀 아주 가까이 흘러나온 눈물을 엘리자베스에게 보이지 않으려고 애썼다. 하지만 지금 그는 눈물을 참을 수 없었고, 아주 천천히 눈물이 뺨 위를 흐르게 놔 두었다. 무슨 말인가 하고 싶었지만, 자신의 목소리가 넘쳐흐르는 흐느낌 때문에 울음으로 변할까 두려웠다. 두 사람은 서로가 근심스럽게 동정을 엿보며 침묵을 지켰다. 그러다 엘리자베스가 자리에서 일어서며 말했다.

"나는 이제 갈 테야, 밥! 몸이 다 낫기를 바랄게."

그는 눈을 감았고, 그러자 문이 덜컥하며 조용히 닫혔다.

온갖 생각이, 놀란 비둘기 무리처럼 머릿속에서 난무했다. 이제야 비로소 오해의 무서움이 어떤 건지 깨달았다. 자신의 어리석음에 대한 부끄러움과 불쾌감이 그를 사로잡았지만, 동시에 그것은 심한 고통으로 다가왔다. 그는 이제 마르고트가 그에게서 영원히 사라지리라는 사실을 알았다. 그러나 변함없이 그녀를 사랑할 것이며, 이제부터는 그것이 이룰 수 없는 절망적인 그리움으로 남아 있게 되리라는 것을 느꼈다.

그런데 소년은 엘리자베스, 머릿속에 떠오르는 엘리자베스의 모습을, 화를 내며 떨쳐 버리려고 했다. 그녀의 모든 헌신과 아직도 변치 않는 열정의 억눌린 불꽃도 그에게는 더 이상 마르고트의 미소만큼도 될 수 없다고 여겨졌다. 자신을 그저 살며시 건드리고 싶어 하던 마르고트의 손길만큼도 의미가 없었다. 그 당시 처음에 엘리자베스가 나타났더라면, 어쩌면 그는 그녀를 사랑했을지도 모른다. 그럴 수 있는 것이 그때만 해도 아직 열정이 순수했기 때문이었다. 하지만 이제는 마르고트의 이름이 꿈에 숱하게 나타나 그의 마음속 깊이 뿌리내리고 있었고, 따라서 그는 도저히 자기 삶에서 그것을 뿌리칠 수 없을 정도가 되어 버렸다.

그는 눈앞이 어두컴컴해지고, 끊임없이 생각에 빠져들수록 점점 눈물이 뺨을 적시고 있음을 느꼈다. 아파서 누워 지내던 나날처럼 긴 고독의 시간을 보내며 마르고트의 영상을 눈앞에 그려 보려고 했으나 소용없었다. 언제나 그림자처럼 엘리자베스가 그리움이 가득 찬 눈빛을 한 채 마르고트의 영상과 합쳐지고 난 후에는, 모든 것이 혼란스러워지곤 했다. 그래서 어떻게 이런 일이 일어났는지, 그간의 과정을 모두 다시 고통스럽게 되새겨보지 않을 수 없었다. 당시에 그가 마르고트의 창 앞에 서서 그녀의 이름을 부르던 일을 생각하면 부끄러움에 사로잡혔다. 그동안 한마디 말도 건네지 않고 눈길도 주지 않았던 조용한 금발의 엘리자베스에 대해서는 연민의 정이 생기는 것도 사실이었다. 사실 그녀에게는 뜨거운 감사의 마음을 가져야만 했기 때문이었다.

다음 날 아침 마르고트가 잠시 그의 침대 곁으로 걸어왔다. 그녀가 가까이 있자 그는 몸이 떨리고 감히 그녀의 얼굴을 쳐다볼 수 없었다. 그녀가 대체 무슨 말을 했을까? 그는 그녀가 건넨 말이 전혀 들리지 않았다. 그의 관자놀이에서 윙윙거리는 소리가 그녀의 목소리보다 더 크게 들렸기 때문이었다. 마르고트가 그의 곁을 떠나고서야 비로소, 그는 그녀의 모습을 그리움에 찬 시선으로 다시 붙잡으려 했다. 그녀를 지금처럼 사랑한 적은 없었다고 느꼈다.

　　오후에 엘리자베스가 찾아왔다. 은근히 다정한 그녀의 손이 이따금 그의 손을 스치곤 했다. 그녀의 목소리는 아주 나직했으며, 조금 잠겨 있었다. 그녀는 비밀이 누설되는 것이 두려운 양, 불안한 기색으로 자신과 소년에 대해 이런저런 쓸데없는 이야기를 했다. 그는 자신이 그녀에 대해 어떤 감정을 지니고 있는지 잘 알지 못했다. 마음속으로 그녀에 대해 가끔은 연민을, 또 가끔은 감사함을 느꼈지만, 그녀에게 아무 말도 할 수 없었다. 그녀를 속일까 두려워서 감히 그녀의 얼굴을 쳐다보지 못했다.

　　엘리자베스는 그를 매일 찾아왔으며, 전보다 더 오래 머물렀다. 둘 사이의 비밀이 밝혀지기 시작한 이후로 불안한 상태도 사라져 버린 듯했다. 그러나 둘은 어스름한 정원에서 생긴 일에 관해서는 감히 이야기하지 못했다.

　　언젠가 엘리자베스는 다시 그의 곁에 있는 의자에 앉아 있었다. 밖에는 태양이 밝게 비추고 있었고, 바람에 살랑거리는 나무 끝의 푸르름은 벽에 반사되어 떨고 있었다. 이런 순간에 엘리자베스의 머리칼은 불타는 구름처럼 새빨개져 있었고, 피부는 창백하고 투명했다. 그녀의 온몸은 빛이 나면서 어딘지 가벼워 보였다. 그늘진 그의 침대에서 보면 빛이 미치지 못해서인지, 그녀의 얼굴은 가까이에서 미소를 짓는 듯하면서도 멀게 보였다. 이런 광경에 따라 모든 일이 망각 속에 빠져들었다.

그녀가 그를 향해 몸을 숙였을 때, 그녀의 눈은 훨씬 더 깊어 보였고, 앞으로 다가왔을 때 어두운 나선형을 그리며 안으로 좁아지는 듯했다. 이때 그는 그녀의 몸을 껴안으며 얼굴을 자기 앞으로 잡아당겨 그녀의 좁고 촉촉한 입술에 키스했다. 그녀는 몸을 덜덜 떨었지만 저항하지는 않았고, 단지 가볍게 수심에 젖은 채 손으로 그의 머리칼을 쓰다듬었다. 그런 다음 한숨을 크게 내쉬며 애정 어린 슬픈 목소리로 "하지만 마르고트만 사랑하잖아"라고 말하는 것이었다.

그는 엘리자베스의 힘없는 말투, 그 나직하고 저항 없는 절망의 소리를 들으며 가슴까지 쓰라림을 느꼈다. 또한 마르고트라는 이름을 들으며 영혼까지 흔들리는 것을 느꼈다. 그렇다고 이 순간에 도저히 거짓말을 할 수 없어서 침묵할 따름이었다. 엘리자베스는 다시 아주 가볍게, 거의 오누이 같은 관계처럼 키스하고는 말없이 밖으로 나가 버렸다.

그들이 서로의 사랑에 관해 이야기한 것은 그때가 유일했다. 며칠 후에는 회복되어 가는 그를 사람들이 정원으로 데리고 나갔다. 정원 근처 길가에는 물들어 가는 첫 나뭇잎들이 휘날리고 있었고, 일찍 찾아온 황혼은 어느새 가을의 우울한 감정을 기억나게 했다. 이후 또 며칠이 지났다. 그는 이미 혼자서 외출하여 다채롭게 물든 나무들 사이를 마지막으로 거닐었다. 지난 사흘간의 훈훈한 여름철 저녁과는 달리, 지금은 나뭇가지 사이로 바람이 훨씬 더 크고 사납게 윙윙거렸다.

소년은 우수에 젖어 옛날 그 장소로 가 보았다. 그곳에는 마치 어두운 장벽이 눈에 보이지 않게 자신을 가로막고 서 있는 것 같았고, 그 뒤쪽으로는 그의 소년 시절이 이미 황혼 속에 놓여 있는 것 같았다. 또한 그의 앞에는 다른 미지의 나라가 낯설고 위험스럽게 기다리는 것 같았다.

그는 저녁때 이곳 사람들과 작별하면서 또 한 번 마르고트의 얼굴을 자세히 들여다보았다. 마치 그 얼굴을 평생 마음속에 새겨 두려는 듯했다. 이어서 따뜻하면서도 간곡하게 악수하는 엘리자베스의 손을 살포시 쥐고는, 키티와 친구들, 누나의 얼굴을 거의 스치듯이 바라보았다. 그의 마음에는 한 여자를 사랑했으나 그것은 정작 다른 여자였다는 느낌으로 가득했다. 그의 얼굴은 매우 창백했는데, 이런 얼굴에는 더 이상 어린 소년 같지 않은 준엄한 표정이 엿보였다. 처음으로 그는 어른처럼 보였다.

그렇지만 말이 끌려오면서 마르고트가 냉정하게 몸을 돌려 계단을 올라가고, 또한 엘리자베스의 눈에서 돌연 촉촉한 빛이 어리며 그녀가 난간에 기대는 것을 보았을 때, 그의 가슴은 새로운 경험이 충만해지는 느낌으로 벅차올랐다. 그래서 어린아이처럼 뜨겁게 눈물이 흐르는 것을 참을 수가 없었다.

저택의 불빛은 점점 더 멀리서 가물거리고, 그럴수록 마차가 일으키는 먼지 사이로 어두운 정원이 점점 더 작아지다가 풍경은 아득해졌다. 마침내 그가 체험한 모든 일은 그의 시야에서 사라져 그저 더 절실한 추억이 되고 말았다. 두 시간쯤 마차를 달려서 그는 가까운 역에 도착했고, 다음 날 아침에는 벌써 런던에 와 있었다.

* * * * *

이후 또 몇 년이 지나갔으며, 그는 더 이상 소년이 아니었다. 그러나 저 황혼의 체험은 그의 마음속에 너무 생생하게 살아 있어서, 다시는 시들지 않았다. 마르고트와 엘리자베스는 둘 다 결혼했지만, 그는 더는 둘을 만나고 싶지 않았다. 왜냐하면 그때의 기억이 이따금 그에게 너무 강렬하게 닥쳐와 그 이후의 그의 모든 생활은 실제의 기억에 비해 단지 허망한 꿈이나 허상처럼 느껴졌기 때문이었다.

그는 이제 사랑이나 여자에 대해서는 아무 관심도 없는 사람 중 하나가 되어 버렸다. 그 이유는 삶의 어느 순간에 사랑하고 사랑받는 두 감정을 함께 경험했던 그로서는 불안하게 내미는 그의 떨리는 손안에 너무 일찍

굴러떨어진 사랑의 열매를 더는 갖고 싶은 동경이 없었기 때문이다.

그는 많은 나라를 두루 다녔으나, 많은 사람이 감정 없다고 평가하는 꼼꼼하고 조용한 영국인의 한 사람으로서만 지냈다. 시선이 항상 고정되어 나타나는 이런 모습을, 영국인들은 성모상을 비추는 빛처럼 그들 주변에서 영원히 끓어오르는 피와 내적으로 얽힌 채 지니고 있다고 과연 누가 생각이나 하겠는가?

나는 이 이야기가 어떻게 내게 전해졌는지 이제야 기억나게 되었다. 오늘 오후에 읽은 책 속에 엽서 한 장이 끼어 있었고, 그것은 캐나다에 사는 친구가 보내온 엽서였다. 그 친구는 내가 여행 도중에 알게 된 젊은 영국인으로, 나는 종종 그와 밤늦도록 이야기를 나누곤 했다. 그의 이야기에는 이따금 먼 곳에 있는 동상처럼 두 여자에 대한 추억이 비밀스럽게 빛나고 있었는데, 그것은 그의 청춘의 어느 순간과 관련되어 있었다. 하지만 사실 나는 그와 아주 오래전에 이 이야기를 했었고, 그래서 이 이야기를 이미 거의 다 잊은 상태였다. 그런데 이 엽서를 받은 오늘, 여러 기억이 꿈을 꾸듯 내 자신의 온갖 체험과 뒤섞인 채 되살아났다. 그것은 마치 내가 떨어트린 책에서 그 이야기를 읽기라도 했거나, 아니면 어느 꿈속에서 보기라도 한 듯한 기분이었다.

하지만 방 안은 얼마나 어두워졌으며, 당신은 이제

이 깊은 황혼에 잠긴 채 얼마나 나와 멀리 떨어져 있는가! 당신의 얼굴이 있을 만한 자리에는 그저 여리고 희미한 빛만이 내 눈앞에 보일 뿐이다. 나는 당신이 미소를 짓는지 또는 슬퍼하는지 알 수가 없다. 당신이 미소를 짓고 있다면, 내가 잠깐 알게 된 사람들에 대해 진기한 사건을 알아내어 운명 전체를 꿈꾸고는, 그것을 다시 그들의 삶으로, 그들 자신의 세계로 조용히 돌려보냈기 때문인가? 아니, 당신이 그 소년으로 인해 슬퍼한다면, 그가 사랑을 맛본 지 불과 얼마 만에 그 달콤한 꿈의 정원에서 영원히 사라졌기 때문인가?

아, 나는 이 이야기가 슬프거나 어둡기를 원하지 않았다. 나는 단지 갑자기 자기 자신과 다른 누군가의 사랑에 사로잡힌 소년에 대해 이야기하고 싶었을 따름이었다. 그러나 저녁에 이야기하는 것은 으레 애수의 고즈넉한 거리로 쓸려 들어가기 마련이다. 그 거리 위로 황혼이 안개처럼 가라앉으면, 저녁에 깃드는 모든 슬픔도 별 없는 하늘 아래로 아치를 그린다. 그러면 어둠은 이야기의 혈관으로 스며들고, 이야기가 전하는 밝고 다채로운 말들은 마치 우리의 가장 고유한 삶에서 우러나오기라도 하는 듯 풍만하고 묵직한 음향을 지니게 된다.

재회

Widerstand der Wirklichkeit

"와 계셨네요!"

그는 두 팔을 활짝 벌리며 그녀에게 다가섰다.

"아, 와 계셨어요!"

다시 이렇게 말하는 그의 목소리는 점점 더 밝아지며 놀라움을 넘어 기쁨으로 변했다. 동시에 그는 애정 어린 시선으로 사랑하는 여인의 모습을 훑어보았다.

"안 오실까 봐 정말 걱정했어요!"

"아니, 절 그렇게 못 믿으세요?"

가볍게 나무라면서도 그녀의 입술은 미소를 머금고 있었다. 해맑은 그녀의 푸른 눈동자는 확신으로 빛나고 있었다.

"아니, 그럴 리가 있나요. 의심하지 않았어요. 이 세상에 부인의 말보다 더 확실한 게 어디 있겠어요? 그래도 얼마나 어리석은지 생각해 봐요! 갑자기 무슨 일이라도 생겼나 싶어서 불안했어요. 전보를 보내고 곧장 당신에게 가려고도 했습니다. 시간은 자꾸만 가는데 안 오시니, 또 한 번 우리가 헤어지는 것은 아닌지 초조했습니다. 그런데 천만다행으로 이렇게 제 앞에 서 계시는군요.”

“그래요, 이렇게 제가 여기 있어요.”

이렇게 대답하며 살짝 미소 짓는 그녀의 깊고 푸른 눈이 다시 별처럼 빛났다.

“이렇게 왔고, 마음의 준비도 되어 있어요. 자, 우리 떠날까요?”

“그래요, 떠나죠!”

남자의 입에서 무의식적으로 동의하는 말이 나왔지만, 그는 한 걸음도 떼지 못한 채 제자리에 서 있었다. 그녀가 여기 있다는 사실을 도무지 믿을 수 없다는 듯, 하염없이 사랑스러운 눈빛으로 그녀를 바라보았다.

이때 저 너머 좌우에는 강철과 유리로 된 지붕이 진동하는 프랑크푸르트 중앙역의 수많은 선로가 덜커덩거리고 있었다. 아울러 날카로운 호각 소리가 담배 연기 자욱한 역사의 소란한 인파 속으로 파고들었다. 도착과 출발을 알리는 스무 개의 표지판에는 가차 없이 시와 분이 차례대로 게시되고 있었다. 그런데도 남자는 인파의 소용돌이 속에서 시간과 공간도 잊은 채 서 있었다. 그는 오직 그녀의 존재만을 느끼며 열정에 사로잡혀 야릇한 황홀감에 빠져들고 있었다. 결국 그녀가 이런 그를 일깨웠다.

"루트비히, 떠날 시간인데 아직도 기차표가 없잖아요."

그제야 그는 도취에 젖은 듯한 눈빛을 거두며, 경외심에 가득 차서 다정하게 그녀의 팔을 잡았다.

하이델베르크로 향하는 저녁 급행열차는 전에 없이 붐볐다. 일등석 차표를 사면 둘이 오붓하게 시간을 보낼 수 있으리라는 기대는 무너져 버렸다. 두 남녀는 여기저기 둘러본 후에야 중년 신사 한 사람만이 구석에 기댄 채 졸고 있는 칸막이 객실을 찾아 들어갈 수 있었다. 둘은 금방 즐거워져서는 정답게 대화를 나누기 시작했다. 그렇지만 이때였다. 기차가 출발 신호를 울리기 직전에 두툼한 서류 가방을 든 남자 셋이 콜록거리며 객실 안으로 들어왔다. 얼핏 보아도 그들이 변호사임을 알아차릴 수 있었다. 그들은 방금 재판을 마쳤기 때문인지 몹시 흥분해 있었다. 그들이 소란하게 논쟁을 벌여서 두 남녀는 도저히 대화를 나눌 수 없었다. 두 사람은 체념한 채 서로 한마디 말도 건네지 않고 그냥 자리에 앉아 있었다. 어쩌다가 둘 중 하나가 시선을 들어 올리면, 램프의 어두운 빛에 어른거리는 상대방의 애틋한 눈빛을 확인할 수 있었다.

기차가 덜커덩! 하고 움직였다. 바퀴에서 철커덕거

리며 증기가 뿜어져 나오기 시작하자, 변호사들의 대화
는 더 큰 소음으로 변했다. 그러나 기차가 곧 앞뒤 좌우
로 흔들리더니 점점 더 그 흔들림은 규칙적으로 리듬을
타기 시작했다. 기차가 요람처럼 흔들리는 동안, 그들은
아득한 꿈결로 빠져들었다. 기차 바퀴가 아래서 철커덕
거리며 눈에 보이지 않게 앞으로 달려갔으며, 그사이에
두 사람은 각기 다른 생각에 잠긴 채 꿈을 꾸듯이 과거로
돌아가고 있었다.

＊＊＊＊＊

　두 사람이 처음 만난 것은 구 년 전이었다. 그 후로
는 서로 만날 수 없는 먼 곳에서 떨어져 지냈다. 그래서
이번에 다시 만난 기쁨은 뭐라고 형용할 수 없을 만큼 강
렬했다. 아! 이날이 오기까지 시간이나 공간적으로 얼마
나 멀리 떨어져 지냈던가! 구 년이라면 오늘 밤에 이르기
까지 거의 사천 번의 낮과 밤이 지난 것이 아니던가! 참
으로 긴 세월을 잃어버리고 살았지만, 그는 그 긴 시간을
순식간에 뛰어넘어 최초의 그 순간으로 되돌아가고 있었
다. 당시에 어떤 일이 있었던 것일까?
　그의 기억은 점점 더 뚜렷해졌다. 스물세 살에 최초
로 그녀의 집에 갔을 때는 솜털처럼 부드러운 콧수염이

184

그의 입술 위를 덮고 있을 무렵이었다. 일찍이 그는 가난 때문에 굴욕감을 느끼며 유년기를 보냈다. 이후 복지 시설의 도움으로 성장한 그는 가정교사와 과외 선생으로 근근이 살아왔다. 그래서 항상 궁핍과 빵 걱정으로 노심초사하지 않을 수 없었다. 낮에는 책 살 돈을 벌어서 모으고, 밤에는 온 신경을 다하여 공부에 전념했다. 이렇게 해서 그는 결국 인근 대학의 화학과를 수석으로 졸업하고 박사 학위까지 받았다. 특히 그는 학과장의 추천을 받아 유명한 고문관 G씨가 경영하는, 프랑크푸르트 소재 대기업 제조 회사에 들어갈 수 있었다.

처음에 그는 그 회사의 연구소에서 하찮은 일들을 맡았으나, 곧 목적을 향한 강한 의지가 나타나기 시작했다. 일에만 집중하던 이 젊은이의 성과는 곧 사람들에게 알려지게 되었다. 그러자 사장도 그에게 특별한 관심을 보였으며, 시험 삼아 그에게 점점 더 중요한 업무를 맡겼다. 그는 이 기회에 지독한 가난에서 탈출할 수 있으리라 생각하며 업무에 더욱 매진했다. 더 많은 업무가 그에게 주어지면 주어질수록, 그의 의지도 그만큼 더 거세게 불타올랐다. 이렇게 해서 그는 매우 짧은 기간에 평범한 조수 신분에서 회사 내의 중요한 실험에 참여하는 인물로까지 성장했다. 사장이 이런 그를 호의적으로 '젊은 친구'라고 부르기까지 했다.

본인은 실상 알아차리지 못했지만, 사장실의 비밀

스러운 문 뒤에서 높은 재능을 검사하는 눈이 그를 지켜보고 있었다. 야망을 지닌 그가 일상적인 일을 한다고 생각하는 동안, 늘 거의 눈에 보이지 않는 그 무엇이 그에게 더 높은 미래를 약속하고 있었다. 나이 든 사장은 좌골신경통으로 고통스러워했기에 종종 집에 머물렀으며, 심지어는 침대에 누워 지낼 때도 많았다. 그래서 사장은 지난 수년간 절대적으로 신뢰할 수 있고 정신적으로도 의지할 수 있는 개인 비서를 찾고 있었다. 가장 비밀스러운 특별 안건이나 엄밀히 기밀을 지켜야 하는 일에 대해 터놓고 의논할 수 있는 그런 인재를 찾고 있었고, 마침내 연로한 사장은 이에 알맞은 적임자를 찾은 것 같았다.

어느 날 사장은 그를 불러서 뜻밖의 제안을 했고, 이에 젊은이는 깜짝 놀랐다. 사장은 서로가 더 가까워지도록 지금 그가 사는 교외의 셋방을 포기하고 자신의 널찍한 빌라에 와서 개인 비서로 일해 달라는 것이었다. 젊은이야 놀라는 게 당연했지만, 막상 더 놀란 사람은 사장이었다. 이런 경이로운 제안에 대해 젊은이는 하루만 숙고해 보겠다고 하고는, 다음 날 단호히 거절했기 때문이었다. 거부 의사는 명백했지만, 거기에는 어딘지 핑계처럼 들리는 어색함이 묻어 있었다.

사장은 학자로서도 잘 알려진 인물이었지만, 정신적인 경험이 부족했기에 이 거절의 진의를 추측할 수 없었다. 아니면 이 고집스러운 젊은이가 자신의 깊은 감정을 숨긴 것일는지 모른다. 그렇다, 이는 바로 필사적으로 뭔가 감추려는 자존심, 가난에 뼈아파하던 어린 시절의 상처받은 수치심이 드러난 것이다. 그는 마음을 상하게 하는 졸부의 집에서 가정교사로 또는 하인이나 가족도 아닌 이중적 존재로 살아왔다. 그 집에서 그는 필요에 따라 탁자 위에 세워지거나 치워지는 장식용 목련꽃 같은 신세였다. 그는 상류층 사람들과 그들의 영역에 대해 뼛속 깊이 증오심을 가지게 되었다. 묵직하고 육중한 가구들, 호화롭기 짝이 없는 방, 지나치게 풍성한 식사에 대해 적개심을 지니고 있었다. 이 모든 호사스러운 것들에 대해 그는 오직 인내하고 참아야만 하는 자로서 발을 걸치고만 있었다.

그는 졸부들의 집에서 온갖 모욕을 겪은 바 있었다. 버릇없는 아이들이 그에게 모욕을 주곤 했으며, 월말에 지폐 몇 장을 건네며 거들먹거리던 여주인의 불쾌한 동정심은 그에게 견디기 힘든 모멸감을 주었다. 게다가 투박한 낡은 트렁크를 들고서 낯선 집으로 옮겨 다닐 때도 마찬가지였다. 속일 수 없는 가난의 징표인 단벌옷과 낡아빠진 속옷을 빌린 수납함에 차곡차곡 쌓아 넣을 때, 그는 인정 없는 하녀들의 비웃음 가득한 눈빛에 아연실색하지 않을 수 없었다. 이럴 때마다 그는 앞으로는 절대 이런 일을 겪지 않으리라 맹세했다. 자신이 부자가 되기 전에는 절대로 이런 부잣집에 오지 않을 거라고, 빈곤한 상태에서 다시는 남의 주목거리가 되거나 치졸하게 건네는 하찮은 선물로 상처받는 일은 없을 것이라고 다짐했다. '절대로 그럴 일은 없어!' 그는 이렇게 맹세했다.

이제는 박사라는 번지르르한 호칭과 싸구려지만 추위를 차단하는 외투가 열등한 그의 사회적 위치를 가려주고 있었다. 사무실에서는 뛰어난 그의 업무 능력이 예전의 부끄러웠던 가난과 동냥질로 곪아 있던 청춘의 화농을 가리고 있었다. '안 돼, 돈 때문에 침해되어서는 안 되는 삶, 이 한 줌의 자유를 팔아치울 수는 없는 거야!' 그는 다시 이렇게 결심했다. 바로 이런 이유로 그는 자신의 이력을 망칠 수도 있는 위험을 무릅쓰면서까지 사장의 명예로운 제안을 적당히 둘러대며 거절했던 것이다.

그러나 이후에 벌어진 예상치 못한 상황 때문에 그는 더 이상 자유로운 선택을 할 수 없게 되었다. 왜냐하면 사장의 병세가 악화하여 더 오랫동안 침대에 누워 지내야만 했기 때문이었다. 전화로도 회사와 소통하기 힘든 상황이었다. 그래서 개인 비서가 더욱 필요하게 되었고, 젊은이는 더 이상 후원자의 시급한 요청을 뿌리칠 수 없게 되었다. 그 역시도 자신의 현재 위치를 잃게 되는 현실을 바라지 않았다. 다시 거처를 옮긴다는 것이 그에게 얼마나 어려운 일이 될는지 그 누구도 알지 못했다.

아직도 그는 당시의 일을 생생하게 기억하고 있었다. 그는 보켄하임 국도에 인접한 고대 프랑켄 풍의 화려하고 고상한 저택에 도착하여 초인종을 눌렀다. 이에 앞서 저녁 무렵, 그는 저축해 둔 약간의 돈을 급히 은행에서 찾아와 속내의와 그럴듯한 검은 정장, 구두를 샀다. (물론 많지 않은 급료 중 일부는 가난한 시골집 노모와 두 여동생의 생계를 잇는 데 쓰이고 있었다.) 이렇게 치장에 지출한 이유는 자신의 옹색함을 내보이지 않기 위해서였다. 이번에도 그는 자질구레한 소유물이 들어 있고 가중스러운 추억이 깃든 그 볼품없는 함을 들고 사장 집을 찾아갔다.

그런데 흰 장갑을 낀 하인이 그를 위해 정중하게 현관문을 열자마자, 그곳에서는 벌써 부유함의 짙은 냄새가 풍겨 나왔다. 돌연 죽처럼 짓이겨진 불쾌감이 그의 목구멍 속으로 흘러들었다. 대기실로 들어서자마자 발소리를 부드럽게 흡수하는 두꺼운 양탄자가 깔려 있었고, 장엄한 빛을 내는 둥근 고블랭 벽걸이 천*이 기다리고 있었다. 이어서 묵직한 청동 손잡이가 달린 조각 장식의 문들이 나타났다. 이 문들은 그가 손대지 않아도 하인이 허리를 굽혀 열게 되어 있었다. 이 모든 게 그의 반항적인 불쾌감을 마비시키는 동시에 강하게 억눌렀다.

하인이 그를 창문 세 개가 달린 낯선 방으로 데려갔

---

* 프랑스 고블랭 집안에서 만든 최고급 장식용 벽걸이 천.

다. 그는 이 방이 전에는 거실로 사용되었다고 생각했는데, 이 방 안에서 자신이 이방인이나 침입자 같다는 느낌을 떨쳐 낼 수가 없었다. 어제까지만 해도 나무 침대와 양철 세숫대야가 놓여 있는, 5층의 외풍 심한 골방에서 지내던 자신이 아니었던가! 여기저기서 화려하게 번쩍이며 값을 과시하는 가구들이 냉소적으로 자신을 쳐다보았다. 그는 이제부터 이곳에 익숙해져야만 한다는 현실에 기가 막혔다. 그가 가져온 물건들이나 그의 의상조차도 이 넓고 환한 방에서는 모조리 작아지는 동시에 오그라드는 것 같았다. 크고 넓은 옷장 속에 걸린 그의 단벌 상의는 마치 교수형을 당한 죄수처럼 우스꽝스럽게 흔들거렸다. 몇 벌의 속옷과 낡은 면도기는 흡사 버려진 쓰레기나 노동자가 쓰다 버린 도구처럼 널찍한 대리석 세면대 위에 아무렇게나 놓여 있었다.

그는 무의식적으로 딱딱한 나무함을 침대 밑으로 밀어 넣었다. 그는 밀폐된 공간에서 도둑질하다가 들킨 사람처럼 우두커니 서 있는 자신보다 침대 밑으로 기어 들어 가 숨을 수 있는 나무함의 신세가 오히려 부러웠다. 스스로가 무가치하다는 불쾌한 감정을 뿌리치기 위해 '나는 부탁을 받고 여기에 온 사람이다'라고 속으로 소리쳐 보았으나 아무 소용이 없었다. 실내의 물건들과 화려한 모습이 이런 주장을 계속해서 무너뜨렸기 때문이다. 그는 다시 도도하고 과시적인 돈의 세계에 눌려 왜소함과 굴욕감, 패배감을 느꼈다. 존재 자체가 돈에 팔린 것만 같았고, 자신은 그저 하인이나 종, 팔려고 내놓은 가구처럼 여겨졌다.

앞에 가던 하인이 손가락으로 가볍게 문을 두드렸다. 그러더니 무표정한 얼굴로 허리를 꼿꼿이 편 채 부인께서 박사님을 뵙고 싶어 한다고 전했다. 그는 방들이 늘어선 복도를 머뭇거리며 걸어갔다. 그러면서 수년 만에 처음으로 자신이 얼마나 위축되었는지, 또 벌써 두 어깨를 수그리며 굽실거리려고 하는지를 깨달았다. 참으로 오랜만에 그에게서 소년 시절의 불안과 혼란이 다시 시작되는 느낌이었다.

그러나 그가 처음으로 부인에게 다가선 순간, 그의 마음속에 쌓였던 극도의 긴장이 기분 좋게 풀어지기 시작했다. 그가 숙였던 고개를 들어 부인의 표정과 자태를 보기도 전에, 부인의 말이 그에게 이미 거부할 수 없는 포근함으로 들려왔다. 그녀의 첫마디는 감사를 나타내는 인사말이었다. 그 말은 너무 솔직하고 자연스러워서 그가 느꼈던 불쾌감의 먹구름을 말끔하게 걷어치웠고, 그녀의 말에 귀를 기울이던 그의 마음을 부드럽게 녹여 주었다.

부인은 "박사님, 정말 감사합니다"라고 인사하면서 악수를 청하곤, 계속해서 말을 이어 갔다.

"마침내 남편의 청을 들어주셨군요. 이렇게 와 주셔서 제가 얼마나 감사한지 곧 보여 드릴 수 있으면 좋겠어요. 그렇다고 박사님이 그리 쉽게 편안해질 수는 없겠지요. 자유를 포기한다는 게 그리 쉬운 일은 아닐 테니까요. 그래도 우리 부부가 상당한 책임감을 느낀다는 사실을 아시면 조금 위안이 될지도 모르겠네요. 제가 할 수 있는 일은 이 집을 완전히 박사님의 집처럼 느끼도록 하는 것이고, 진심으로 그렇게 되었으면 좋겠어요."

그는 마음속으로 그녀의 말에 귀를 기울이고 있었다. 그녀는 그가 어쩔 수 없이 자유를 포기했던 사실을 어떻게 알고 있었을까? 그녀는 그의 가장 아프고 민감한 상처를 어떻게 첫눈에 알아본 것일까? 자유를 잃어버리고 인내하면서 임시 고용인, 봉급생활자로만 살아가게 될까 불안해하는 그의 마음을 어떻게 알아보았을까? 어떻게 첫 손동작 하나로 즉시 이 모든 비밀을 벗겨 낸 것일까? 무의식적으로 그는 부인을 힐끔 쳐다보았다. 그는 자신을 신뢰하는 듯 관심 있게 바라보는 그녀의 따뜻한 눈빛을 확인할 수 있었다.

그녀의 표정은 매우 부드럽고 고요하면서도 당당한 분위기가 흘러넘쳤다. 고귀하고 근엄한 정수리 아래로 여전히 젊음을 잃지 않고 매끈한 그녀의 순수한 이마가 드러났다. 이마에서는 밝은 기운이 빛나고 있었다. 어둡게 층을 이룬 머리칼은 밑으로 둥글게 말린 채 물결치고 있었다. 특히 목까지 올라오는 검은 의상이 그녀의 통통한 어깨를 감싸고 있어서, 잔잔한 빛을 띠는 얼굴이 더 하얗고 온화해 보였다. 조금은 수녀처럼 긴 드레스를 입은 부인은 상류층 시민이면서도 어딘지 고귀한 성모마리아 같았다. 그녀의 온화한 모습은 움직일 때마다 어머니처럼 자상한 분위기를 자아내었다. 이제 부인은 아주 가벼운 동작으로 그에게 한 걸음 다가왔다. 그는 미소를 짓는 부인에게 머뭇거리며 감사함을 표했다.

이때 부인이 그에게 당부했다.

"다만, 한 가지 부탁이 있어요. 초면이지만 한 가지만 부탁할게요. 오랫동안 모르고 지낸 사람들끼리 함께 살다 보면 문제가 생기기 마련이지요. 그럴 때는 그저 솔직한 게 가장 좋지요. 어떤 경우든 이 집에 사시면서 우울하거나 이곳 방식과 관습에 압박감을 느낀다면, 서슴없이 제게 말씀해 주세요. 박사님은 남편을 돕는 분이고, 저는 그의 아내잖아요. 이 이중의 의무로 우리는 연결되어 있어요. 그러니 우리 서로 솔직하게 대하기로 해요."

그는 부인에게 악수를 청했고, 두 사람 사이에 합의가 이루어졌다. 이 첫 순간부터 그는 이 집에 뭔가 연대감을 느꼈다. 값비싼 물건이 더 이상 적대적으로 보이지 않았다. 아니 정반대로 그는 그것을 우아함의 필수적인 틀로 받아들였다. 이곳의 우아함은 혼란스럽고 적대적이며 악의에 찬 외부의 온갖 일들을 증발시켜 버리는 중요한 요소였다. 점차 그는 이곳의 값비싼 물건이 고급스러운 예술적 감각을 통해 더 높은 질서를 얻게 되었다는 사실을 알게 되었다. 더군다나 자신도 모르게 이 집의 순화된 생활의 자연스러운 리듬이 그의 삶과 언어에 아주 깊숙이 침투되고 있다는 사실도 깨달았다.

이상하게도 그는 마음이 갈수록 안정되어 간다고 느꼈다. 날카롭고 격렬하며 열정적이던 그 모든 감정은 까칠하고 예민한 성질을 잃어버렸다. 마치 두툼한 양탄자와 벽지, 화려한 커튼이 외부의 빛과 오솔길에서 들려오는 소음을 은연중에 모두 흡수해 버리는 것과도 같았다. 이와 동시에 집안의 질서는, 저절로 생겨나는 게 아니라 말수가 적으면서도 항상 자애로운 미소를 띤 부인에게서 나온다는 것을 알 수 있었다.

다행히도 그는 그녀와의 첫 몇 분에 느꼈던 불가사의한 기분을 몇 주와 몇 달이 지나서도 흐뭇한 마음으로 확인할 수 있었다. 부인이 매사에 세심하게 그를 돌보며 이 집의 환경에 적응하게 해 줬기에, 그는 정신적인 압박을 이겨 낼 수 있었다. 그는 감시가 아니라 보호를 받는 셈이었고, 언제나 멀리서 관심을 받고 있었다. 어쩌다가 그가 뭔가 물건이 필요하다고 생각하면, 이런 욕구를 말로 표현하기도 전에 벌써 이루어져 있었다. 그것도 아주 세심하고 눈에 띄지 않게 이루어져서 감사함을 이야기할 기회조차 없었다.

예를 들면 어느 날 그는 귀중한 판화 작품집을 훑어보며 렘브란트 판화에 감탄한 적이 있었다. 그런데 다음 날 이미 그 판화 복사본이 그의 책상 위에 비스듬히 놓여 있었다. 그런가 하면 지나가는 말로 친구에게 어떤 책을 추천받았다고 해도, 며칠 뒤 그 책이 책장에 꽂혀 있었다. 이런 와중에서 그는 어느새 방이 마음에 들고 편안해졌다.

그는 처음에는 방 안 여기저기가 변했음을 잘 알아차리지 못했다. 물론 방이 더 화려하고 화사한 색으로 장식되었으며, 더 안락해졌다는 사실만은 느낄 수가 있었다. 예컨대 상점 진열장 앞에서 그가 감탄한 적이 있었던 동양의 자수 덮개는 방 안의 터키산 안락의자를 덮고 있었으며, 천장에 달린 램프는 불그스레한 비단 차양 속에서 빛나고 있었다. 그는 시간이 흐를수록 집 안 분위기에 더 매료되었고, 그럴수록 이 집을 떠나고 싶은 마음이 사라져 갔다. 그는 사장 아들인 열한 살짜리 소년과도 아주 친한 사이가 되었다. 소년은 어머니와 그가 극장이나 공연장에 갈 때 자주 따라오곤 했다. 그 역시도 이렇게 소년과 함께 지낼 수 있음을 즐거워했다. 일하는 시간을 제외하면, 그의 모든 행동은 자신도 모르는 사이에 그녀의 조용한 존재가 발산하는 온기 속에 놓여 있었다.

사실 첫 만남의 순간부터 그는 부인을 사랑했다. 격

럴하게 밀려오는 사랑의 감정으로 그는 꿈결 같은 상태에 깊이 빠져들곤 했다. 하지만 그의 온몸을 뒤흔들 만한 사랑의 결정적 계기가 부족했다. 다시 말해 그는 경탄과 경외심, 애착이라는 구실로 미루고 덮어 둔 것이 이미 사랑이라는 사실, 그것도 환상적이고 제멋대로이며 열광적인 사랑이라는 사실을 깨닫지 못한 것이다. 왜냐하면 이럴 때마다 그의 마음속에서 뭔가 비굴함이 솟아오르며 이런 분명한 사실을 강력하게 물리쳤기 때문이었다. 밝게 빛나며 후광으로 둘러싸인 부인은 그가 이날까지 여성에게서 알고 있던 어떤 것보다 더 높고 먼 곳에 있는 존재 같았다.

그는 예전에 알고 있었던 몇몇 여자들, 농장에서 일하는 여자나 귀갓길 가로등 아래서 만나던 재봉사 처녀처럼 부인도 결국 여자라는 사실을 받아들일 수 없었다. 그녀가 성과 욕망의 법칙을 따르리라고 상상하는 것 자체를 불경스럽게 여겼다. 사실 농장의 하녀가 가정교사인 그에게 방문을 열어 줬던 이유는 대학생이 사랑하는 방식이 마부나 하인과 어떻게 다른 것인지 알고 싶었기 때문이었다.

그러나 이런 식의 비교는 그에게 있을 수 없는 일이었다. 부인은 세속적인 욕망과는 다른 매력을 발산하고 있었다. 그녀는 순수하고 범접할 수 없을 만큼 너무 우아하여, 그는 꿈속에서조차 감히 그녀의 옷을 벗길 수가 없었다. 마치 어린아이처럼 그녀의 존재에서 풍기는 향기를 좋아했고, 그녀의 모든 동작을 음악처럼 음미했다. 그녀가 자신을 신뢰하면 행복하여 어쩔 줄 몰랐다. 또한 흥분에 취한 과도한 감정을 혹시라도 그녀가 눈치챌까 끊임없이 조심했다. 이런 감정은 아직은 딱히 명칭이 없었으나, 이미 오래전에 형태가 어느 정도 이루어져서 그의 마음속에 감춰진 채 뜨겁게 달아오르고 있었다.

그러나 사랑이란 어떤 것일까? 그것은 육체의 깊은 곳에서 맹아처럼 어둡게 꿈틀거리는 것이 아니다. 진실로 숨결과 입술로 사랑이라고 말하며 떳떳이 털어놓을 수 있을 때야 비로소 사랑이라고 할 수 있다. 그녀에 대한 그의 감정은 고치 속 번데기처럼 견고한 껍질을 둘둘 말고 있었다. 이런 감정은 어느 순간 갑자기 혼란스러운 껍질을 뚫고 솟구쳐 올랐다. 그러다가 다시 무서운 힘으로 갑자기 가슴 밑바닥까지 떨어져 내려서 그를 놀라게 하곤 했다. 이런 현상은 그녀와 같은 집에 살기 시작한 지 두 해가 흐른 뒤의 일이었다.

그러던 어느 일요일, 사장이 그를 자기 방으로 오라고 불렀다. 사장은 여느 때와 달리 인사도 제대로 하지 않고는 뒤쪽 벽에 달린 문을 닫았다. 그런 다음 인터폰으로 그 누구도 들어오지 못하게 하라고 일렀다. 무엇인지 특별히 전달할 중대한 말이 있는 듯했다. 사장은 우선 그에게 시가를 권한 뒤 정중하게 불을 붙여 주고는, 조금은 여유를 가지고 미리 생각해 둔 말을 꺼내려고 했다. 사장은 우선 그가 회사에서 이룬 실적을 장황하게 열거했다. 이어서 회사에 대한 그의 믿음과 헌신이 모든 면에서 기대 이상이었다고 치하하고는, 회사의 가장 내밀한 사업을 그와 공유한 일에 대해서도 후회한 적이 없다고 했다. 그런 만큼 어제 외국에서 들어온 중요한 정보도 아무 걱정 없이 그에게 알려 주겠다고 했다.

사장이 말하는 사업 내용은 그도 이미 잘 알고 있었던 새로운 화학 처리법에 관한 일이었다. 그 방법을 위해선 특정 광석이 대량으로 필요했는데, 전보에 따르면 이 광석이 멕시코에 대량으로 매장되어 있다는 것이다. 따라서 얼마나 신속하게 그 광물을 확보할 수 있을지가 시급한 문제였다. 미국의 거대 기업이 그 기회를 독점하기 전에 현지 채굴권을 얻어 개발을 체계화해야 했고, 이를 위해서는 신뢰할 수 있고 혈기 왕성한 젊은 관리자가 무엇보다 필요했다. 사장은 개인적으로 마음을 터놓고 대화할 수 있는 조력자가 곁에 없어지게 되어 상당한 타격이겠지만, 경영고문단 회의에 그를 적임자로 추천하는 것이 자신의 의무라고 말했다. 아울러 그곳에서 임무를 성공적으로 완수하면 탄탄한 미래가 보장될 수 있으니, 그 모든 고난쯤은 보상받게 될 거라고도 덧붙였다. 나아가 개발이 착수되고 이 년 동안은 보수가 충분하게 지급

되기에 상당한 재산도 모을 수 있을 뿐만 아니라 귀국 후에는 회사에서 높은 직책도 마련되어 있다는 것이었다. 그러면서 사장은 격려의 의미로 악수를 청하고는 끝으로 이렇게 말했다.

"정말이지 자네가 임무를 성공적으로 끝내고 돌아오면, 이제 노인이 된 내가 삼십 년 전에 시작했던 일을 자네가 대신 마무리하리라는 예감이 든다네."

순식간에 마른하늘에서 떨어진 이런 제안이 어떻게 야망에 불타는 젊은이의 마음을 흔들어 놓지 않을 수 있겠는가? 마침내 빈곤의 지하 토굴, 헌신과 복종의 어두운 세계로부터 그를 밝은 세계로 인도해 줄 희망의 문이 폭발이라도 하듯 시원하게 열렸다. 또한 강요받고 항상 겸손하게 생각해야 하는 자의 자세, 영원한 굴종의 자세에서 벗어날 가능성도 생겼다. 그를 떳떳하게 살아갈 수 있게 해 줄 기회가 눈앞에 다가온 것이다.

그는 해외에서 온 서류와 전보의 내용을 아주 꼼꼼하게 살펴보았다. 거기 적힌 상형문자 같은 기호들은 처음에는 모호했지만, 점차 거대한 윤곽을 그리며 엄청난 계획으로 변화하는 듯했다. 그 계획에 동원된 어마어마한 숫자들, 관리하고 계산하고 벌어들여야 하는 수천, 수만, 수백만이라는 놀라운 숫자가 그를 흥분시키고 가슴 뛰게 했다. 이때까지의 비천하고 답답한 세계에서 벗어나 마법의 풍선을 타고 하늘로 솟아오를 것만 같았다. 놀랍게도 이 사업은 돈이나 사업, 회사, 쾌락과 책임의 문제만이 아니었다. 그보다 훨씬 더 매혹적인 것이 그를 유혹하고 있었다. 저 멀리 떨어진 어두컴컴한 산맥에는 수천 년 동안이나 엄청난 광석이 매장된 채 무의미하게 잠을 자고 있었다. 그에게 주어진 과제는 무엇인가를 형성하고 창조하는 동시에 생산하는 작업이었다. 그곳 산맥에 갱도를 뚫어 광석을 캐내고, 착암기와 기중기를 가동하여 높은 건물과 도로를 만들고, 새로운 도시를 건설하는 일이었다.

그의 머릿속에서는 황량한 덤불이 사라지고, 환상적이면서도 구체적인 모습을 지닌 열대의 세계가 화려하게 그려지기 시작했다. 그가 건설할 세계에는 소작지, 농장, 공장, 백화점 등이 들어서 있었다. 그는 그 공허한 곳 한가운데에 새로운 인간 세계를 결단력 있게 추진하고 질서를 부여할 예정이었다. 돌연 바다 건너 먼 세계의 꿈에 취한 듯한 공기가 양탄자가 깔린 작은 방 안으로 밀려들었다. 그가 계산한 숫자는 엄청난 액수로 부풀어 올랐다. 무엇인가 결정을 내릴 때마다 그는 점점 더 뜨겁게 취해 하늘을 날아갈 것만 같았다. 이제 모든 일이 전반적으로 마무리되고, 실제적인 사안까지도 협의가 끝났다. 사장이 여행 준비에 사용하라며 건네준 기대 이상의 거액의 수표가 어느새 그의 손안에서 바스락거렸다. 이어서 사장의 거듭된 치하를 듣고 났을 때는 이미 열흘 후 출발하는 남태평양행 증기선에 탑승하기로 정해져 있었다.

그는 숫자의 소용돌이와 머릿속을 맴도는 여러 가능성에 들뜬 채 몸을 비틀거리며 연구실 밖으로 나왔다. 그러고는 잠시 걸음을 멈춰 방금 사장과 나눈 모든 대화가 자신의 소망이 빚어낸 환상에 불과한 것은 아니었나 싶어서 주위를 둘러보았다. 한 번의 날갯짓으로 그는 비참한 심연의 골짜기에서 빛나는 실현의 영역으로 솟구쳐 올라왔다. 여전히 들끓는 피로 인해 그는 한동안 눈을 지그시 감아야 했다. 그는 내면의 자아를 더 강렬히 실감하기 위하여 완전히 자신에게만 집중한 채 깊이 숨을 들이마신 후 눈을 지그시 감았다. 그렇게 일 분이 지났다.

그는 새롭게 상쾌해진 기분으로 눈을 떠 눈에 익은 응접실을 둘러보았다. 이때 커다란 함 위에 걸린 그림 하나가 어렴풋이 보였는데, 그것은 바로 부인의 초상화였다. 그림 속의 그녀는 도톰한 입술을 살짝 다물고는, 뭔가 의미를 지닌 듯한 미소를 지으며 그를 내려다보고 있었다. 그녀의 모습은 그가 마음속에 담고 있는 생각을 모두 이해하기라도 하는 듯했다. 이 찰나의 순간에 그만 까맣게 잊고 있었던 중요한 사실이 뇌리를 스쳤다. 그가 사장의 제안을 수락했다는 것은 곧 이 집을 떠나야만 한다는 것을 의미했다. 그는 놀라서 중얼거렸다. "맙소사, 그녀를 떠나야 한다니!"

이렇게 생각하자 바람을 맞아 펄럭이는 돛처럼 잔

뜩 부풀어 올랐던 모든 기대도 칼날에 잘려 나가듯 찢겨 나갔다. 그리고 바로 그 경악스러운 순간에 그동안 자신이 마음을 숨기려고 가식적으로 쌓아 올린 위장의 틀 전체가 와르르 무너져 내리는 것 같았다. 돌연 심장의 근육이 경련을 일으키는 듯했다. '그녀를 떠나야 한다니, 그것은 얼마나 고통스러운 일이고, 얼마나 고통스러운 일인가! 세상에, 그녀를 다시는 볼 수 없다니! 어떻게 그런 생각을 할 수 있었고, 어떻게 그런 결정을 내릴 수 있었을까? 마치 나 혼자서 잘 지낼 수 있다는 듯이, 마치 내 감정의 모든 감촉과 뿌리가 그녀의 존재와는 상관없다는 듯이 그렇게 행동했다니!'

경련하듯 그는 비통한 신음을 거칠게 내뱉었다. 그 고통은 이마 끝에서 심장에 이르도록 온몸을 뒤흔들었다. 그러나 그것은 동시에 밤하늘의 번개처럼 이제까지 인식하지 못했던 내밀한 관계를 밝혀 주는 강렬한 계기가 되었다. 이 순간의 빛 속에서 그는 자신 안의 모든 신경과 열기가 그녀에 대한 사랑으로부터 피어났다는 사실을 뒤늦게나마 깨달았다. '사랑'이라는 그 마법 같은 말을 마음속으로 떠올리자마자, 경악할 정도로 무수히 많은 작은 기억들이 반짝 불꽃을 튀며 그의 의식 속으로 빠르게 들어왔다. 지금까지 한 번도 인정하거나 해명하지 못했던 모든 개별적 사실이 그의 감정을 명백하게 규정하고 있었다. 이제야 비로소 그는 자신이 몇 달 전부터 깊이 사랑에 빠져 있었음을 절실히 깨달았다.

　　지난 부활절 주간에 그녀가 사흘 동안 친척 집에 가 있었을 때의 일이었다. 책이 손에 잡히지 않던 그는 길 잃은 사람처럼 이 방 저 방을 돌아다녔고, 그 이유를 자신에게조차 털어놓지 못한 채 안절부절못하고 있었다. 그런데 그녀가 돌아오기로 되어 있던 날 밤, 그는 한 시까지 그녀의 발걸음 소리에 귀를 기울이며 기다리고 있었다. 혹시 그녀가 탄 차가 도착한 것은 아닐까, 예민하고 초조한 마음에 몇 번이나 계단을 달려 내려가기도 했다. 그러면서 문득 예전의 일을 기억해 냈다. 그녀와 극장에 같이 가 손이라도 우연히 스치면, 손목과 목덜미가 짜릿해지곤 했다. 번뜩이며 되살아나는 이런 수많은 작은 기억들, 거의 희미하게만 느껴지던 자잘한 일들이 한꺼번에 수문을 뚫고 넘치듯, 그의 의식과 혈관을 타고 흐르며 심장을 강하게 두드렸다. 심장이 너무 강하게 뛰는 바람에 그는 무의식적으로 가슴을 손으로 눌러야만 했다.

　　이제는 정말 고백하지 않을 수 없었다. 수줍고도 공손한 본능이 온갖 가림막을 통해 조심스레 감춰 온 것이 무엇인지 고백하지 않을 수 없었다. 그녀 없이는 하루도 살아갈 수 없었다. 이 년이든 이 개월이든, 이 주일이든 그가 가는 길을 비추는 그 부드러운 빛이 없다면, 저녁 시간의 그 즐거운 대화가 없다면, 그는 단 하루도 견딜 수가 없었다. 십 분 전만 해도 그를 자부심으로 가득 채웠던 계획과 멕시코에서의 임무, 창조적 권력을 향한 발돋움은 순식간에 위축되었을 뿐만 아니라 반짝이는 비눗방울처럼 터져 버렸다. 이제 멕시코행은 오히려 그에게 먼 곳으로 사라지는 일, 격리, 감옥, 추방, 망명, 전멸, 참을 수 없는 단절과도 같았다. 그는 마음속으로 부르짖었다. '안 돼, 그럴 수는 없어!'

그는 문고리를 잡고 망설였다. 다시 방 안으로 들어가 사장에게 포기하겠다고, 자신은 적임자가 아니기에 그냥 집에 머무르겠다고 말하고 싶었다. 하지만 이때 그는 경고하듯 밀려드는 불안에 사로잡혀 중얼거렸다. '그래, 지금은 그럴 때가 아니야!' 그 자신도 이제야 인식하기 시작한 비밀을 섣불리 누설해서는 안 된다고 생각했다. 그는 차가운 금속 문고리를 잡고 있던 뜨거운 손을 거두었다.

그는 또 한 번 벽에 걸린 그녀의 초상화를 바라보았다. 그녀의 눈은 점점 더 그윽하게 그를 바라보는 듯했지만, 입가의 미소는 사라졌다. 그녀는 심각하다기보다는 슬픈 눈으로 그를 내려다보고 있었다. 마치 '당신은 나를 잊으려고 했군요'라고 말하는 듯했다. 그는 살아 있는 것처럼 보이는 초상화 속 그녀의 눈빛을 견딜 수가 없었다. 그는 비틀거리며 방으로 들어가, 거의 무기력에 가까우면서도 은밀한 달콤함이 스며 있는 전율을 느끼며 침대에 쓰러졌다.

그는 이 집에 처음 도착하여 지금까지 겪은 일들을 돌이켜 보았다. 중요한 일부터 가장 사소한 일에 이르기까지 모든 게 이제는 다른 무게를 지니며 환한 빛처럼 다가왔다. 깊은 인식의 조명을 받아 빛나는 모든 기억이 열정의 뜨거운 대기로 가볍게 떠올랐다. 새삼 그녀가 베푼 자애로운 모든 일들이 생각났다. 사방에 그녀의 흔적이 남아 있는 듯했다. 그녀의 손길이 닿은 물건들을 눈으로 더듬자, 그 물건들에서 그녀에게 깃든 행복의 체취가 느껴졌다. 그녀는 그 모든 것에 존재하고 있었고, 그는 그 안에 깃든 그녀의 친절하고 사려 깊은 마음을 느꼈다. 자신을 향한 그녀의 선의를 확인했고, 그러자 사랑의 감정이 거세게 밀려왔다.

그런데도 이런 흐름의 밑바닥에는 본질적으로 돌덩이처럼 뭔가 저항하는 것, 개운하지 않은 어떤 것, 제거되지 않은 어떤 것이 남아 있었다. 그의 감정이 아주 자유롭게 분출되려면 이런 마음의 찌꺼기 같은 것이 제거되어야 했다. 그는 감정의 가장 깊고 어두운 곳에 있는 그 실체를 향해 아주 조심스럽게 더듬어 내려갔다. 그것이 무엇인지는 이미 알고 있었지만, 감히 건드릴 수 없었다. 그러나 전체적인 감정의 흐름은 언제나 그가 묻고 싶었던 바로 그 지점으로 그를 몰아갔다. 그녀가 세심하게 관심을 기울이며 보여 준 호감, 그가 차마 '사랑'이라고 부르지 못했던 호감이 그를 살피고 감싸기만 하는 감정, 다정하지만 열정은 없는 감정이 아닐까? 이런 의혹이 어렴풋이 그의 뇌리를 스치고 지나갔다. 무겁고 검은 피가 혈관을 타고 흐르듯 의혹이 꼬리에 꼬리를 물고 일어났지만, 그 내막을 알 수는 없었다.

그는 이 모든 사정을 아주 명확하게 의식할 수 있기를 바랐다. 하지만 그의 생각은 혼란스러운 꿈과 소망, 깊은 내면에서 치솟아 오르는 고통과 뒤섞여 파도처럼 출렁거렸다. 그는 복잡하게 뒤얽힌 감정에 마비된 듯 몽롱하고 무감각한 상태로 침대에 누워 있었다. 이렇게 한두 시간이 지났을까, 갑자기 문을 두드리는 소리가 들려와 그는 깜짝 놀라서 깨어났다. 그는 문을 두드리는 가느다란 손가락이 누구 것인지 알 것 같았고, 얼른 일어나 문으로 달려갔다.

그녀가 다가와 미소를 지으며 "박사님, 왜 안 오세요? 벌써 두 번이나 식사를 알리는 종이 울렸는데요"라고 말했다. 그녀는 마치 그의 부주의를 일깨우는 것이 마냥 즐겁다는 듯이 거의 농담조로 말했다. 그러나 땀에 젖어 가닥이 진 머리칼로 부끄럽게 시선을 피하는 그의 모습을 보자, 그녀의 얼굴이 창백해졌다.

"세상에, 무슨 일이… 무슨 일이 있어요?"

그녀는 말을 더듬었다. 이렇게 놀라서 억양마저 달라진 그녀를 보며 그는 야릇한 쾌감을 느꼈다. 그는 급히 정색하며 대답했다.

"아니, 아무 일도 없어요. 뭔가 좀 생각하느라고요. 일이 너무 갑자기 생겼거든요."

"도대체 무슨 일인가요? 말씀 좀 해 보세요!"

"모르십니까? 사장님께서 아무런 말씀도 없으시던 가요?"

"아니요, 그이는 아무 말도 안 했어요!"

그녀는 허둥거리다가 외면하는 그의 시선을 의식하면서 초조한 목소리로 다그쳐 물었다.

"대체 무슨 일이에요? 어서 말해 봐요!"

그는 얼굴을 붉히지 않고 떳떳하게 그녀를 응시하려고 온몸에 힘을 주면서 말했다.

"사장님이 호의로 제게 크고 중대한 임무를 제안하셨습니다. 저는 그 제안을 수락했고요. 열흘 후에 멕시코로 떠나, 이 년 동안 그곳에 머물 예정입니다."

"이 년이라고요? 세상에나!"

마음속 깊은 곳에서 경악스러운 외침이 폭발하듯 터져 나왔다. 그것은 말이라기보다 차라리 비명에 가까웠다. 그녀는 자신도 모르게 거부의 몸짓으로 두 손을 내밀었다. 그러나 순간적으로 노출된 자신의 감정을 애써 부인하려고 했지만, 아무 소용이 없었다. 어떻게 이런 용기가 났는지 모르겠지만, 그는 이미 불안해하면서도 열정적으로 떨며 내민 그녀의 두 손을 덥석 붙잡았다. 두 사람은 순간적으로 몸을 떨며 뜨거운 불길에 휩싸이듯

강렬하게 포옹했다. 그리고 그토록 오랫동안 억눌려 왔
던 무의식적인 욕망과 갈증이 끝없이 긴 키스로 터져 나
왔다.

그와 그녀, 둘 중 어느 누가 먼저 상대를 끌어안은
것도 아니었다. 두 사람은 폭풍에 휘말린 것처럼 동시에
서로의 품으로 달려들어 뒤엉켰다. 그들은 달콤하고 뜨
겁게 타오르는 황홀경 속으로, 까마득한 무의식 속으로
함께 잠겨 들었다. 너무나 오랫동안 쌓였던 감정이 우연
이라는 자석의 끌림에 이끌려 서로 달라붙자, 순간적으
로 불이 붙어 폭발하고 말았다.

두 사람의 입술이 서서히 떨어지고 나서야 그는 여
전히 믿을 수 없는 현실 앞에서 비틀거리며 천천히 그녀
의 두 눈을 바라보았다. 그녀의 두 눈에서 일렁이는 낯선
빛은 부드러운 어둠에 가려 있었다. 그는 그녀의 영혼을
뒤흔든 이 순간이 오기 훨씬 오래전부터 이 사랑스러운
여인이 부드럽게 침묵하며 뜨거운 모성으로 그를 사랑해
왔다는 사실을 비로소 깨달았다. 그리고 이 믿을 수 없는
사실로 인하여 그는 도취 상태에 빠졌다. 다가가기조차
어려웠던 그녀가 그를 줄곧 사랑한 것이다. 하늘이 열리
고 빛으로 가득 차 그의 삶이 잠시 빛나는 정점에 선 것
같았다. 하지만 그와 동시에 그의 삶은 금방 산산이 부서
지려고 하고 있었다. 그도 그럴 것이 그가 사랑을 깨달은
그 순간, 이미 작별이 둘을 기다리고 있었기 때문이었다.

두 사람은 그가 멕시코로 출발하기 직전 열흘 동안 사랑에 흠뻑 취한 채 황홀한 시간을 보냈다. 그녀가 사랑을 고백한 이후 갑자기 분출된 감정의 폭발은 엄청난 위력을 발휘하며 두 사람을 가로막는 모든 저항과 장애, 윤리적 사고와 제한을 날려 버렸다. 어두운 복도나 문 뒤, 후미진 구석 어디서든 잠시 마주치기만 하면 서로가 짐승처럼 뜨겁고 탐욕스럽게 달려들었다. 손은 손을, 입술은 입술을, 들끓는 피는 그런 피를 갈구했다. 온몸이 온몸을 욕망하면서 열을 올렸다. 손발, 의복, 욕망하는 육체의 어떤 부분이든 서로를 느끼고자 온몸의 신경이 불타올랐다.

그러나 집 안에서는 당연히 자제해야만 했다. 그녀는 남편과 아들, 하인들 앞에서 안타깝게 타오르는 연정을 숨겨야 했고, 그 역시 자신이 맡은 자금 계산, 회의와 회계 업무에 바짝 긴장하지 않을 수 없었다. 이런 와중에도 두 사람은 단 몇 초, 반짝하고 지나가는 범죄처럼 위험한 그 몇 초를 자신들의 시간으로 만들려고 애썼다. 그들은 단지 손만으로, 입술과 눈빛만으로, 열정적인 키스만으로 금방 서로에게 다가갈 수가 있었다. 상대방의 숨막힐 정도로 자극적이고 아찔한 모습을 보는 것만으로도 둘은 정신을 못 차렸다. 그러나 이런 식으로는 욕망을 충분히 충족할 수 없어서 둘은 늘 참을 수 없는 갈증에 시달렸다.

그래서 두 남녀는 어린 학생처럼 열정적인 편지를 주고받았다. 그는 밤마다 잠 못 이루며 베개 아래서 바스락거리는 편지를 읽었고, 그녀는 그가 코드 주머니에 은밀히 넣어 둔 편지를 발견하곤 했다. 그는 편지에서 불운할 앞날에 대해 다음과 같이 절망스럽게 한탄하곤 했다. '이 년이라는 시간, 그 수없이 많은 날들 동안에 어떻게 피 끓는 두 개의 심장과 두 개의 눈빛이 바다와 세상을 사이에 둔 채 견뎌 낼 수 있을까요?'

두 사람은 다른 어떤 것도 생각하지 않았고, 다른 어떤 것도 꿈꾸지 않았다. 둘 중 어느 누구도 이와 같은 미래에 대해 답하지 못했다. 오직 그들의 손과 눈, 입술, 정념, 눈먼 그 노예들만이 내밀한 욕구를 채워 주기를 갈망했다. 문 사이에서 비밀스레 서로 격렬히 포옹하던 그들은 넘쳐흐르는 욕망과 함께 미칠 듯한 불안과 근심을 견디지 않을 수 없었다.

욕망에 사로잡혀 있던 그였지만, 육체를 무감각한 옷 속에 감춘 사랑하는 여인을 온전히 소유할 기회는 찾아오지 않았다. 언제나 사람들이 오가고 불이 환히 켜진 집에서 그러기란 쉽지 않았기 때문이었다. 다만 그가 멕시코로 떠나기 전날에는 상황이 다를 수밖에 없었다. 그녀는 짐 꾸리는 것을 도와준다는 핑계로 사실상 마지막 작별을 고하기 위하여 그를 찾아왔다. 이미 깨끗이 정리된 방으로 그녀가 방으로 들어오자, 그는 욕정에 사로잡힌 채 그녀에게 달려들어 우격다짐으로 그녀를 소파에 쓰러뜨렸다. 그는 벗겨진 옷 사이 불룩 솟은 가슴에 입술을 대고는, 하얀 피부를 따라 심장이 가쁘게 뛰는 깊숙한 곳까지 키스하기 시작했다. 하지만 그녀는 거의 체념하듯 몸을 허락하려던 결정적인 순간, 거의 무기력한 상태에서 더듬거리며 간절하게 외쳤다.

“지금은 안 돼요! 여기서는 하지 말아요, 제발 그만해요!”

피 끓는 그의 충동조차도 그토록 오랫동안 신성하게 여긴 여인에 대한 존경심 때문에 순종적으로 변할 수밖에 없었다. 그는 욕정을 억누르고 물러섰다. 그러자 휘청거리며 소파에서 일어난 그녀는 그를 앞에 두고 두 손으로 얼굴을 가렸다. 그는 제자리에서 몸을 떨며 감정을 억누르려고 애쓰다가, 실망감에 슬퍼하며 그녀에게서 돌아섰다. 이런 모습을 본 그녀는 그가 욕구를 채우지 못해 얼마나 고통스러워하는지를 절실히 느꼈다. 그녀는 이제 완전히 감정을 자제하며 그에게 다가가 나직한 목소리로 달래듯이 속삭였다.

“내가 여기서 이럴 수는 없잖아요. 이곳은 내 집이지만, 남편의 집이기도 하죠. 하지만 당신이 다시 돌아와서 그때도 나를 원한다면 언제든지 좋아요.”

*****

역내로 진입하는 기차가 덜커덩거리며 멈춰 서면서 제동장치가 부착된 바퀴에서 '쉬익' 하는 날카로운 소리가 들려왔다. 그는 채찍을 맞은 개처럼 오랜 꿈의 물결에서 퍼뜩 깨어나 정신을 차렸다. 그런데 오랫동안 헤어져 있던 연인이 조용히, 숨결마저 느낄 수 있을 만큼 가까이 앉아 있는 모습을 보고는 행복감으로 가득 찼다. 좌석에 기댄 그녀의 얼굴은 모자챙에 가려 그늘져 있었다. 그녀는 그가 자기 얼굴을 보고 싶어 하는 것을 마치 이심전심으로 알아채기라도 한 것 같았다. 그녀는 얼른 몸을 똑바로 세우며 그를 향해 온화한 미소를 흘려보냈다.

그녀는 창밖을 내다보며 "다름슈타트역인데, 한 정거장 더 가야 해요"라고 말했다.

그는 아무 말 없이 그 자리에서 그녀의 얼굴을 바라보았다. 그는 시간이 무기력하다고 생각했다. 시간이 한참 흘렀지만 두 사람의 감정은 변함이 없다고 되뇌었다. 헤어진 지 구 년이라는 세월이 흘렀건만, 그녀의 목소리는 전혀 변하지 않았다. 신경을 집중하고 들어도 그녀의 목소리는 다르게 들리지 않았다. 그 긴 세월 동안 잃어버린 것도, 사라진 것도 전혀 없었다. 그녀와 함께 있어서 예전처럼 달콤한 행복을 느낄 수 있었다.

그는 조용히 미소 짓는 그녀의 입술을 열정적으로

바라보았다. 오래전 자신이 그 입술에 키스했던 일을 잊을 수가 없었다. 그는 그녀가 가슴에 편안히 올려놓은 하얀 손을 바라보고는, 당장이라도 고개 숙여 그 손에 키스하고 싶었다. 단지 한순간만이라도 살짝 팔짱 낀 그녀의 손을 잡고 싶은 마음이 간절했다. 그러나 같은 객실 칸에 앉아 이야기를 나누던 남자들이 그를 호기심에 찬 시선으로 뜯어보기 시작했다. 그러자 그는 얼른 정색하고는 말없이 좌석에 몸을 기댔다. 그리고 두 남녀는 다시 아무 말 없이 마주 보며 눈빛으로 입 맞추었다.

이때 밖에서 날카로운 호각 소리가 울리고, 기차가 다시 움직이기 시작했다. 강철로 된 요람처럼 기차가 단조로운 소음에 맞춰 규칙적으로 흔들리자, 그는 다시 지나간 추억 속으로 빠져들었다. 아, 그녀와 작별하던 당시와 오늘 사이에 얼마나 어둡고 긴 시간이 놓여 있었던가! 대륙과 대륙, 마음과 마음을 사이에 두고 얼마나 거대한 회색빛 바다가 놓여 있었던가! 그런데 그때 어떤 상황이었던가?

그 시절 작별의 순간은 다시는 언급하거나 돌아보고 싶지 않은 기억이었다. 더욱이 그 순간은 그가 오늘 가슴을 두근거리며 그녀를 기다렸던 얼마 전 바로 그 플랫폼에서 돌아보았던 기억이기도 했다. 잊어버리자! 생각만 해도 끔찍한 시간이 아니었던가! 그의 회상은 이제 날개를 펄럭이며 저 멀리, 과거를 향해 날아가고 있었다.

마치 덜컹거리는 기차 바퀴에 끌려오기라도 하듯이 그의
뇌리에는 다른 풍경, 다른 시간이 꿈결처럼 펼쳐졌다.

당시에 그는 크게 상심한 채 멕시코로 떠났다. 이후
그녀로부터 소식이 올 때까지 그 끔찍한 몇 주와 몇 달
동안, 그는 머릿속을 숫자와 개발 계획으로 채우거나, 말
을 타고 온종일 산과 들을 달리거나, 야생의 자연을 탐험
하며 몸을 혹사하며 지냈다. 그는 끝없이 결실을 내야만
하는 여러 가지 교섭과 연구에 몰두했고, 그렇게 지내지
않고는 견딜 수가 없었다. 그는 새벽부터 밤늦도록 숫자
에 매달리면서 문서를 작성하고 토론했다. 그렇게 끝없
는 기계적 작업에 자기 자신을 가두었지만, 그의 귓전에
들려오는 것은 오직 내면의 목소리가 간절히 부르고 소
리치는 단 하나의 이름, 그녀의 이름뿐이었다.

그는 자신을 괴롭히는 강렬한 감정을 억누르려고
알코올이나 약물에 취하듯 오로지 일에만 몰두했다. 또
한 저녁이 되어 극도의 피로를 느끼면서 그날 자신이 행
한 모든 일을 빠짐없이 기록해 두었다. 그런 다음 시간이
날 때마다 미리 합의해 둔 수신인의 주소로 마음을 담은
한 다발의 기록을 그녀에게 보냈다. 몸은 멀리 떨어져 있
지만, 예전과 똑같이 그녀가 자신과 함께할 수 있도록 우
편을 주고받은 것이다. 그는 이렇게 함으로써 그녀의 부
드러운 눈길이 수천 마일이나 되는 바다와 언덕, 지평선

을 넘어 그의 하루에 머물러 있음을 느끼려 했다.

그녀의 답장에는 그의 노력에 감사하는 마음이 묻어 있었다. 그녀의 편지에 나타난 솔직하고 잔잔한 어투에는 그를 향한 열정이 담겨 있었지만, 언제나 거기에는 감정이 절제된 격식이 갖추어져 있었다. 두 사람은 하소연을 늘어놓기보다는 각자의 일상을 매번 진솔하게 전했다. 그는 자신을 향한 그녀의 마음이 진지하다고 느꼈고, 그 진지함의 무게를 덜어 주며 위로하는 듯한 그녀의 미소를 느끼지 못하는 것이 너무 아쉬웠다.

그녀에게서 온 편지는 외로운 그에게 소중한 양식이자 생명수와도 같았다. 그는 사막과 깊은 산을 다니면서도 늘 그녀의 편지를 지니고 다녔다. 심지어는 말안장 가까이에 가방을 매달아 두고는, 탐사하는 도중에 갑자기 폭우가 쏟아지거나 강을 건널지라도 편지가 물에 젖지 않도록 주의를 기울였다. 같은 편지를 얼마나 자주 읽었던지 접힌 자국이 선명했고, 편지의 모든 내용을 외울 정도였다. 어떤 단어들은 키스와 눈물 자국으로 지워지기까지 했다.

가끔 혼자 있을 때면, 그는 편지를 꺼내 그녀의 목소리를 떠올리며 한 마디씩 읽어 내려갔다. 어느 때는 멀리 있는 그녀를 마술로 불러내는 환상에 빠지기도 했다. 낱말 하나, 문장 하나, 맺음말 하나가 기억나지 않을 때면 한밤중에도 갑자기 벌떡 일어나 불을 켜고 그 부분을 찾아 읽었다. 나아가 그녀의 필적에서 그녀의 손 모양을 떠올리고는, 그 손에서부터 팔과 어깨, 머리로 올라가 바다와 대륙을 넘어서 다가오는 그녀의 온몸을 상상해 보기도 했다.

그는 원시림 속의 벌목꾼이나 곰처럼 앞을 가로막는 야생의 위협적인 시간을 힘차게 열심히 베어 내며 뚫고 나갔다. 그러면서 다가올 귀향의 시간, 수없이 환상 속에서 갈망한 포옹의 순간 등을 마음속으로 초조하게 그려 보았다. 그는 채굴 현장에 임시방편으로 납 지붕 오두막집을 짓고 살면서 그곳 나무 침대 위에 달력을 걸어 놓고 매일 밤 날짜를 지웠다. 어느 때는 밤까지 참지 못하고 정오에 벌써 날짜를 지운 적도 있었다.

이런 식으로 그는 점점 더 짧아지는 귀환까지의 남은 날짜를 세어 보곤 했다. 420일, 419일, 418일… 남은 날짜가 400일, 350일, 300일처럼 0으로 끝나는 날이 되거나 그녀의 생일, 그녀를 처음 만난 날, 그녀가 처음 감정을 드러낸 날처럼 비밀스러운 기념일이 다가오면, 그는 언제나 주변 사람들을 초대하여 파티를 열었다. 그러면 사람들은 어리둥절해하며 대체 무슨 일인지 묻곤 했다. 그러면 그는 아무 말도 하지 않고 궁핍한 원주민 아이들에게 돈을 나누어 주었고, 노동자들에게는 브랜디를 선사했다. 그러면 그들은 환성을 지르고, 갈색 야생마처럼 껑충껑충 뛰며 즐거워했다. 이런 날들이면 그는 정장을 차려입었고, 포도주를 가져오게 시키거나 최고의 음식으로 그날을 기념했다. 특별히 집 밖의 장대에 걸어 놓은 깃발에서는 기념하는 불꽃이 타올랐다. 이웃 사람들과 직원들이 신기해하며 다가와 그가 어떤 성인을 기념하는 것인지 또는 무슨 특별한 이유가 있는 것인지를 묻곤 했는데, 그럴 때면 그는 미소를 지으며 "아무려면 어때? 우리 모두 즐기기나 하세"라고 아리송한 대답만 들려줄 뿐이었다.

어느새 한 주가 지나고 또 한 달이 지났으며, 죽을 정도로 힘들었던 한 해가 지나고 또 반년이 흘렀다. 어느덧 예정된 귀환 날짜까지는 겨우 7주 정도만을 남겨 두었다. 조바심이 난 그는 벌써 유럽으로 떠날 궁리를 했다. 귀환 100일 전에 이미 그는 '알칸사스'호 배편을 예약하고 대금까지 치러서 선박회사의 담당자를 깜짝 놀라게 하기도 했다.

그런데 바로 이때 그 재앙의 날이 오고야 말았다! 그의 달력뿐만 아니라 수백만 인류의 운명과 미래를 무참히 찢어 버린 참담한 재앙의 날이 찾아온 것이다. 측량기사이기도 한 그는 이른 아침부터 두 명의 조수와 함께 말을 끄는 원주민들을 데리고 유황이 섞인 누런 평지에서 산악지대로 올라갔다. 마그네사이트가 매장된 것으로 추측되는 새로운 굴착 지점을 조사하기 위해서였다. 암석에 반사된 직사광선이 뜨겁게 내리쬐는 그곳에서 메스티소 노동자들은 이틀 동안 해머로 바위를 부수고 땅을 파 헤치며 힘들게 내부를 탐사했다. 그런데도 그는 마치 무엇에 홀린 사람처럼 노동자들을 몰아붙였다. 임시로 파 놓은 우물까지 백 보도 안 되는 거리였지만, 그는 그들이 갈증을 달래러 우물에 가는 것조차 허락하지 않았다.

실상 그는 얼른 우체국으로 달려가 그녀의 편지를 찾아오고 싶었다. 그러나 사흘이 지나도 광구를 원하는 깊이까지는 파지 못했고, 광물 테스트도 여전히 실행되지 못한 상태였다. 그녀의 소식을 듣고 싶어 애가 타던 그는 혼자라도 말을 타고 어제 도착한 편지를 찾으러 우체국으로 가려고 했다. 그는 다른 사람들을 모두 막사에 남겨 두고, 단 한 사람의 일꾼만 데리고 위험하기 짝이 없는 좁은 산길을 밤새도록 말을 달려 철도역까지 도달했다. 그러나 바위산이 내뿜는 냉기에 온몸이 얼어붙은 두 사람이 다음 날 헐떡거리는 말을 타고 마침내 그 작은 마을에 들어섰을 때, 그들은 평소와는 다른 이상한 광경을 목격했다. 여러 쌍의 백인 이주민들이 하던 일을 모두 제쳐 놓고 기차역에 모여 있었고, 그 주변에는 소리를 지르며 뭔가를 묻거나 놀란 눈으로 그들을 바라보는 메스티소와 원주민들이 보였다.

흥분한 사람들 틈새를 간신히 뚫고 들어간 두 사람은 지역 관공서에서 뜻밖의 소식을 들었다. 연안 지역에서 전보가 왔는데, 유럽에서 전쟁이 일어나 독일과 프랑스가 맞붙어 싸우고, 오스트리아가 러시아와 교전을 벌이는 중이라고 했다. 그는 이 믿을 수 없는 소식에 너무 격분한 나머지 얼떨결에 말의 허리에 박차를 가했다. 이에 놀라 기겁한 말은 히힝 소리를 지르며 뒷발로 일어서고는 쏜살같이 정부 청사로 달려갔다. 거기서 들은 소식은 더 충격적이었다. 전쟁이 발발한 것은 틀림없는 사실이며, 영국도 독일에 전쟁을 선포하고는 독일의 해안을 봉쇄했다는 것이다. 대륙과 대륙 사이에 철의 장막이 드리워졌고, 언제 다시 항로가 재개될지는 아무도 예측할 수 없었다.

그는 분노를 참지 못해 불끈 쥔 주먹으로 탁자를 내리치기도 했지만 소용없는 짓이었다. 아마 이 순간에도 수백만의 무기력한 사람들 역시 운명의 가혹한 벽을 향해 그처럼 분노를 터뜨렸을 것이다. 그는 즉시 편법을 써서 밀항이라도 해야겠다고 생각했으며, 이 가혹한 운명에 도전할 다른 수단이 있을지도 고민했다. 하지만 이때 우연히 그 자리에 있던 영국 영사가 이제까지는 친하게 지냈으나 앞으로는 그의 일거수일투족을 감시할 수밖에 없다고 조심스럽게 경고하고 나섰다. 그를 유일하게 위로한 것은 이런 미친 짓거리가 오래가지는 않으리라고 믿는 다른 많은 사람의 희망 섞인 말뿐이었다. 그들은 정신 나간 외교관들과 장군들이 벌이는 이 어리석은 짓거리가 몇 주나 몇 달 내에는 끝날 것이라고 여겼다.

그러나 이 실낱같은 희망도 깨어지고야 말았다. 여기에는 다른 요소가 끼어들었는데, 그것은 아직도 더 번창해야 하고 더 강력하게 추진되어야 하는, 일이라는 요소였다. 그는 스웨덴에서부터 이어진 해저 전신을 통하여 회사로부터 긴급 명령을 받았다. 이에 따르면 현지에서의 재산 압류를 막기 위해 사업을 독립적으로 실행하고 멕시코 현지인을 회사 대표로 내세워 경영하라는 것이었다. 이를 위해서는 '극복'이라는 에너지가 필요했다. 게다가 '전쟁'이라는 포악한 사업가 역시 광산에서 나오는 금속을 요구했기에 신속히 채굴 작업을 진행하고 영업도 강화해야만 했다. 그래서 그는 사업에 전력을 기울여야 했고, 다른 어떤 생각도 할 수가 없었다. 그는 하루에 열두 시간, 때로는 열네 시간 동안 일에만 매달렸다. 일과가 끝나 저녁이 되면, 숫자라는 폭탄에 두들겨 맞아 꿈조차 꿀 수 없을 만큼 기진맥진하여 죽은 듯이 침대에 나자빠졌다.

그는 자신이 변하지 않았다고 믿고 있었으나, 이렇게 지내다 보니 마음속에 있는 치밀한 열정의 그물이 서서히 풀어지기 시작했다. 인간은 추억만으로 살아갈 수는 없으며, 그것이 인간의 본질이다. 색이 바래지 않고 꽃이 시들지 않으려면 땅속의 자양분뿐 아니라, 하늘의 새로운 빛이 늘 필요하다. 식물이나 모든 구성물이 그렇듯, 우리가 꾸는 꿈도 마찬가지이다. 얼핏 비현실적으로 보이는 꿈조차도 뭔가 감각적 양분이 필요하다. 섬세하고 구체적인 감각의 도움이 필요한 것으로, 그렇지 않으면 본래의 특징과 광채도 흐릿해지기 마련이다.

그의 열정에도 이런 현상이 일어났다. 몇 주, 몇 달이 흐르고 또 일 년이 지났지만, 그는 그녀에게서 아무 소식도 들을 수 없었다. 그녀가 편지에 기록한 내용이나 그녀에 대한 특징도 더는 뚜렷하게 떠오르지 않았다. 나아가 그녀의 모습도 갈수록 희미해지기 시작했다. 과도한 업무로 불타 버린 하루하루가 지나간 추억 위에 수북이 재를 뿌려 놓았다. 녹슨 시간 밑으로 추억이 여전히 붉게 타올랐지만, 결국 그 위로 타다가 쌓인 재만 점점 더 두터워질 뿐이었다.

그는 가끔 그녀가 보낸 편지를 꺼내 읽었다. 하지만 벌써 종이 위의 잉크는 바랬고, 편지지 위에 쓰인 글자들은 마음속에 새겨지지 않았다. 언젠가 그는 사진을 보며 깜짝 놀랐다. 흑백사진 속 그녀의 눈동자 색깔을 기억해 낼 수 없었기 때문이었다. 그녀의 영원한 침묵, 대답 없는 그림자와의 무의미한 대화에 자신이 이미 지쳤다는 사실조차 깨닫지 못한 채, 그는 한때 마법처럼 활기를 불어넣었던 그 소중한 편지에서 갈수록 멀어져 갔다.

그의 사업은 급성장하면서 큰 성공을 거두었고, 그로 인해 주변에 사업상 파트너도 늘어났다. 사교를 활발하게 하면서 친구와 여자도 많이 사귀게 되었다. 전쟁이 발발하고 삼 년째 되던 해, 그는 사업차 베라크루스로 여행을 떠났다. 그곳에서 어느 독일인 사업가의 집에 머물게 되면서 사업가의 딸을 만나게 되었다. 그녀는 참하고 가정적인 성품이었으며, 아름다운 금발이 돋보이는 여자였다. 그날 그는 증오와 전쟁, 광기로 침몰하는 이 세상에서 그야말로 자신은 외로운 존재에 불과하다고 생각했다. 그러자 갑자기 불안감이 엄습함을 느꼈다. 그는 곧바로 결정을 내리고, 그녀와 결혼했다. 첫아이에 이어 곧 둘째 아이가 태어났다. 이 아이들은 그가 잊어버린 사랑의 무덤 위에 피어난 살아 있는 꽃과도 같았다. 삶은 점차 안정되었다. 밖으로 사업은 승승장구했으며, 집안은 평화로웠다. 이렇게 4-5년이 지나자, 그는 자신이 과거에 어떤 사람이었는지조차 잊고 말았다.

* * * * *

그러던 어느 날 전신 케이블이 요동치면서 사방에서 종소리가 크게 울려 퍼졌다. 세상이 들끓고 종전 소식을 크게 실은 호외가 거리에 나돌았다. 어느 곳에서든 사람들이 쏟아져 나와 큰 소리로 외치며 환호했다. 무엇보다 영국인들과 미국인들은 창가에 나와 마음껏 승리의 환호성을 지르며 독일의 패배를 큰 소리로 외쳤다.

　반면에 그는 불행 속에서 조국을 생각하며 상심에 사로잡혀 있었다. 이와 동시에 그는 옛 여인의 모습을 떠올렸다. 불현듯 그녀의 형상이 걷잡을 수 없을 만큼 강렬하게 그의 마음속을 헤집고 들어왔다. 이곳 신문들이 유쾌한 어조로 대서특필하여 장황하게 보도한 그 비참하고 궁핍했던 몇 년 동안 그녀는 독일에서 어떻게 지냈을까? 그녀의 집은 폭동과 약탈을 피해 무사히 남아 있을까? 그녀의 남편과 아들은 살아 있을까?

　그는 한밤중에 쌔근거리며 잠자는 아내 곁에서 살며시 일어나 불을 켰다. 아침 동녘이 어슴푸레 밝아 올 때까지 무려 다섯 시간에 걸쳐 장문의 편지를 썼다. 그는 이 편지에서 독백이라도 하듯이 지난 오 년간의 삶을 그녀에게 모두 이야기했다. 두 달이 지나고 자신이 쓴 편지를 까맣게 잊었을 때쯤 답장이 도착했다. 그는 두툼한 편지 봉투를 손에 들었으나, 한동안 망설이며 차마 편지를 열어 보지 못하고 있었다. 익숙한 글씨체에 울컥하여 망설였다. 마치 금지된 판도라의 상자를 손에 든 것처럼 그녀의 편지를 손에 쥐고 있었다. 이틀 동안이나 그는 편지를 개봉하지 못하고 양복 안주머니에 넣고 다녔다. 그러면서 가끔은 마치 심장이 거부 반응을 보이듯 박동하는 것을 느꼈다.

　그러나 마침내 편지를 개봉했을 때, 거기서 느낀 감

정은 부담스러운 친근함이나 형식적 차가움도 아니었다. 그는 차분한 필체에서 과거 자신을 그토록 행복하게 해 주었던 그녀의 세심한 감정을 꾸밈없이 받아들일 수 있었다. 편지에서 그녀는 남편이 전쟁 초에 세상을 떠났지만, 서글퍼할 일만도 아니라고 했다. 위기에 처한 회사, 점령당한 도시, 섣불리 승리에 도취한 민족이 그 후에 겪어야만 했던 비극 등을 남편이 보지 않을 수 있어서 그나마 다행이라고 했다. 이어서 그녀 자신과 아들은 건강하며, 자신이 들려줄 수 있는 이야기보다 훨씬 더 좋은 소식을 그에게서 들을 수 있어서 무척 기뻐했다. 나아가 그의 결혼에 대해 진심으로 축하해 주었다.

그는 미심쩍은 마음으로 그녀의 편지를 조목조목 상세히 읽어 보았다. 하지만 거기에 어떤 다른 의도가 숨겨 있지는 않았다. 편지에는 그녀의 본심이 잘 드러나 있었다. 모든 말이 순수했으며, 과도한 표현이나 감상적인 태도도 보이지 않았다. 과거의 열정은 수정처럼 해맑은 우정으로 변해 있었다. 그녀의 고귀한 심성 외에 다른 어떤 것도 그는 기대하지 않았다. 하지만 다시 그녀의 명료하고 확실한 태도를 확인하자, 불현듯 그녀의 진지하고 선의에 찬 미소와 그녀의 빛나는 눈동자가 눈앞에 보이는 듯했다.

이 순간 고마운 마음과 동시에 깊은 감동이 그에게 밀려왔다. 그래서 곧바로 책상에 앉아서 그녀에게 길고 상세한 편지를 써 내려갔다. 이렇게 해서 오랫동안 중단되었던 습관, 편지로 일상사를 주고받던 습관이 되살아나게 되었다. 전 세계를 뒤흔든 돌발적인 사건마저도 그들 사이의 교류를 완전히 끊을 수는 없었다. 그는 이제 자신이 누리는 삶의 형태를 명확히 의식하고 마음속 깊이 감사함을 느꼈다. 그의 삶은 성공적이었고, 사업은 날로 번창했다. 가녀린 꽃송이 같던 아이들은 어느새 재잘거리며 정다운 눈빛으로 인사할 줄 알게 되었다. 회사에서 퇴근하면 저녁 시간은 즐거움이 가득했다. 예전에 그를 밤낮으로 괴롭히던 젊은 시절의 아픈 상처는 이제 밝은 빛, 결핍이나 위험이라곤 없는 잔잔하고 평온한 빛으로 변해 있었다.

이 년 후 그는 미국의 한 회사와 화학 특허권 사용 문제를 협상하게 되었다. 그 회사가 베를린에서 만남을 요청했을 때, 그는 지금은 친구가 된 옛 연인과 독일에서 만나는 것을 당연하게 받아들였다. 베를린에 도착하자마자, 그는 호텔에서 제일 먼저 프랑크푸르트로 전화를 걸었다. 구 년이 흘렀으나 전화번호가 바뀌지 않았다는 게 그에게는 어떤 특별한 의미처럼 여겨졌다. 아무것도 변한 것이 없으니 좋은 징조라고 생각했다. 탁자 위의 전화기에서 신호음이 요란하게 울리자, 그는 구 년 만에 그녀의 목소리를 다시 듣게 되리란 사실에 자신도 모르게 몸을 떨었다. 그 오랜 세월, 바다와 대지를 뛰어넘어 그녀의 목소리가 들판과 밭고랑, 집과 굴뚝을 넘어 그에게 들려오려는 참이었다.

전화에서 그가 자신의 이름을 대자마자 그녀는 깜짝 놀라 외쳤다.

"루트비히 당신인가요?"

귓전으로 들려오는 그녀의 목소리는 피가 멈춰 버린 듯한 그의 심장 속으로 날카롭게 파고들었다. 대화를 계속하기가 힘들었고, 무겁지도 않은 수화기가 손에서 크게 흔들렸다. 놀란 그녀가 가볍게 외치는 맑은 음색, 기뻐서 터져 나온 그녀의 목소리가 그의 삶에 숨겨진 어떤 민감한 영역을 건드린 것이 분명했다. 그는 관자놀이 근처에 피가 몰려 윙윙거리는 것을 느꼈고, 이 때문에 그녀의 말을 제대로 알아듣기 어려웠다. 그는 무슨 소리인지 알아듣거나 들으려고도 하지 않았다. 하지만 누군가에게서 원치 않는 말을 귓속말로 지시라도 받은 것처럼, 이틀 후에 프랑크푸르트로 가겠다고 말해 버렸다. 이것으로 그의 평온한 상태는 무너져 버렸다.

그는 협상을 아주 빨리 매듭짓기 위해 자동차로 이곳저곳을 돌아다녔고, 마침내 모든 일을 빠르게 매듭지었다. 다음 날 아침 잠에서 깨어난 그는 아주 오랜만에, 그러니까 사 년 만에 처음으로 그녀에 관한 꿈을 꾸었음을 알았다.

이틀 후 세상이 꽁꽁 얼어붙을 만큼 추운 밤이 지나

고 아침이 찾아왔다. 그는 곧 프랑크푸르트로 가겠다는 전보와 함께 그녀의 집으로 향했다. 그곳으로 향하던 그는 문득 자신의 걸음걸이가 이상하다고 느꼈다. 자신의 지금 걸음걸이는 저 먼 대륙에 있었을 때의 걸음걸이, 당당하고 확신에 차 걸어가던 그런 걸음걸이가 아니었다. 그는 자신에게 물어보았다. 나는 왜 다시 예전의 그 수줍고 불안한 스물셋 청년처럼 걷는단 말인가? 어째서 부끄러워하며 떨리는 손으로 해진 재킷의 먼지를 털어 내고, 새로 산 장갑을 끼고 나서야 초인종을 누르던 그 시절로 돌아가고 있는 것인가? 왜 갑자기 가슴이 이렇게 뛰고, 당황하여 어쩔 줄 모르는 것일까? 그 당시에 나는 이 대문 뒤에서 다정하게, 혹은 사납게 나를 붙잡을 운명이 도사리고 있음을 예감했었지. 하지만 오늘은 무엇 때문에 이토록 움츠러들고, 마음속 확신과 안정감이 사라지려는 것일까?

그는 정신을 가다듬으려고 애썼다. 그의 부인과 아이들, 집과 회사와 먼 이국땅을 떠올려 보았으나 아무 소용이 없었다. 모든 게 마치 유령처럼 떠도는 안개에 휩쓸려 나가기라도 한 것처럼 어둑어둑해지며 사라졌다. 그는 갑자기 외로워졌다. 그녀가 가까이 있는 지금, 그는 아직도 무엇인가 청하는 서툰 소년과 같았다. 그는 떨리는 손으로 그녀의 집 대문 금속 손잡이를 붙잡았다.

그러나 안으로 들어서자마자 어색한 기분은 곧 사라져 버렸다. 예전보다 더 야위고 얼굴도 늙어 버린 하인이 눈물을 글썽이며 그를 따뜻하게 맞아 주었기 때문이었다. "박사님!" 하고 부르는 하인은 거의 흐느끼며 말을 더듬었다. 고향에 돌아온 오디세우스처럼 그는 하인과 악수하면서 속으로 생각했다. '집 안의 개들은 너를 기억할 것인가, 여주인은 너를 알아볼 것인가?'

이때 응접실 입구를 가린 커튼이 열렸다. 그곳에서 그녀가 두 팔을 벌리며 그에게 다가왔다. 한동안 둘은 손을 마주 잡은 채 서로를 바라보았다. 이 순간은 짧았지만, 마법처럼 충만했다. 두 사람은 멈춰 선 채 비교하고, 관찰하고, 탐지하고 곰곰이 생각했다. 수줍어하면서도 즐거워서 어쩔 줄 모르고, 다시 무엇인지 숨기려는 눈빛을 하면서도 행복감에 젖어 있었다. 이런 순간이 지나고 나서야 물음이 미소로 바뀌었고, 서로를 바라보던 눈빛도 친밀한 인사로 바뀌었다.

바로 그녀였다! 물론 약간 나이가 더 들었고, 여전히 가르마를 탄 왼쪽 머리에 은빛 머리칼이 실타래처럼 갈라져 휘날리고 있었다. 그러나 은은한 빛이 감도는 그녀의 부드럽고 정다운 얼굴은 한층 더 잔잔하면서도 진지해 보였다. 그는 끝없이 길었던 지난 세월의 갈증을 느꼈다. 그러면서 가벼운 사투리가 섞인 억양으로 인사하는 그녀의 다정한 목소리를 마음껏 음미했다.

"이렇게 찾아와 줘서 정말 고마워요."

그녀의 목소리는 마치 소리굽쇠의 공명처럼 맑은 음향으로 잔잔하게 들려왔다. 두 사람의 대화는 건반에 놓인 양손이 교차하며 명쾌한 음향을 내듯이 소리를 높였다가 멈추며 질문과 대답을 이어 나갔다. 그가 처음에 느끼던 난처하고 답답한 마음은 그녀와의 대화 한마디로 사라져 버렸다. 그녀가 이야기할 때면 그의 모든 생각은 그녀를 향했다. 그러나 이야기하던 그녀가 생각에 잠긴 채 침묵하며 눈을 내리깔자, 갑자기 그의 뇌리에 '저 입술이 내가 키스한 입술이었나?' 하는 생각이 그림자처럼 스쳐 지나갔다.

그녀가 잠시 전화를 받으러 나가서 그는 혼자 방에 남게 되었다. 그러자 사방에서 과거의 추억이 억제할 수 없을 만큼 거세게 밀려왔다. 그녀가 있었던 조금 전만 해도 목소리를 죽였던 안락의자와 그림이 나직이 입을 벌리며 말을 걸어오는 듯했다. 들리지 않는 속삭임이었지만, 그만은 분명히 알아들을 수 있는 속삭임이었다. 그는 중얼거렸다. '맞아! 나는 이 집에서 살았고, 나의 일부는 여기 그대로 남아 있지. 그 시절에 있었던 뭔가가 여기 어딘가에 있는 거야. 나는 아직도 저쪽 세상으로 넘어간 게 아니야. 나는 완전히 저편에 있는 내 세계에 있는 게 아니야…' 이때 그녀가 다시 명랑한 모습으로 방으로 들어왔고, 그러자 주변 사물들도 다시 조용해졌다.

“루트비히, 점심때 함께 식사할 거죠?” 그녀는 당연하다는 듯 쾌활하게 물었다. 그는 종일 그녀 곁에 머물렀다. 두 사람은 대화를 나누며 지나간 세월을 함께 돌아보았다. 그는 지나간 세월을 이야기하면서 비로소 그 모든 일이 사실임을 실감했다. 마침내 어머니처럼 부드러운 그녀의 손에 입 맞추며 작별을 고하고 문밖으로 나왔을 때, 그는 자신이 단 한 번도 이 집을 떠난 적이 없는 것 같은 기분이었다.

그러나 그날 밤, 낯선 호텔 방에 홀로 남게 된 그는 심장이 옆에서 째깍거리는 시계 소리보다 더 격렬하게 박동하여 도무지 안정을 찾을 수 없었다. 잠도 오지 않아서, 그는 결국 침대에서 일어나 불을 켰다. 그러다가 다시 불을 끄고 자리에 누웠지만, 여전히 잠이 오지 않았다. 그녀의 입술이 계속 떠올랐다. 그 입술은 다정하게 이야기하는 친밀함과는 다르다는 것을 그는 알고 있었다. 그러자 불현듯 깨달음이 찾아왔다. 둘 사이에 이렇게 여유롭게 담소만 나누는 것은 거짓이라는 걸. 그들 사이에는 아직도 해결되지 않은 무엇이 남아 있었다. 마침내 그는 우정이라는 가면이 예민함과 산만함, 불안과 열정으로 혼란스러운 얼굴 위에 가식적으로 쓰여 있었음을 깨달았다.

사실 그는 너무 길고 많은 밤, 수많은 세월과 나날을 저 너머 오두막집과 황량한 작업장에서 보냈었다. 그곳

에서 그는 서로 가슴으로 달려들어 뜨겁게 포옹하고, 온
몸을 다 바쳐 사랑하며 옷을 벗어 던지는 재회의 순간을
상상했다. 지금처럼 공손한 태도로 담소하고 서로 안부
를 묻는 식의 우정은 조금도 진실한 것이 아니었다. 그는
중얼거렸다. '나는 배우였고, 그녀도 배우였어'라고 그는
중얼거렸다. '하지만 속마음을 감출 수는 없지. 분명히
그녀도 오늘 밤 나처럼 잠을 이루지 못할 거야.'

다음 날 아침 그 집에 다시 갔을 때, 그녀는 심란한
태도로 허둥대며 마주칠 때마다 계속 그의 눈을 피했다.
첫마디부터 그녀의 말은 뒤엉켰고, 그 후로도 자연스럽게
대화의 흐름을 이어 가지 못했다. 그녀의 말투는 급격히
고조되다가 바닥을 쳤고, 이야기하는 중에도 자주 침묵
했다. 어느 순간에는 해소하기 힘들 만큼 날카로운 긴장
이 조성됐다. 박쥐가 동굴 벽에 부딪히듯이, 질문과 대답
이 충돌하게끔 하는 그 무엇이 둘 사이에 가로놓여 있었
다. 그들은 대화를 나누며 어떤 것은 흘려듣거나 이따금
건너뛰기도 한다는 사실을 알아차렸다. 그들의 대화는
조심스레 우회하며 겉돌았고, 몹시 혼란스러워지다가 결
국 활기를 잃고 말았다. 상황을 직시한 그는 시내에서 급
히 업무상 만남이 있다며 그녀의 점심 초대를 사양했다.
그녀는 그가 떠나는 것을 무척 아쉬워했다. 그 순간
그녀의 목소리는 다시 조금은 수줍으면서도 진심으로 따

뜻한 마음을 드러내고 있었다. 하지만 그를 붙잡을 만큼
의 용기는 없었으며, 그를 배웅할 때는 예민한 기색으로
시선을 피했다. 그 무엇인가가 신경을 건드리는 것 같았
다. 대화는 계속 보이지 않는 어떤 것에 부딪히며 중단되
곤 했다. 그 어떤 것이 방에서 방으로, 말에서 말로 따라
다니다가, 급기야는 엄청나게 커져서 두 사람의 호흡마
저 억누르고 있었다. 얼른 외투를 걸치고 문으로 향하면
서야 그는 마음이 가벼워지는 걸 느꼈다. 그러나 갑자기
그는 단호한 태도로 돌아서며 그녀에게 말했다.

“떠나기 전에 부탁이 있습니다.”

그러자 부인은 미소를 지으며 말했다.

“부탁하신다니, 무엇이든 말씀하세요.”

그가 원하는 것을 들어줄 수 있어서 기쁘다는 듯이
그녀의 얼굴이 다시 밝아졌다.

그는 머뭇거리는 눈빛으로 말했다.

“어쩌면 어리석은 짓인지도 모르겠습니다만, 부인
은 분명히 저의 이런 마음을 이해하실 겁니다. 전에 이
년 동안 제가 살았던 방을 한번 보고 싶습니다. 저는 계
속 저 아래 응접실에 있었지요. 그런데 보시다시피 제가
지금 이대로 돌아간다면, 이 집에 왔었다는 느낌을 전혀
갖지 못할 것 같군요. 이렇게 나이가 들고 보니 젊은 시
절을 찾고 싶고, 자잘한 추억에도 어리석지만 기쁨을 느
끼게 됩니다.”

"당신이 늙었다니요, 루트비히!"

그녀가 기막히다는 듯 반박했다.

"너무 지나친 말씀이세요! 나를 봐요, 머리가 하얗게 셌잖아요. 나하고 비교하면 당신은 청년 같은데, 벌써 나이가 들었다니요. 그렇게 말할 권리는 나 같은 사람한테나 주세요! 이런, 당신이 지내던 방으로 가야 하는 걸 깜빡했네요. 당신 방은 여전히 그대로예요. 조금도 변하지 않은 걸 곧 알게 될 거예요. 이 집에서 변한 것은 아무것도 없어요."

"부인도 변한 것이 없기를 바랍니다."

그는 농담으로 말하려고 했다. 하지만 그녀와 시선이 마주치자 자신도 모르게 그의 눈빛도 다정하고 따뜻하게 변했다. 그녀는 가볍게 얼굴을 붉히며 말했다.

"나이는 들어도 마음은 똑같답니다."

둘은 예전에 그가 지내던 방으로 올라갔다. 그런데 방으로 들어가면서 조금 곤혹스러운 일이 벌어졌다. 그녀가 방문을 열면서 그가 들어가도록 비켜섰는데, 두 사람 모두 예의를 갖추려다가 문틀 근처에서 서로 살짝 어깨를 부딪혔다. 두 사람은 깜짝 놀라 얼른 뒤로 물러섰다. 그러나 이 순간적인 몸과 몸의 스침만으로도 둘은 당황해서 어쩔 줄 몰라 했다. 온몸을 마비시킬 것 같은 당혹감이 은연중에 그들을 휘감았다. 아무도 없는 텅 빈 방에서 일어난 일이어서 그 느낌은 몇 배나 더 강했다.

그녀는 커튼을 올리려고 급히 창가로 다가갔다. 그러자 많은 빛이 들어와 마치 움츠리고 있는 것 같던 어두운 사물들을 비췄다. 갑자기 쏟아져 들어온 환한 빛에 노출되며 사물들이 화들짝 놀라 살아 움직이는 것만 같았다. 눈앞의 모든 것이 의미심장하게 지난 추억을 이야기하기 시작했다. 그녀의 손길로 언제나 은밀하게 정돈됐던 옷장, 까다로운 그의 독서 취향에 맞추어 의미 있게 채워졌던 책장이 그의 앞에 보였다. 수없이 꾸었던 그녀 꿈을 널찍한 이불 속에 감춰 주었던 침대는 더 선정적으로 과거를 이야기하고 있었다. 바로 저편 구석엔, 생각만 해도 얼굴이 화끈거리지만, 그녀가 몸을 뿌리치며 피했던 소파도 그대로 놓여 있었다.

갑자기 타오르는 열정에 사로잡힌 그는 자신의 방 여기저기서 그녀의 흔적과 메시지를 감지했다. 하지만 지금 그의 옆에 선 그녀는 조용히 숨 쉬며 무심하고 이해할 수 없는 눈빛으로 다른 쪽을 보고 있었다. 몇 년 동안이나 방 안에 가라앉은 채 무겁게 고여 있던 침묵은 사람들이 나타나자 깜짝 놀란 듯 거세게 부풀어 올랐다. 이런 침묵은 강한 압력으로 그의 폐와 심장을 짓눌렀으며, 무슨 말이든 꺼내서 이 침묵을 깨뜨려야만 질식하지 않을 것 같았다. 두 사람 모두 그것을 느꼈다. 그녀가 갑자기 몸을 돌리며 침묵을 깨뜨렸다.

"모든 것이 옛 모습과 똑같죠, 안 그래요?"

그녀는 무거운 분위기를 벗어나려고 아무 말이나 꺼내기 시작했다. 그러나 음성은 잠겨서 떨고 있었다. 이때 그는 정중하고 상투적인 대화를 더는 받아들이지 않겠다고 입술을 깨물었다.

"그래요, 모든 것이 똑같아요."

갑자기 분노가 치밀어 오른 그는 이렇게 퉁명스럽게 대꾸했다.

"모든 것이 예전 그대로죠. 우리만 아니고, 우리만 아니고요!"

날카로운 말이 그녀를 향해 비수처럼 날아갔다. 그녀는 깜짝 놀라 몸을 돌렸다.

"무슨 말이죠, 루트비히?"

그러나 그녀는 그의 눈빛을 마주할 수 없었다. 몽롱한 동시에 이글거리는 그의 두 눈은 그녀의 시선을 피해 그녀의 입술을 노려보고 있었다. 그 입술은 그가 수년 동안이나 닿지 못했지만, 한때는 살과 살로 맞닿아 뜨겁게 타오르던 입술, 과실처럼 촉촉하고 감미롭게 느꼈던 입술이었다. 그녀는 멈칫거리면서도 이렇게 바라보는 그의 열정 어린 눈빛을 이해했다. 순간적으로 그녀의 얼굴이 붉게 달아올랐다. 그러자 그는 이 방에서 작별하던 그때의 젊은 그녀가 다시 돌아온 것 같았다. 또 한 번 그녀는 자신을 빨아들일 것 같은 그의 위험한 눈빛을 뿌리치려고 애썼다. 그녀는 그의 명백한 의도를 일부러 모르는 체했다.

"그게 무슨 말이죠, 루트비히?"

그녀는 또 한 번 같은 질문을 반복했지만, 그것은 대답을 바라는 질문이라기보다는 설명 같은 것은 하지 말아 달라는 부탁에 가까웠다. 그러자 그는 더 확고하고 결연한 자세로 그녀를 바라보았다. 이제 그의 눈빛은 남성적으로 강하게 그녀의 눈빛을 휘감아 버렸다.

"부인은 저를 이해하려고 하지 않네요. 그러나 당신이 제 말을 이해한다는 것을 저는 알고 있습니다. 당신은 이 방을 기억하고 있어요. 이 방에서 저에게 맹세했으니 말입니다. 제가 멕시코에서 돌아오면, 들어주겠다던 그 맹세를."

그녀는 어깨를 움찔하며 그의 주장을 부인하려고 했다.

"그만해요, 루트비히! 이미 지나간 일이니까 그 일은 그만 이야기하기로 해요. 그 시간이 지금 어디 있나요?"

"시간은 사라지지 않았어요"라고 그는 대답했다. "시간은 우리의 의지 속에 있는 겁니다. 저는 입술을 깨물며 구 년을 기다렸어요. 하나도 잊은 것이 없습니다. 당신께 묻겠습니다. 그 맹세를 기억하시죠?"

"그래요, 나 역시 아무것도 잊지 않았어요."

그녀는 조용히 그를 응시했다.

"그러면 그 맹세를…"

그는 자기 말을 강조하기 위해 잠시 호흡을 가다듬은 후 말을 이었다.

"그때의 맹세를 지키겠습니까?"

다시 그녀의 얼굴에 홍조가 번졌고, 이번에는 얼굴 전체가 붉어졌다. 그녀는 그를 달래 주려는 듯 가까이 다가왔다.

"루트비히, 잘 생각해 봐요! 당신은 아무것도 잊은 것이 없다고 말했죠. 하지만 나는 이제 거의 늙은 여자라는 것도 잊지 마세요. 머리가 하얗게 센 여자는 더 바랄 것이 없어요, 더는 줄 것도 없고요. 부탁해요. 우리 과거는 덮어 두기로 해요."

그러나 그는 고집스럽고 단호하게 그녀를 몰아붙이는 것이 즐겁기라도 한 것 같았다.

"저를 피하는군요. 그러나 저는 너무 오래 기다렸어요. 저는 지금 부인이 약속한 것을 기억하고 있는지 묻는 겁니다."

이렇게 다그치자 그녀의 말 한마디, 한마디가 떨리고 있었다.

"왜 내게 묻는 거죠? 모든 일이 늦어버린 지금, 내가 당신에게 말하는 것은 아무 의미도 없어요. 하지만 그렇게 하길 원한다면 대답하겠어요. 나는 당신에게 어떤 것도 결코 거부할 수 없어요. 그래요, 당신을 알게 된 그날부터 나는 언제나 당신의 여자였어요."

그는 그녀를 바라보았다. 그녀는 얼마나 솔직한가, 혼란 속에서도 얼마나 명철하고 진실한가! 또 얼마나 비굴하지 않고 당당한가! 연인으로서 그녀는 언제나 변함없었다. 매 순간 놀라울 정도로 자신을 지키고, 엄격하면서도 동시에 개방적이었다. 그는 자신도 모르게 그녀에게 다가갔다. 하지만 그의 몸짓 뒤에 숨은 격정을 알아차린 그녀는 곧바로 애원하며 그의 시도를 제지했다.

"이제 가세요, 루트비히, 얼른 가세요. 여기 그만 있고 내려가세요. 지금은 점심때라 하녀가 나를 찾으러 올 거예요. 우리는 더 이상 여기 있으면 안 돼요."

그의 의지는 그녀의 인품에서 우러나는 힘에 여지없이 꺾여 버렸다. 결국 그는 예전과 똑같이 그녀에게 아무 말 없이 복종했다. 그들은 한마디도 하지 않고, 서로 눈빛도 주고받지 않은 채 복도를 지나 문 앞까지 갔다. 그곳에서 그는 갑자기 몸을 돌리며 말했다.

"지금은 당신에게 무슨 말도 할 수 없습니다. 용서하세요. 곧 편지를 쓰겠습니다."

그녀는 미소를 지으며 대답했다.

"그래요, 편지를 쓰세요, 루트비히. 그게 낫겠어요."

그는 호텔 방으로 돌아오자마자, 책상 앞에 앉아 그녀에게 장문의 편지를 썼다. 열광에 사로잡힌 채 글자 하나하나, 편지지 한 장 한 장을 열심히 써 내려갔다. 그는 편지에서 오늘이 독일에서 보내는 마지막 날이며, 앞으로 몇 달이나 몇 년, 어쩌면 영원히 돌아오지 않을지도 모른다고 썼다. 그리고 이제 자신은 그녀로부터 차가운 거짓 대화, 가식을 받아들이며 지낼 수 없다. 그러니 집에서 멀리 떨어진 곳에서, 감시나 방해 없는 곳에서, 불안과 답답함에서 벗어나 또 한 번 그녀와 이야기하길 원한다고 했다. 그는 결국 둘이 함께 저녁 기차를 타고 십 년 전 그들이 잠시 체류했던 하이델베르크로 떠나자고 제안했다. 그는 당시에 서로 낯설었어도 차후 더 가까워지리라는 기대에 벅차 있었다고도 덧붙였다. 하지만 이번 여행은 이별, 그가 바라던 최후의 아득한 이별이 될 것이라고 했다. 바로 이별의 저녁, 마지막 이별의 밤을 그녀에게 요구한 것이다.

그는 서둘러 편지를 봉인하고, 심부름꾼을 시켜 그녀의 집으로 보냈다. 십오 분이 지난 후 심부름꾼은 봉인된 작은 노란색 봉투를 들고 돌아왔다. 그는 떨리는 손으로 봉투를 열었다. 그 안에는 쪽지 한 장만 들어 있었다. 그러나 거기에는 급하지만 힘차게 써 내려간, 확고하고 결연한 몇 마디 말이 적혀 있었다.

"당신이 원하는 것은 미친 짓이에요. 하지만 나는 전부터 당신에게 어떤 것도 거부할 수 없었지요. 앞으로도 그럴 거예요. 가겠어요."

　　기차가 천천히 속도를 줄였다. 불빛이 희미하게 비치는 정거장이 나타나자, 기차는 제동을 걸며 진입하기 시작했다. 꿈을 꾸듯 깊은 회상에서 깨어난 그는 손을 내밀며 그녀를 찾았다. 다정하게 그를 향하던 여인, 아른거리는 꿈의 물결에 파묻힌 그녀의 모습을 다시 확인하기 위해서였다. 그래, 항상 진실한 여인, 말없이 사랑스러운 그녀가 저기 있었다. 그녀가 그와 함께 있는 것이다. 그는 눈앞의 그녀를 마음속으로 계속 포옹했다. 그녀는 자신을 더듬으며 수줍게 애무하는 그의 시선을 멀리서 느끼기라도 한 듯, 자리에서 몸을 일으키며 창가로 향했다. 이어서 물방울처럼 촉촉하고 희미한 봄날의 풍경을 내다보았다.

　　“곧 내려야겠네요”라고 그녀가 나직하게 중얼거렸다.

　　그가 한숨을 쉬며 대답했다.

　　“그렇군요, 참으로 오랜만이지요.”

　　신음하듯 튀어나온 이 말이 기차여행을 의미하는 것인지, 아니면 이 순간에 이르기까지 지나온 긴 세월을 의미하는 것인지 그 자신도 알 수 없었다. 꿈꾸는 듯한 기분과 현실 사이의 혼란이 그의 감정으로 와락 밀려들었다. 그는 발밑에서 덜커덩거리는 기차 바퀴가 어딘가 어느 순간을 향하고 있다는 것만을 느꼈다. 그러나 왠지 모를 모호하고 아득한 느낌 때문에 이 순간을 명확하게 이해할 수 없었다. 아니, 생각할 겨를도 없이 보이지 않는 힘에 온몸을 내맡긴 채 비밀스러운 어떤 것 속으로 이끌려 들어가는 것 같았다. 그것은 신랑이 첫날밤 갖는 기대감 같은 것으로, 여기에는 달콤하고 관능적이면서도 어두운 감정이 뒤섞여 있었다. 말하자면 무한히 갈망하던 일이 놀라운 현실로 다가왔을 때 느끼는 불안 또는 신비로운 전율이 여기에 뒤섞여 있었다.

그는 무의식적으로 중얼거렸다. 그래, 지금은 아무것도 생각하거나 원하지 말자. 뭔가 바라지도 말고 이렇게 머물러 있자. 알 수 없는 물결에 몸을 맡기고, 꿈을 따라 어디로든 이끌려 가자. 나 자신을 위로하지 못할지라도, 나 자신을 느끼며 나 자신에게 요구하자. 목적에 도달하지 못해도, 운명에 모든 걸 맡기고 다시 자신에게만 충실히 하자. 이렇게 오랫동안 머물러 있자. 꿈결에 둘러싸인 채 이 지속적인 여명 속에 영원히 머물러 있자. 말 없는 불안처럼 이런 순간도 곧 끝날 수 있으리라.

이때 창밖의 계곡 여기저기서 반딧불처럼 깜박이던 전깃불이 갈수록 더 환해지기 시작했다. 이어서 가로등이 두 줄로 곧게 늘어선 것이 보였다. 선로가 덜커덩 소리를 냈고, 어둠 속으로부터 희미한 안개에 싸인 둥근 지붕이 솟아올랐다.

세 명의 신사 중 한 사람이 "하이델베르크로군" 하고 다른 사람들에게 말하며 자리에서 일어섰다. 그들은 빨리 내리기 위해 커다란 트렁크를 들고서 객실을 빠져나가 승강구 쪽으로 향했다. 이미 제동기가 작동된 기차 바퀴들이 덜커덩거리며 역으로 들어갔다. 기차는 크게 요동치며 속력을 급히 줄였고, 고통스러운 짐승처럼 한 번 더 날카롭게 소리치고는 멈춰 섰다.

좌석에 앉아 있던 두 사람은 갑자기 닥쳐온 현실에 경악한 듯 마주 보았다.

"벌써 도착했나요?"

나직하게 들려오는 그녀의 목소리가 불안해 보였다.

"그래요, 도착했습니다."

그가 대답하고는 일어섰다. 그러면서 "도와드릴까요?"라고 물으며 손을 내밀었다. 그녀는 괜찮다며 서둘러 객실을 빠져나갔다. 그러나 승강구 계단 앞에 서자, 마치 차가운 물에 발을 담그지 못하고 잠시 머뭇거리듯 그 자리에 멈춰 섰다. 그러다가 마음을 가다듬은 듯 계단을 내려갔고, 그도 침묵하며 그녀를 따라 내렸다.

두 사람은 승강구에 잠시 나란히 서 있었다. 그는 이 순간 난처하면서도 낯설고 고통스러운 느낌이 들었고, 그러자 그의 손에 들린 작은 트렁크가 크게 흔들렸다. 이때 돌연 그들 옆에 있던 기차가 날카로운 소리를 내며 증기를 내뿜었다. 이에 놀란 그녀가 몸을 움츠렸다가 창백한 얼굴로 그를 바라보았다. 그녀의 두 눈은 혼란스럽고 불안정해 보였다.

"왜 그래요?"라고 그가 물었다.

"아쉽네요, 참 멋졌는데. 이렇게 몇 시간이고 계속 기차를 타고 가고 싶었거든요."

그녀의 말에 그는 아무 대답도 하지 않았다. 이 순간 그 역시 같은 생각을 하고 있었기 때문이었다. 그러나 이미 지나간 일이었다. 이제 어떤 일이든 일어나야 했다.

"가시겠습니까?"라고 그가 조심스럽게 물었다.

"네, 가시죠."

그녀는 거의 알아들을 수 없을 만큼 작게 중얼거렸다. 그러나 두 사람은 마음속에서 뭔가가 무너지기라도 한 것처럼 힘없이 그대로 서 있었다. 머뭇거리던 두 사람은 혼란스러운 마음으로 출구 쪽을 향했다. 그는 그녀의 팔을 잡아 주는 것조차 깜빡 잊고 있었다.

역에서 나서기가 무섭게 악단의 연주 소리가 폭풍처럼 두 사람을 향해 들려왔다. 역전에서 재향 군인회와 대학생들의 구국 집회가 벌어지고 있었다. 탕탕 북소리와 날카로운 호각 소리가 요란하게 울려 퍼졌다. 마치 움직이는 벽처럼 깃발을 치켜든 채 사열종대로 행진하는 무리가 보였다. 군복을 입은 남자들이 대열을 이루어 용감하게 걸어 나갔다. 그들은 마치 한 사람처럼 같은 박자에 맞추어 행진하고 있었다. 맹렬한 기세로 목을 곧추세우고, 입을 크게 벌려 군가를 부르며, 같은 목소리와 같은 동작으로 나아가고 있었다. 맨 앞줄에는 가슴에 훈장을 단 장군들과 머리가 하얗게 센 고위직 관료들이 청년단의 호위를 받으며 걷고 있었다. 청년단은 거대한 깃발을 건장한 팔로 수직으로 들고는, 씩씩하게 앞으로 나아가고 있었다. 해골, 갈고리 십자 문양의 깃발과 옛날 제국의 깃발이 바람에 펄럭이고 있었다. 가슴을 넓게 펴고 이마를 앞으로 내민 그들은 마치 당장이라도 적의 포대를 향해 진군이라도 할 것처럼 보였다.

군중은 일사불란하게 박자를 맞추며 집단 간 보폭을 유지한 채 기하학적으로 질서정연하게 행진했다. 긴장한 모습의 그들은 근엄하면서도 위협적인 눈빛을 내뿜고 있었다. 이제 퇴역군인과 대학생으로 구성된 새로운 대열이 높이 세워진 연단을 지나갔다. 이럴 때마다 연단 쪽에서 타악기들이 끊임없이 리듬에 맞춰 강렬하게 북소리를 내었다. 이는 마치 대장간에 있는 모루에 강철을 두들겨 패는 소리 같았다. 군사적으로 팽팽한 긴장감이 군중을 휩쓸고 지나갔다. 좌측 대열에서 행진하던 사람들의 고개가 같은 의지와 같은 동작으로 연단을 향했다. 그러자 굳은 얼굴로 엄격하게 행진을 사열하던 사령관의 눈앞에서 깃발이 끈에 매달려 움직이듯 동시에 펄럭이며 올라갔다.

턱 밑에 솜털이 난 소년이든, 주름과 수염이 가득한 어른, 노동자, 대학생, 군인, 그들 모두가 이 순간에는 한 사람처럼 보였다. 그도 그럴 것이 거칠고 화가 난 듯 결연한 눈빛, 저항하듯 치켜든 턱, 보이지 않는 칼을 빼든 듯한 전투 동작 등 모든 게 똑같았기 때문이었다. 계속해서 강하고 단조롭게 두드리는 북소리가 선동적인 분위기를 자아냈는데, 그럴수록 행진하는 사람들은 등을 더 꼿꼿이 세우며 눈을 부릅떴다. 그들은 구름이 아름답게 떠다니는 하늘 아래 평화로운 장소에서 비밀리에 양성된 전쟁의 화신, 복수를 꿈꾸는 대장장이와 같았다.

군중의 행렬을 보고 그가 망연자실하여 중얼거렸다. '미친 짓이야! 미쳐도 단단히 미쳤어! 대체 뭘 하자는 거지? 한번 더 해 보자는 것인가? 내 삶을 망가트린 전쟁을?' 섬뜩한 공포를 느끼며 그는 행진하는 젊은이들의 얼굴을 들여다보았다. 그는 사열종대로 늘어서서 움직이는 집단, 마치 까만 상자에서 네모난 필름 테이프가 풀려나오듯 좁은 길목을 메운 인파를 보면서 경악하지 않을 수 없었다. 하나같이 사무친 증오심으로 경직된 그들의 얼굴은 그 자체가 살상용 무기처럼 위협적이었다. 무엇 때문에 이런 위협적인 집단이 온화한 유월의 저녁을 소란으로 망쳐 놓고, 달콤한 꿈에 잠긴 도시를 뒤집어엎는단 말인가?

'도대체 뭘 원하는 거지, 뭘 하려고 저런단 말인가?' 끊임없는 의혹에 그의 가슴이 답답해졌다. 조금 전까지도 세상이 밝고 청량하며 다정함과 사랑으로 가득 차 있었던 것 같았다. 그런데 선의와 신뢰의 음률이 흐르던 세상의 모든 것을 돌연 저 강철 같은 대열이 짓밟고 지나갔다. 무장한 수천의 목소리가 고함을 지르며 무서운 눈빛으로 똑같이 호흡하며 내뱉는 것은 증오, 증오, 증오였다!

그는 자신도 모르는 사이에 그녀의 팔을 잡았고, 그러면서 무엇인가 따뜻함을 느꼈다. 그것은 사랑과 열정, 선의, 연민, 부드러운 위로의 감정이었다. 하지만 요란한 북소리가 들려오자 그의 내적인 평온은 완전히 깨어져 버렸다. 이제 그 모든 수천의 목소리들이 뭔지 모를 군가가 되어 울려 퍼졌고, 박자에 맞추어 발을 내딛는 바람에 온 땅이 들썩거렸다. 이 순간 난데없이 수많은 인파가 만세를 외쳤고, 그러자 대기가 폭발하는 것 같았다. 그의 마음속에 깃들었던 여리고 애틋한 감정이 엄청난 굉음에 부딪혀 산산이 무너져 내렸다.

이때 그녀가 그의 옆구리를 가볍게 치는 바람에 그는 놀라서 그녀를 바라보았다. 그녀는 장갑을 낀 손가락으로 그의 손을 부드럽게 밀치며 팔을 너무 세게 잡지 말라고 주의를 주었던 것이다. 주변 인파에 정신이 쏠렸던 그는 그제야 아무 말 없이 자신을 바라보는 그녀에게 시선을 돌렸다. 그녀는 이곳을 떠나자며 그의 팔을 잡아끌었다.

"그래요, 떠납시다."

그는 얼른 정신을 차리며 나직이 대답했다. 그러면

서 보이지 않는 무엇에 저항하듯 어깨를 으쓱하고는, 정신이 홀려 행진을 구경하는 수많은 군중을 헤치고 앞으로 나아갔다. 그는 뚜렷한 목적지도 없이 어떻게든 이 미친 듯한 소란을 빠져나가려고 했다. 그에게는 절구 빻듯이 울리는 북소리가 그의 마음속에 간직된 부드럽고 꿈결 같은 것들을 모조리 짓밟는 이 장소를 빠져나가야 한다는 일념뿐이었다. 이곳을 벗어나 십 년 만에 처음으로 어떤 감시나 방해도 없이 어딘가 어둑한 곳에서 그녀의 숨결을 느끼고, 그녀의 눈을 들여다보며 오직 둘만의 시간을 만끽하고 싶었다.

그러나 수없이 머릿속에 그렸던 이 만남의 순간이 미친 듯한 외침과 소음, 계속 넘쳐 나는 수많은 인파에 휩쓸려 떠내려갈 지경이었다. 그는 주변의 건물을 신경질적인 눈초리로 바라보았다. 모든 건물에 깃발이 나부꼈고, 그중엔 금박 간판을 내건 회사가 있는가 하면 숙박업소도 있었다. 갑자기 그는 들고 있는 작은 트렁크가 권유라도 하는 듯한 가벼운 촉감을 느꼈다. 그래, 어디든지 들어가 단둘이 편안하게 쉬어야겠다! 잠시라도 평온을 찾을 만한 공간을 찾아보자! 이런 그의 욕구에 응답이라도 하듯이 높은 석조 건물 전면에 금빛으로 반짝이는 호텔 간판이 시야에 들어왔다. 두 사람을 향하여 유리로 된 둥근 모양의 현관이 나타났다. 그의 보폭이 짧아지고, 호흡도 가늘어졌다. 그는 잠시 당황하여 발길을 멈추고, 자기도 모르게 팔짱을 꼈던 그녀의 팔을 놓아주며 말했다.

"이 호텔이 괜찮다고 사람들이 제게 추천하더군요."

이렇게 그는 어색한 분위기를 얼버무렸다. 그녀는 놀란 기색으로 한 걸음 물러섰다. 창백한 얼굴이 붉게 물들었고, 입술을 달싹이며 뭐라고 말하려고 했다. 어쩌면 십 년 전과 똑같이 "여기서는 안 돼요!"라고 소리치려던 것인지도 모른다.

하지만 이때 그녀는 자신을 향하고 있는 그의 눈동자를 들여다보았다. 그의 눈동자는 불안하고 혼란스러우면서도 초조한 빛을 띠고 있었다. 그녀는 말없이 동의한다는 표시로 고개를 숙이고, 풀이 죽은 듯 종종걸음으로 그를 따라 호텔 문턱을 넘었다.

호텔 프런트에는 여객선 선장처럼 화려하게 수놓은 모자를 쓴 매니저가 접수대 뒤에서 거드름을 피우며 서 있었다. 그는 머뭇거리며 들어오는 두 사람을 제자리에서 힐끔거리기만 할 뿐 무시하는 태도를 보였다. 세면도구가 들어 있는 작은 가방을 금방 알아보고도 그저 기다리고 있었다. 두 사람이 다가가자, 그는 갑자기 커다란 장부를 다시 펼쳐 들고는 열심히 들여다보는 체했다. 손님이 그의 코앞에 다가온 다음에야 그는 냉담한 눈을 치켜들고 심문이라도 하듯이 사무적인 태도로 물었다.

"방을 예약하셨습니까?"

그렇지 않다는 그의 대답에 호텔 매니저는 다시 장부를 들여다보면서 말했다.

"어떻게 하지요, 방이 다 찼습니다. 오늘 군기 수여식이 있었거든요. 하지만…" 그러다가 매니저는 호의라도 베풀 듯이 이렇게 덧붙였다.

"제가 어떻게 해 볼 수 있을지 한번 알아보지요."

이런 대답에 마음이 상한 그는 격분하여 '이 건방진 놈, 면상을 한 대 갈겨 줄까 보다. 십 년 만에 다시 여기서 거지나 부랑자 취급이나 받다니'라고 생각하며 한숨을 쉬었다.

그러는 사이에 건방진 매니저는 꼼꼼히 객실 장부를 훑은 뒤 두 사람에게 말했다.

"27호실이 방금 비었습니다. 더블베드인데, 괜찮으시죠?"

그러자 그는 볼멘소리로 얼른 "괜찮소!"라고 말하며 떨리는 손으로 열쇠를 건네받았다. 그는 이미 매니저와 말하는 것조차 싫었다. 그런데 돌아서는 그의 등 뒤에서 또 한 번 "숙박부를 쓰셔야죠"라는 냉랭한 목소리가 들려왔다. 그는 곧 기록해야 할 칸이 열 개 정도 되는 종이를 받았다. 직업, 성명, 나이, 출생, 주소, 고향, 인적 사항 등 귀찮은 질문이 적혀 있었다. 그는 성가신 질문들을 재빨리 처리했다. 하지만 그녀의 이름을 기록할 때는 마치 부부인 것처럼 —사실 마음속 깊이 원하던 일이었지만—

그의 성을 써넣었다. 그가 쥔 연필이 살짝 떨렸다.

"여기 숙박 기간도 써넣으세요."

그가 건넨 종이를 살피던 매니저가 두툼한 손가락으로 빈칸을 가리키며 냉랭하게 말했다. 분노가 치밀어 오르는 걸 눌러 참으며 그는 하루라고 써넣었다. 흥분으로 이마에 땀이 밴 그는 모자를 벗어 들었다. 그는 낯선 공기가 자신을 짓누르는 것을 느꼈다.

그가 지친 상태에서 옆으로 몸을 돌렸을 때, 호텔 보이가 급히 달려왔다. 그들이 묵을 방은 2층 왼쪽에 있다고 알려 주었다. 그러나 그는 그 말을 흘려들으며 그녀의 동태만을 살펴보았다. 그가 체크인하는 동안 그녀는 어느 무명 여가수가 출연하는 〈슈베르트의 밤〉 홍보 포스터 앞에서 꼼짝도 하지 않고 서 있었다.

바람에 흔들리는 풀잎처럼 그녀의 어깨에 잔잔한 파동이 일었다. 그는 그녀가 흥분을 가라앉히려고 안간힘을 쓴다는 사실을 알아차리고는 부끄러움을 느꼈다. 무엇 때문에 나는 조용히 살아가는 그녀를 끌어내어 이곳으로 데려왔을까? 그는 자신의 의지와는 상반되게 이런 물음을 자신에게 던져 보았다. 그러나 여기까지 와서 물러설 수는 없었다.

"가시죠"라고 그가 나직한 목소리로 그녀를 재촉했다. 그녀는 그를 외면한 채 낯선 포스터에서 몸을 돌렸다. 그런 다음 천천히 힘겹고 무거운 발걸음으로 먼저 계단을 올라갔다. 그는 힘겹게 올라가는 그녀의 뒷모습을 보면서 자신도 모르게 생각했다. '부인도 이젠 나이가 들었어.' 그는 잠시 이런 생각에 빠졌지만, 곧 불경한 생각을 머릿속에서 떨쳐 버렸다. 하지만 억지로 떨쳐 낸 그 느낌의 언저리엔 싸늘하고 서글픈 감정이 남아 있었다.

마침내 두 남녀는 2층 복도에 한동안 서 있었다. 이 이 분간의 침묵은 마치 영원처럼 길게 느껴졌다. 복도 옆의 방에는 문이 하나 열려 있었고, 그 안이 그들이 들어갈 방이었다. 여자 청소부가 걸레와 빗자루로 방 안을 청소하고 있었다. 청소부가 말했다.

"잠깐만요, 이제 청소가 끝났습니다. 깨끗한 시트로만 갈면 되니까, 들어오셔도 됩니다."

그들은 방으로 들어갔다. 밀폐된 방 안의 공기는 답답하고 불쾌했다. 올리브 비누 냄새와 찌든 담배 냄새가 났으며, 낯선 사람의 체취가 어딘지 배어 있는 듯했다. 침대 한가운데가 움푹 파인 더블베드에는 불결하게도 사람의 온기가 아직 남아 있었다. 그것이 이 방의 적나라한 의미와 용도를 말해 주고 있었다. 그는 이를 분명하게 알아차리고 메스꺼움을 느꼈다.

그는 자신도 모르게 황급히 창가로 다가가 창문을 활짝 열었다. 거리의 소음과 뒤섞인 촉촉하고 시원한 공기가 불룩한 커튼을 스쳐 지나갔다. 그는 긴장한 채 창가에 서서 어둠에 묻히기 시작하는 지붕들을 바라보았다.

이 방은 얼마나 불결하고, 이곳에 있다는 사실은 얼마나 부끄러운 일인가. 오랫동안 갈망하던 이 재회는 얼마나 실망스러운가! 나 자신도 그녀도 이토록 갑자기 뻔뻔하게 노골적인 재회를 원했던 것은 아니지 않은가! 그는 셋, 넷, 다섯, 수를 세며 숨을 쉬었다. 그러면서 밖을 내다볼 뿐, 소심하게도 뭐라고 말도 하지 못했다. 아니, 억지로라도 한마디 말하려고 했다.

그가 예감하고 우려했듯이 그녀는 회색빛 여름용 코트를 걸치고 돌처럼 방 한가운데에 우두커니 서 있었다. 그녀의 팔은 마치 부러진 듯 힘없이 늘어뜨리고 있었다. 자신은 이 방에 속하지 않고, 다만 어쩌다가 뜻하지 않게 이 불쾌한 방에 들어오게 된 사람이라는 듯이 서 있었다. 그녀는 장갑을 벗었으나, 장갑을 방 어딘가에 놓는다는 것이 역겨웠던 것 같았다. 이 때문에 장갑은 완전히 벗겨지지 않은 채 손가락 끝에서 흔들리고 있었다. 그녀의 두 눈은 흐릿한 안개에 가려진 듯 경직된 채 꼼짝도 하지 않았다. 그가 이런 그녀를 향해 몸을 돌렸다. 그녀의 두 눈은 간절히 애원하듯 그를 바라보았다. 그는 이런 그녀의 눈빛을 이해했으며, 그래서 억눌린 호흡 사이로 목소리가 간신히 새어 나왔다.

“우리… 우리 나가서 산책하지 않을래요? 이곳이 너무 답답하군요.”

불안에서 해방이라도 된 듯이 “네, 좋아요” 하고 그

녀의 입에서 대답이 흘러나왔다. 그녀의 손은 이미 문고리를 쥐고 있었다. 그는 그녀를 천천히 따라가면서 뒷모습을 살펴보았다. 그녀의 어깨가 죽음의 손아귀에서 간신히 빠져나온 짐승의 어깨처럼 떨고 있었다.

거리는 여전히 따뜻했고, 사람들이 붐비고 있었다. 행진이 끝난 축제 같은 분위기로 아직도 많은 사람이 흥분한 채 오가고 있었다. 두 사람은 인파를 피해 숲이 우거진 조용한 오솔길로 접어들었다. 그 길은 십 년 전 어느 일요일, 성으로 산책하기 위해 올라갔던 바로 그 길이었다. 그는 자신도 모르게 큰 소리로 말했다.

"기억나세요, 그날은 일요일이었죠."

틀림없이 같은 기억을 떠올리던 그녀도 작은 소리로 대답했다.

"당신과 관련된 일은 하나도 잊지 않았어요. 그 당시에 오토는 친구와 함께 걷고 있다가, 빠르게 우리를 앞질러가 버렸지요. 숲에서 그 아이들을 찾아다녔지요. 나는 오토를 찾으려고 그 애 이름을 여러 차례 불렀지만, 아이가 금방 돌아오지 않으면 좋겠다고 생각했어요. 당신과 나, 둘만 있고 싶었으니까요. 그때만 해도 우리는 서먹한 사이였지요."

"그렇다면 오늘 우리는 가까운 사이겠군요?"

그가 넌지시 농담처럼 던진 말이었지만, 그녀는 아

무 말도 없었다. 그는 어렴풋하게나마 이런 농담을 해서는 안 된다는 걸 깨달았다. 그러면서 혼잣말로 중얼거렸다. '나는 왜 자꾸만 오늘과 그때를 비교하려는 것일까? 지나간 그때 일을 지금 들먹여 봐야 통하지도 않는데.'

두 사람은 말없이 성곽을 따라 올라갔다. 저 멀리 집들은 희미한 빛 속에 잠겨 버렸고, 황혼빛을 받아 가물거리는 계곡이 눈에 보였다. 그 아래 강물은 굽이쳐 흐르며 빛을 받아 점점 더 반짝거렸다. 그러는 사이에 언덕 위 나무들이 바람에 흔들리며 윙윙 소리를 냈다. 두 사람 머리 위로 어둠이 내려앉기 시작했다. 주변에는 아무도 없었고, 두 사람의 그림자만이 말없이 그들을 성큼성큼 앞서 나갔다. 가로등이 그들을 비스듬히 비출 때면, 언제나 앞서가던 그림자는 서로 포옹이라도 하듯이 합쳐졌다. 길어진 그림자는 서로를 바라보고, 하나로 합쳐졌다가 떨어지고는 또다시 포옹하려 했다. 그 옆에 선 그녀는 힘없이 긴 숨을 내쉬며 천천히 걸어갔다.

그는 뭔가에 홀린 듯이 그림자의 이상한 유희를 멍하니 바라보았다. 영혼 없는 형상들, 환영에 불과한 어두운 형상이 달아났다가 만나고, 다시 헤어지는 모습이 그의 마음을 온통 사로잡았다. 이별과 재회를 되풀이하는 이 생명 없는 형상들의 모습을 병적인 호기심으로 바라보던 그는 하마터면 함께 걷고 있던 그녀의 존재를 까맣게 잊을 뻔했다. 이 순간 그에게 명료하진 않았지만, 어렴풋한 그 무엇이 떠올랐다. 이 수줍은 듯한 그림자의 유희를 보면서 그는 뭔가를 기억해 냈다. 깊은 우물 속에서 흔들리는 두레박이 불안하게 물에 닿은 것처럼, 어떤 기억이 그의 마음속 깊은 곳에서 떠오르는 듯했다.

이것이 무엇일까? 그는 모든 감각을 곤두세우며 여기 조용히 잠든 숲속에서 이 그림자의 발걸음이 그에게 무엇을 일깨웠는지를 곰곰이 생각했다. 그것은 틀림없이 그에게 들려오는 말, 어떤 상황, 어떤 체험이었다. 귀로 들었거나 감각으로 느꼈던 것, 어떤 멜로디에 둘러싸여 아주 깊이 파묻혀 있던 어떤 것, 수년 동안 그가 건드리지 않았던 어떤 것이었다.

그런데 그것이 순간적으로 번개처럼 망각의 어둠에서 번쩍이며 깨어 나왔다. 그것은 언젠가 그녀가 저녁때 방에서 읽어 주었던 시였다. 그렇다, 그것은 프랑스어로 된 시였다. 그는 그 시 구절을 알고 있었다. 그것은 마치 훈풍에 실려서 찾아오듯이 불현듯 그의 입술에 와닿았다. 그는 십여 년이 흘러서 그동안 잊고 있었던 낯선 시 구절을 읽어 주는 그녀의 목소리를 들었다. 그는 이 시 구절을 읊조렸다.

Dans le vieux parc solitaire et glacé
Deux Spectres cherchent le passé

쓸쓸하고 추운 오래된 공원에서
두 유령이 흘러간 과거를 좇고 있네.

이 구절이 그의 기억 속에서 뚜렷해지자, 마술처럼 하나의 장면이 눈앞에 펼쳐졌다. 어느 날 저녁 어두워진 응접실, 금빛으로 빛나는 램프 불 아래서 그녀가 베를렌의 시를 읽어 주고 있었다. 일렁이는 램프 그림자 속에 앉아 있던 그녀, 가까운 동시에 멀고, 사랑하지만 다가갈 수 없었던 그녀의 모습이 눈앞에 보였다. 이런 장면이 떠오르자, 그는 갑자기 당시처럼 가슴이 뭉클하며 뛰는 것을 느꼈다. 시구가 파도 소리처럼 울려 퍼졌고, 귓전으로 잔잔한 그녀의 목소리를 다시 듣는 듯했다. 물론 시의 언어는 프랑스어였고, 시의 대상은 시인이 사랑하는 사람이었을 것이다. 그래도 그녀가 그 시를 읊으며 '동경'과 '사랑'이라는 단어를 발음하던 그날의 기억이 아직도 그의 마음을 사로잡았다.

어떻게 이 시를 그토록 오랫동안 잊었던가! 집에 단둘이 있으면 마음이 혼란스러워 자칫 위험에 빠질 수 있는 대화보다는, 차라리 서로 교감할 수 있는 시집 이야기로 화제를 돌리던 그날 저녁을 어떻게 잊을 수 있었던가!

하지만 그들이 시집에 관해 이야기할 때면, 가끔은 시구와 음률 뒤에 깃든 더 뜨거운 감정의 고백이 어두운 수풀을 태우는 불처럼 이글거리곤 했었다. 비록 현실은 아니라고 해도 신비롭게 번뜩인 그 감정은 그를 황홀감에 젖게 했었다. 그런데 어떻게 그렇게 오랫동안 그것을 잊을 수가 있었단 말인가? 그리고 오래전에 잊어버린 시가 어떻게 지금 갑자기 되살아난 것일까? 그는 무의식적으로 이렇게 중얼거리다가 이 시구를 독일어로 번역해 보았다.

얼어붙고 눈이 내린 오래된 공원에서
두 그림자가 흘러간 과거의 흔적을 찾고 있네.

그가 시구를 독일어로 중얼거리자, 곧바로 시의 의미가 이해되었다. 오래전부터 이미 시를 이해하는 열쇠가 그의 손안에서 묵직하게 반짝거리고 있었지만, 정작 본인은 모르고 있었을 뿐이었다. 그것은 잠자고 있던 기억의 동굴에서 갑자기 솟아오른, 감각적으로 밝고 선명한 연상이었다.
시에 나타난 저 그림자는 길 위에 어른거리는 두 사람의 그림자였다. 두 사람의 그림자는 그들만의 고유한 언어를 다루면서 그 이상의 뭔가를 일깨워 주고 있었다. 그는 전율하면서 불현듯 그 인식의 두렵고 참된 의미를 깨달았다. 시는 예언적 의미를 담고 있었다. 두 그림자는 과거를 찾아 헤매던 그림자가 아니었을까? 더는 현실이 아닌 과거를 향해 막연한 질문을 던지던 그림자, 살아 있으려고 하지만 그럴 수 없는 그림자가 아니었을까? 그녀와 그는 이제 더는 예전의 그들이 아니었건만, 끊임없이 과거의 흔적을 찾으려고 애썼던 것은 아니었을까? 발아래 드리워진 저 검은 유령처럼 그들은 헛된 노력에 힘을 낭비하며, 달아나고 멈추는 유희를 계속한 것은 아니었을까?

그는 자신도 모르게 신음을 흘렸다. 그녀가 몸을 돌리며 그에게 말을 건넸기 때문이었다.

"루트비히, 왜 그러세요? 무슨 생각을 하고 있어요?"

그는 아무것도 아니라고 대답했다. 그런 다음 그는 더 깊은 내면으로 내려가 과거에서 울려오는 소리에 귀를 기울였다. 기억이라는 예언의 목소리가 다시 그에게 무슨 말을 건네려고 하는지, 과거를 통해 그에게 현재의 어떤 진실을 들려줄 것인지에 귀를 기울였다.

역자 후기

사랑과 광기, 현실과 인간 내면의 충돌

슈테판 츠바이크Stefan Zweig, 1881-1942는 한 세기의 빛과 그림자를 온몸으로 품어 낸 유럽 지성인이었다. 그는 섬세한 심리의 결을 포착하는 탁월한 단편 작가였고, 동시에 역사의 굴곡 속에서 불꽃처럼 타올랐다가 사라져 간 인물들을 되살려 내는 전기의 대가였다. 빈의 세기말적 세련됨과 감수성을 지닌 그의 문장은, 늘 절제된 우아함 속에서 인간 내면의 가장 은밀한 떨림을 드러냈다. 「아모크」나 「모르는 여인의 편지」에서 보이듯 그는 사랑과 욕망, 고독과 파멸의 심연을 응시했고, 마리 앙투아네트나 메리 스튜어트 같은 역사적 인물들을 통해서는 개인과 시대가 맞부딪히며 빚어내는 비극의 드라마를 탐구했다. 그러나 나치즘이 휩쓸던 격동의 유럽에서 그는 조국과 문화적 고향을 잃었고, 그 상실의 무게를 끝내 견디지 못했다. 1942년, 브라질의 작은 도시에서 그는 아내와 함께 조용히 세상을 떠났다. 츠바이크의 삶은 한 작가의 일생이자, 동시에 유럽 교양과 휴머니즘이 겪은 몰락의 상징이었다. 오늘날 그의 작품을 읽는다는 것은, 바로 그 섬세한 문장 속에서 잃어버린 시대의 꿈과 고뇌를 다시 만나는 일이 된다.

슈테판 츠바이크를 읽는다는 것은 인간 내면의 가장 미

묘한 떨림과, 시대가 던진 가장 무거운 질문을 동시에 마주한다는 뜻이다. 그는 한편으로는 사랑과 욕망, 죄책감과 파멸의 미세한 결을 탐구한 심리 소설가였고, 다른 한편으로는 예술가의 숙명과 시대의 압력에 대해 사유한 지성인이었다. 이번에 "아모크, 첫 키스, 재회"라는 제목으로 묶은 세 편의 글 — 원제목은 각각 "*Der Amokläufer*(광란적 살인자)", "*Geschichte in der Dämmerung*(어스름 속의 이야기)", "*Widerstand der Wirklichkeit*(현실에 대한 저항)"— 은 그 두 가지 츠바이크의 얼굴을 선명하게 보여 준다.

「아모크」는 동양을 배경으로 억눌린 욕망이 어떻게 광기로 번져 파국에 이르는지를 보여 주는 심리 소설이다. 식민지의 이국적 정취와 더불어, 프로이트의 정신분석학이 남긴 흔적이 짙게 배어 있다. 인간이 스스로 다스릴 수 없는 무의식의 힘 앞에서 어떻게 무너져 내리는지를 보여 주는 이 작품은, 개인의 비극이자 문명 비판의 그림자로도 읽힌다.

「첫 키스」는 사춘기 소년의 첫사랑을 그린 단편이지만, 단순한 서정의 기록에 머물지 않는다. '황혼'은 하루의 끝자락일 뿐 아니라, 소년이 어린 시절을 뒤로하고 어른의 세계로 들어서는 전환의 은유이기도 하다. 섬세한 감각과 미묘한 정조로 그려 낸 이 작품에는, 제1차 세계대전 이전 빈의 낭만적 공기와 유럽 교양 세계의 황혼기가 겹쳐진다.

「재회」는 현실에 맞서 자신의 이상과 꿈을 끝까지 고수하려는 인물의 이야기다. 주인공은 현실세계가 자신의 기대와 이상을 끊임없이 짓밟는 것을 경험하면서도, 끝까지 환상을 버리지 않고 저항한다. 그러나 이 '저항'은 자유에 대한 열망처럼 보이지만 현실을 바꿀 힘이 되지 못하고, 실제로는 삶의 균형을 무너뜨린다. 작품은 현실에 맞서려는 정신적 저항이 어떻게 고독과 자기파괴로 변해 가는지를 심리적으로 추적한다.

이렇듯 세 작품은 각각의 빛깔을 지니면서도, 공통적으로 '현실과 인간 내면의 충돌'을 주제로 하고 있다. 욕망과 죄책감, 첫사랑의 설렘과 상실, 어쩔 수 없는 현실 앞에서의 체념이 서로 다른 형태로 드러나지만, 그 밑바탕에는 언제나 '인간은 어떻게 시대와 마주하고, 어떻게 자신을 지켜 낼 것인가'라는 질문이 자리한다.

슈테판 츠바이크는 이 질문 앞에서 결코 쉽게 대답하지 않았다. 그는 때로는 뜨거운 광기로, 때로는 섬세한 서정으로, 또 때로는 차분한 관조의 태도로 인간과 시대의 모순을 기록했다. 이 세 작품은 츠바이크가 남긴 이 물음표의 세 가지 변주라 할 수 있다. 그의 생애와 작품세계를 들여다보면서 세 작품을 조금 더 자세히 살펴보도록 하자.

생애와 작품세계

출생과 가정적 배경(1881-1900)

슈테판 츠바이크는 1881년 오스트리아·헝가리 제국의 수도 빈에서 태어났다. 부친은 방직업으로 성공한 부르주아였고, 모친은 이탈리아어와 국제 감각에 밝은 금융 가문 출신이었다. 경제적 안정을 기반으로 츠바이크는 예술과 문학에 몰두할 수 있었으며, 부친의 사업을 이어받은 형 알프레드 덕분에 그는 생계 부담에서 자유로웠다.

청소년 시절 그는 릴케, 보들레르, 랭보의 시에 심취하며 일찍부터 문학적 감수성을 키웠다. 1901년 첫 시집『은빛 현』을 출간하며 작가로서 첫발을 내디뎠다. 이 시기의 츠바이크는 세기말 빈 문화의 세례를 받으며 "감각과 정신의 섬세한 긴장"을 표현하는 데 전념하였다.

학문과 여행 그리고 유럽적 교양의 확립(1900-1914)

빈과 베를린, 파리에서 철학·독문학·불문학을 공부한 그는 당대 유럽 지성계와 교류하면서 국제적 시야를 넓혔다. 파리에서는 로맹 롤랑과, 빈에서는 프로이트와 접촉했다. 프로이트와의 서신 교류는 그의 작품에 드러나는 에로티시즘과 무의식의 주제에 직접적인 영향을 주었다.

1904년 노벨레집『에리카 에발트의 사랑』을 발표하고, 이후 유럽 전역을 여행하면서 문학과 사상, 예술의 보편적 언어를 흡수했다. 이 시기 츠바이크의 정체성은 이미 '오스트리아 작가'보다는 '유럽의 대표적 휴머니스트'로 자리 잡아 가고 있었다.

전쟁과 내적 전환(1914-1918)

제1차 세계대전 발발과 함께 츠바이크는 종군기자로 참전했으나 곧 환멸을 느끼고 평화주의자로 돌아섰다. 전쟁은 그의 인생에 커다란 전환점이었다. 릴케, 헤세, 조이스, 롤랑 등 망명 지식인들과의 교류 속에서 그는 "국경을 초월한 인간 공동체"라는 이상을 확립했다. 이때 쓴 희곡『예레미야』는 전쟁과 폭력에 맞서는 예언자의 목소리를 담은 작품으로, 츠바이크의 비극적 휴머니즘을 상징한다. 이 작품은 전쟁을 겪으며 평화주의자로 변모해 간 츠바이크의 정신적 궤적을 잘 보여 준다.

잘츠부르크 시대와 문학적 절정(1919-1933)

전후 잘츠부르크에 정착한 츠바이크는 본격적인 창작의 황금기를 맞는다. 「모르는 여인의 편지」, 「아모크」, 「감정의 혼란」, 『인류의 별의 순간들』 등 오늘날까지 읽히는 주요 작품이 이 시기에 쓰였다. 그는 심리소설과 역사적 인물의 전기, 희곡을 오가며 방대한 문학적 스펙트럼을 구축했다. 그의 대부분의 작품은 심리소설이지만, 『인류의 별의 순간들』 같은 역사 에세이집과 『마리 앙투아네트』, 『조제프 푸셰』 같은 전기소설은 역사 인물을 통해서 인간의 운명과 비극을 드러내고자 했다. 츠바이크가 관심을 기울인 것은 단순한 역사적 사실이 아니라, 그 인물들이 '시대와 어떻게 맞서 싸웠는가'라는 문제였다. 이 시기 유럽 정세는 파시즘과 전체주의의 기운으로 어두워지고 있었다. 츠바이크는 문학을 통해 개인의 자유와 정신적 존엄을 옹호하는 한편, 현실 정치와 폭력의 물결을 막아 내지 못하는 지식인의 무력감을 점점 절감하게 된다.

망명과 절망(1934-1942)

나치의 도서 소각과 출판 금지, 오스트리아 내전과 파시즘의 득세 속에서 츠바이크는 결국 1934년 런던으로 망명한다. 이후 영국, 미국, 남미를 떠돌며 집필과 강연을 이어 갔으나, 유럽이 히틀러에게 무너져 내리는 모습을 목도하며 깊은 상실감에 사로잡혔다.

　　망명지 브라질 페트로폴리스에서 그는 마지막으로 「체스 이야기」와 자전 회고록 『어제의 세계』를 남겼다. 두 작품은 망명 지식인의 고독과, 나치즘 앞에서 무너진 유럽 문명의 파국을 절절히 기록하고 있다. 1942년 2월 22일, 그는 아내 로테와 동반 자살로 생을 마감한다.

작품 해설

　　「아모크」는 1920년대 초 유럽 사회가 여전히 전쟁의 상처에서 헤어나지 못하고 있던 시기에 발표되었다. 이 작품은 외딴 식민지에서 파멸해 가는 한 유럽인 의사의 이야기를 중심으로 전개되는데, 그 내면은 억눌린 욕망과 병적인 강박으로 가득 차 있다. 제목의 "아모크"는 말레이시아 전통에서 집단적으로 발작적 광기에 사로잡혀 죽음에 이를 때까지 내달리는 상태를 의미한다. 츠바이크는 이를 단순히 민속적 소재로 소비하지 않고, 인간 내면 깊숙한 무의식적 충동의 상징으로 끌어올린다.

　　작품의 주인공은 사실상 문명인의 탈을 쓴 원시적 충동의 화신이다. 그는 식민지라는 낯선 환경 속에서 문화적 규범과 억제 장치가 약화되자, 자신도 모르게 욕망과 죄책감의 극한 대립 속에 휘말린다. 결국 그는 제어할 수 없는 충동에 사로잡혀 자멸로 치닫는다. 이러한 전개는 프로이트의 정신분석학이 동시대 유럽 지성계를 휩쓸고 있던 영향을 강하게 반영한다. 억압된 욕망이 무의식 속에서 잠복하다가 파괴적 방식으로 폭발한다는 '억압-반동-파국'의 패턴은 전형적인 프로이트적 구조다.

동시에 「아모크」는 유럽 제국주의의 이국 취향Exotismus을 반영한다. 당시 유럽 독자들은 식민지를 단순히 신비와 공포, 그리고 일탈의 공간으로 상상했다. 츠바이크는 이러한 독자의 욕망을 충족시키면서도, 그 배경을 인간 내면의 붕괴와 문명 자체의 위기와 연결시킨다. 따라서 「아모크」는 단순한 에로틱·이국적 이야기 이상의 의미를 지닌다. 그것은 제국주의적 확장의 무대 위에서 문명인이 어떻게 본능의 노예로 전락할 수 있는지를 드러내는 심리학적 비극이며, 결국 '문명 비판'의 성격을 띠게 된다. 이야기는 '나'가 아시아에서 유럽으로 향하는 배에서 만난 한 외국인의 고백으로 구성된다. 그는 과거 열대 식민지의 의사였는데, 어느 날 한 귀족 여성이 낙태 수술을 요청하며 찾아온다. 그는 그녀의 도도하고 냉소적인 태도에 이끌려 집착하게 되고, 결국 그녀의 부탁을 거절한 채 그녀가 죽게 되는 상황에 이른다. 이후 그는 죄책감과 광기에 사로잡혀, 그녀의 시신이 배에 실렸다는 이유로 따라나서며 점점 더 파국으로 치닫는다.

「첫 키스」는 1911년에 발표된 초기 단편으로, 슈테판 츠바이크의 문학적 개성이 잘 드러나는 작품이다. 작품의 핵심은 열다섯 살 사춘기 소년이 경험하는 미묘하고도 아련한 첫사랑의 감정이다. 원제에 쓰인 '어스름'은 단순히 저녁 무렵의 정경을 뜻하지 않는다. 그것은 한 세계가 저물고 새로운 세계가 막 열리려는 경계의 순간을 은유한다. 소년의 눈앞에 펼쳐지는 낮선 감각, 미묘한 설렘과 불안은 바로 청소년기의 정체성 전환과도 맞닿아 있다.

이 작품에서 주목할 것은 츠바이크의 섬세한 심리 묘사다. 그는 '사건'을 부각하지 않는다. 대신 사소한 감각, 몸짓, 시선의 교차를 통해 감정의 떨림을 포착한다. 이 세밀한 감정 묘사는 빈의 낭만주의 문학 전통과도 연결되지만, 동시에 프로이트가 강조했던 무의식적 정동의 흐름과도 접점을 가진다. 즉, 「첫 키스」는 개인의 내적 체험이 문학적으로 형상화되는 순간을 보여 주는 것이다.

시대적 배경을 고려하면, 이 작품은 제1차 세계대전 이전, 빈 문화가 지닌 독특한 감각적 풍요로움을 잘 보여 준다. 오스트리아·헝가리 제국 말기의 빈은 몰락을 앞둔 제국의 불안과 동시에 예술과 향락의 세련된 감각이 공존하던 공간이었다. 「첫 키스」 속의 감수성은 바로 그런 시대적 공기 속에서 싹튼 것이다. 전쟁 이전의 평화롭고 낭만적인 분위기, 그러나 어쩐지 덧없음을 내포한 정조가 작품 전체를 물들인다. 액자소설 형식으로 서술되는 이야기의 배경은 스코틀랜드의 어느 귀족이 거주하는 숲속의 저택이다. 이곳에 주인공인 소년 밥과 키티, 마르고트, 엘리자베스라는 세 소녀(자매)가 찾아온다. 그런데 황혼 무렵 어두운 숲속을 산책하던 소년은 정체 모를 여자로부터 기습적인 포옹과 키스를 당한다. 첫 키스를 경험한 소년은 황홀감에 사로잡혀 같은 장소를 찾아가 같은 일을 겪지만, 정작 그 여자가 누구인지 알지 못한 채 전전긍긍한다. 소년은 그녀가 아름답고 쌀쌀맞은 '마르고트'라고 단정하여 열정에 빠지지만, 당사자는 그가 눈길도 주지 않았던 그녀의 여동생

‘엘리자베스’였음이 밝혀진다. 소년기에 경험한 밥의 첫사랑은 무서운 착오를 겪으며 끝을 맺고, 그 언저리에는 황혼녘의 어렴풋한 기억만이 맴돈다.

「재회」는 1929년에 출간된 이야기로 츠바이크 문학 전체를 꿰뚫는 주제 —현실과 이상 사이의 긴장, 그리고 그것을 견디지 못하는 개인의 비극적 운명— 가 응축된 형태로 나타난다. 동시에 그것은 20세기 초 지성사가 지닌 무거운 시대정신, 즉 ‘현실을 견디기 어려운 시대’의 문학적 기록이기도 하다.

작품 속 주인공은 연모하는 사장 부인과 헤어진 지 9년 만에 프랑크푸르트역에서 만나 하이델베르크로 기차 여행을 떠난다. “요람처럼 흔들리는 기차” 안에서 “두 사람은 제각기 여러 상념에 빠져들었고”, 주인공은 꿈을 꾸듯 먼 과거로 되돌아가며 액자 내부의 이야기가 시작된다. 가난한 집안에서 온갖 고난을 이기고 기업에 연구원으로 채용되었다가 사장의 개인 비서가 된 젊은 주인공은 사장 집에 기거하면서 첫눈에 사장의 부인을 사랑하게 된다. 자상한 어머니처럼 따뜻하게 그를 보살피던 부인에게서 성녀 같은 느낌과 동시에 에로스적 욕망을 느낀다. 주인공은 부인도 자신을 사랑한다는 것을 알게 된 이후로 키스와 애무 등으로 열정을 불태우지만, 끝내 그녀의 육체를 완전히 소유할 수는 —여전히 윤리적인 한계를 넘어설 수는 — 없었다. 이후 그는 구 년 후에 부인과 극적으로 재회하며 이런 애욕의 갈등에 다시 휘말린다. 그러나 ‘현실에 대한 저항’이 이 소설의 원제인 것처럼 그의 육체적 소망은 윤리적 한계 외에도 여러 가지 현실적인 문제로 좌절된다.

이같이 슈테판 츠바이크의 생애와 작품세계를 살펴볼 때, 그는 인간 심리의 가장 미묘한 진동을 그려 낸 작가이며 동시에 '19세기의 마지막 휴머니스트이자, 20세기의 첫 망명 작가'로 명명되기에 부족함이 없다. 그의 작품은 거창한 사건이나 외부적 드라마보다, 인간 내면 깊은 곳에서 일어나는 갈등과 충돌에 집중한다. 그는 유럽 통합과 문화적 교류를 평생 추구했으나, 그의 시대는 민족주의와 전체주의의 폭력으로 점철되었다. 본 역서에서 묶은 세 개의 작품은 츠바이크 문학 세계의 중요한 축을 이루면서도, 각기 다른 방식으로 인간 존재의 고독과 갈망을 탐구하고 있다. 「아모크」는 무의식과 욕망의 어두운 힘을, 「첫 키스」는 섬세한 성장의 순간을, 「재회」는 현실 앞에서 유예된 가능성의 비극을 보여 준다. 결국 츠바이크의 문학은 개인적 심리와 역사적 비극, 두 차원을 교차시키며 '정신적 유럽'을 꿈꾼 휴머니즘의 기록이라 할 수 있다. 이렇게 보면 세 개의 작품은 내면의 긴장과 현실의 압박, 그리고 그로 인한 파국을 주제로 삼고 있다는 점에서 일관성을 지닌다고 말할 수 있다.

다시 한번 '게이트 공화국'이 된 21세기 대한민국에서 츠바이크가 살았던 치열한 시대를 반추하며 그의 세 작품을 번역하였다. 본 역자들은 각각 수십 권의 독일어 책을 번역했고, 객관적인 인정도 받아 왔지만 그럼에도 완전한 번역이란 있을 수 없다. 특히 츠바이크 특유의 인간 심리의 세밀한 묘사와 내면적 갈등을 한국어로 재현하는 과정에서 많은 고충이 있었음을 고백하지 않을 수 없다. 있을 수 있는 오역에 대해서는 독자의

질정을 구한다. 오랜만에 다시 츠바이크 작품을 번역할 수 있
는 기회를 제공한 세창출판사에 고마움을 표하고, 꼼꼼하고 치
밀하게 교정 작업을 맡아 준 조성규 편집자에게 감사의 마음을
전한다.

사족 하나, 리하르트 슈트라우스의 〈4개의 마지막 노래〉
중 〈저녁노을〉을 들으면 츠바이크 생각이 난다고 하는 평론가
가 있다. 나는 그를 한국의 마르셀 라이히-라니츠키라고 부르
고 싶다. 츠바이크의 광팬이기도 한 그가 특히 (국내 초역인 줄
알고) 내가 혼신을 다해 번역한 「아모크」를 꼭 읽어 봤으면 좋
겠다. 그 평론가의 이름은 김미옥이다.

윤순식, 원당희 씀

작가 소개

슈테판 츠바이크Stefan Zweig, 1881-1942

오스트리아 빈에서 태어난 슈테판 츠바이크는, 20세기 유럽 문학의 가장 빛나고도 섬세한 목소리 가운데 하나였다. 그는 시로 시작해 소설과 희곡, 전기와 산문에 이르기까지 장르를 가로지르며 끊임없이 글을 써냈고, 「아모크」, 「감정의 혼란」, 「모르는 여인의 편지」, 「체스 이야기」 같은 작품들로 인간 내면의 열정과 불안을 음악처럼 맑고 격정적으로 그려 냈다.

츠바이크는 또한 발자크, 도스토옙스키, 니체, 마리 앙투아네트, 마젤란 등 역사와 사상의 인물들을 불러내어, 그들의 삶 속에서 인간 정신의 극적인 순간을 포착한 전기 작가로도 유명하다. 그의 글은 언제나 섬세한 공감과 비극적 통찰로 가득 차 있었다. 또 고리키, 롤랑, 베르하렌, 보들레르 등과 교류하며 번역과 편집에도 힘썼다.

그러나 그가 살았던 시대는 파괴와 추방의 시대였다. 나치즘이 유럽을 휩쓸며 그의 책은 불태워졌고, 그는 유랑하듯 여러 나라를 떠돌았다. 끝내 1942년, 브라질 페트로폴리스에서 아내 로테와 함께 스스로 생을 거두었다.

그의 마지막 작품, 자서전 『어제의 세계』는 황금빛 문화의 절정과 파멸로 가라앉은 시대를 기록한 애가哀歌이자, 한 작가가 남긴 가장 빛나고 아름다운 이별의 편지이다.

역자 소개

윤순식

　　부산에서 태어나 서울대학교 인문대학 독문과 및 대학원을 졸업하고 동 대학원에서 박사학위를 취득했다. 공군사관학교에서 독일어 전임교수를 역임했고, 독일 마르부르크대학교에서 수학했다. 박사후 연수Post-doc 과정으로 베를린 훔볼트대학교에서 현대독문학을 연구하였고, 오랫동안 서울대학교에서 강의를 하였으며, 한양대학교 연구교수, 덕성여자대학교 교양학부 교수를 역임했다. 현재 홍익대학교 교양과(독문학) 교수로 재직 중이며 전 한국토마스만학회 회장이다. 제18회 한독문학번역상(제11회 시몬느번역상)을 수상하였고, 대중을 위한 공개강연도 자주 하고 있다. (http://www.pressian.com/news/article.html?no=115079)

　　『병과 문학』, 『문학과 정치』, 『문학과 음악』, 『근대독일문학 작품에 나타난 자본주의 경제』등 30여 편의 논문을 위시하여, 저서에는 『토마스 만의 《마법의 산》 읽기』, 『아이러니』, 『토마스 만』, 『전설의 스토리텔러 토마스 만』, 『토마스 만의 생각을 읽자』, 『헤르만 헤세의 생각을 읽자』, 『프란츠 카프카의 생각을 읽자』, 『이해와 소통 글쓰기』, 『최강독일어』 등이 있으며, 역서로는 『교양』(공역), 『정신병리학 총론』(공역, 전4권), 『역사의 지배자』, 『작약등(芍藥燈)』, 『아이 사랑도 기술이다』, 『마의 산』

(전3권), 『변신』, 『괴테, 토마스 만, 니체의 명언들』, 『로스할데』, 『나르치스와 골드문트』, 『토니오 크뢰거』, 『베네치아에서의 죽음』, 『독일 전설』(공역, 전2권), 『사기꾼 펠릭스 크룰의 고백』, 『내가 아는 나는 누구인가』, 『차라투스트라는 이렇게 말했다』, 『사랑, 예술, 광기, 운명』 등 다수가 있다.

원당희

고려대학교 독어독문과에서 토마스 만 연구로 박사학위를 받았으며, 잠시 독일 에얼랑엔대학교에서 수학하며 독일 문예학과 철학 세미나에 참석했다. 이후 고려대학교와 한양대학교, 동덕여자대학교 독어독문과에서 강의했다. 현재는 주로 독일 문학과 철학에 관한 문헌을 번역하고 있다. 논문으로는 「토마스 만에서 독일적 유미주의의 정치적 현실화 문제」, 「현대소설의 시간 현상: 토마스 만을 중심으로」, 「루카치의 문예비평과 총체성」 등이 있다. 옮긴 책으로는 슈테판 츠바이크의 『천재, 광기, 열정』, 『환상의 밤』, 토마스 만의 『마법의 산』, 『쇼펜하우어, 니체, 프로이트』, 힐레브란트의 『소설의 이론』, 위르겐 슈람케의 『현대소설의 이론』, 프로이트의 『토템과 터부』, 한스 레만의 『프로이트 연구 I, II』, 한스 큉의 『안락사 논쟁의 새 지평』, 마르틴 루터의 『독일 기독교 귀족에게 고함』 등이 있다.